相棒

2

相棒 season 6 上

輿水泰弘ほか／ノベライズ・碇　卯人

朝日文庫

本書は、二〇〇七年十月二十四日～二〇〇七年十二月十九日にテレビ朝日系列で放送された「相棒　シーズン6」の第一話～第九話の脚本をもとに、全九話に構成して小説化したものです。小説化にあたり、変更がありますことをご了承ください。

相棒 season 6 上 目次

装丁・口絵・章扉／IXNO image LABORATORY

杉下右京　　警視庁特命係長。警部。
亀山薫　　警視庁特命係。巡査部長。
亀山美和子　　フリージャーナリスト。薫の妻。
宮部たまき　　小料理屋〈花の里〉女将。右京の別れた妻。
伊丹憲一　　警視庁刑事部捜査一課。巡査部長。
三浦信輔　　警視庁刑事部捜査一課。巡査部長。
芹沢慶二　　警視庁刑事部捜査一課。巡査。
角田六郎　　警視庁組織犯罪対策部組織犯罪対策五課長。
米沢守　　警視庁刑事部鑑識課。
内村完爾　　警視庁刑事部長。警視長。
中園照生　　警視庁刑事部参事官。警視正。
小野田公顕　　警察庁官房室長（通称「官房長」）。警視監。

相棒

season
6上

第一話

「複眼の法廷」

一

うだるように暑い夏の夜、新宿のど真ん中でひとりの警官が自転車で警邏《けいら》中に射殺された。警官の名前は速水《はやみ》雄一。新宿南交番に勤務する巡査部長である。銃創を見る限り正面から一発、心臓を撃たれて即死だった。遺体に残っていた弾から、凶器は三十二口径ブローニングと特定された。その銃に使用歴はなかった。

翌朝、この事件に興味を抱いた警視庁特命係の杉下右京と亀山薫が鑑識課の米沢守からことの詳細を得て特命係の小部屋に戻ってくると、隣の組織犯罪対策五課長の角田《かくた》六郎が椅子に座ってくつろいでいた。

「おう。知ってるか？　警官殺し。とんでもない事件が起きたもんだ。警視庁中、大騒ぎだよ」

凶器に銃が使われたとなると、この事件は角田の部署にも十分かかわってくる。

「課長。ちょっと」

部下の大木長十郎と小松真琴がドア陰から首を出して角田を呼んだ。

「いいよ、ここで」

単に面倒臭いのか、あるいはそこまで特命係に気を許しているのか判断はつきかねたが、上司からそう言われて大木と小松は小部屋に足を踏み入れた。

「殺された速水巡査部長ですが、二年前に銃の売人を職質逮捕していました」

大木が前歴者カードを角田に示した。それは塚原功《いさお》という男で逮捕容疑は銃刀法違反、その後に「不法所持」と記されているところを見ると、職務質問した際に銃を持っていたので即逮捕、という状況が窺える。懲役二年の実刑を食らって半年前に仮出所していた。

「これまで速水巡査部長が扱った事件で関連性があるのは、これだけです」大木が報告をすると、「じゃ、まずこの男から当たってみっか」軽い調子で角田が号令を発した。

塚原の居所はすぐに知れた。出所した足で愛人のマンションに転がり込み、そのまま同棲していたのだった。大木と小松は早速そのマンションに向かった。所轄の新宿南署からも二人の刑事が加わった。刑事課の有働《うどう》正と組織犯罪対策課の辰巳隆一郎である。有働は白い開襟シャツを着たいかにも叩き上げといった風貌の小柄な中年で、一方の辰巳はサマースーツをビシッと着こなした抜け目のなさそうな青年だった。ふたりともこの事件には初動捜査から参加していた。

大木がドアチャイムを鳴らすと、年の頃は三十前後、色香を漂わせた女がわずかに開けたドアから顔を半分だけ見せた。そのドアをガシッとつかんだ大木と小松が警察手帳を示して塚原の名前を出すと女の顔色がサッと変わった。

「ケーサツー？」強ばった表情で、女は不自然に大きな声を出した。

「誰に教えてるんだ」大木が凄むと、

「塚ちゃん、逃げて！」

叫びながら阻む女を振り払い部屋に入った刑事四人は、ベランダから飛び降りることもできずに手すりにぶら下がっている塚原を見つけ、難なく取り押さえた。辰巳が部屋に置かれたボストンバッグの中身を調べると、油紙に包まれた拳銃も出てきた。現行犯逮捕だった。


「で、今度はどのぐらい食らうの？」

新宿南署に連行され取調室で刑事に囲まれた塚原はいかにもワルぶった口を利いたが、その態度も有働のひと言で見事に挫かれた。

「何十年かもな。なにせ殺人《コロシ》だ」

「コロシ？」

聞き返す塚原に有働が詰め寄った。

「速水っていう警官を知ってるな？　二年前におまえを逮捕した警官だよ！」

「ちょっと待てよ。それが俺となんの関係があんだよ？　コロシってなんだよっ？」

塚原は狼狽して叫んだ。

新宿南署内に発足した捜査本部では、塚原を最重要被疑者と見なしていた。凶器こそ見つかっていなかったが、何丁もの銃を所持していた塚原は疑うに十分だった。そのうえ塚原は服役中に母親を亡くしていた。死に目に会えなかったことへの後悔が、自分を逮捕した速水に対する逆恨みに転化したと考えても不自然ではなかった。

加えて速水は昨日、銃器押収記録を閲覧していたという情報も入った。おそらく塚原の出所を知り、また銃の売人に戻ってはいないだろうかと、管内で押収された銃の資料を当たっていたという推測もついた。それだけ情に篤く、任務に対して生真面目な性格だったのだ。

その情報は取調室の有働にも伝えられた。有働はまるで待っていた牌《パイ》が手元に転がり込んだかのように勢いづいて塚原を問い詰めた。

「殺された速水さん、おまえが出所してたのを知ってたぞ。なんで知ってたんだよ？　おまえ、出所後に速水さんに接触したか？」塚原が目をそらすと頭を小突き、胸倉を摑んで凄んだ。「心当たりがありそうだな？　これからは、今までみたいな緩い取り調べはしねえぞ！」

マジックミラー越しにその様子を見ていた右京は、いくつかの疑問が拭えなかった。そもそもなぜ塚原は出所して半年間も速水の殺害を待っていたのだろうか。それから速水はどのように塚原が出所したことを知ったのか。また、塚原の家から押収した銃には使用歴もないし、速水を撃った凶器も見つかってはいない。これほどわからないことだらけなのになぜ捜査本部は塚原が犯人だと決めてかかっているのか、最も不思議なのはそのことだった。

その日から昼夜を分かたぬ塚原への尋問が始まった。有働の取り調べは半端なものではなかった。塚原がウトウトし始めると頬をぴたぴたとなぶり、堪らなくなって机に突っ伏すと襟を摑んで起こしにかかった。昼が夜になり、取調室の格子窓から差し込む朝の光が赤黒い夕陽に変わるまで、取り調べは一時も休まず続いた。塚原の頬はだんだんにこけてゆき、目の下には黒い隈が浮いた。

塚原が自白したという知らせは、数日も経ずして特命係の小部屋にも届けられた。それによって右京の抱いた疑問は宙に浮いてしまった。

塚原が自白した翌朝、コーヒーを飲みに来た角田から取り調べに関する詳細な情報が伝えられた。動機は二年前に逮捕されたことへの逆恨み。塚原は仮出所の身ゆえ半年の保護観察期間が明けるまで待って犯行に及んだとのことだった。

「銃の入手ルートは？　やっぱりどこかの組織と繋がっていたんですか？」薫が訊ねる。

「その線はかなり当たったんだけどね。どうもどの組織にも属さないフリーの売人だったらしい。あと、速水警官が殺された日、塚原は彼の交番を密かに訪ねたみたいよ。おそらく殺す機会を狙って下見してたんだろう。もしかしたら、そんな塚原を逆に速水警官が目撃したのかもしれないね。だから塚原の出所に気づいた」

抱いていた疑問が角田によって次々と明らかにされても、右京はまだ納得がいかないようだった。

「で、肝心の凶器は？」

「現場近くの用水路に捨てたと供述してる。いまうちの連中が捜索してるよ」

まさにそこへ大木と小松が飛び込んできた。

「課長！　銃が出ました」

大木が息を切らして報告すると、小松が後を継いだ。

「奴の供述どおり用水路から」

「凶器に間違いないか？」

角田も興奮して訊ねた。

「いま鑑識に調べさせてます」

小松の答えを聞くが早いか角田と特命係のふたりは小部屋を飛び出し鑑識課の米沢のところへ向かった。

「ど、どうだった？」

部屋に入るなり急き込んで訊ねる角田を、先客が振り返った。新宿南署の辰巳刑事だった。同じ組織犯罪対策課に属する辰巳は角田と目礼を交わしたが、特命係のふたりとは初対面だった。右京と薫はそれぞれに自己紹介をした。

「用水路から発見されたこちらの銃ですが、凶器と同じ三十二口径のブローニングです。それから、この残弾は犯行に使われた弾丸と同じものだと思われます」米沢はビニール袋に入った拳銃とピンセットでつまんだ弾丸を差し出した。

「自白のうえに物証ですか。塚原は送検ですね」

あまりにもテンポの速い展開に、右京は鼻白んでいるようすである。

「これで一件落着ですか」

薫がまとめると、角田が辰巳を振り向いた。

「さらに今月の銃の押収ノルマもクリアできて万々歳だな」

「ええ。でも自分はもう達成してましたけど」辰巳は自信に充ち満ちていた。

「おっ、さすが新宿南署の辰巳刑事、凄腕だねえ」

「凄腕なんですか？」薫が訊き返す。

「ああ、有名だよ。押収ノルマは必ず達成するってな」

「達成しないと本部からの締めつけがきつくて」

頭を掻きながら辰巳がぼやくと、すかさず本部の課長が切り返した。

「あれ？　いまさりげなく本部批判した？」

「バレました？」

鑑識課の部屋にいっとき明るい笑い声が響いた。

二

それから数日後のこと、特命係の小部屋では朝刊のトップに掲げられた裁判員制度の記事の話題で持ち切りだった。

《裁判員制度施行前倒し　すでに裁判員候補選出始まる》

大きく躍る見出しに続く記事を右京が読み上げる。

「法務省は二〇〇九年五月までに施行する予定の裁判員制度を前倒しにすることを発表した……」

「なんで裁判員制度が前倒しになるんですか？」薫が訊ねた。

「国民が参加する裁判員制度を早め、裁判不信を払拭したいのでしょう」

右京の肩ごしに新聞を覗き込んだ薫が、驚きの声をあげる。

「あっ！　あの『警官殺し』の裁判からですか？」

「ええ。試験導入されるようですよ」

送検されたばかりのこの事件がなぜ第一号に選ばれたのかといえば、自白のうえ物証までであるこの事件は、裁判員制度の成果が出やすいと思われているからだろう――角田と薫にそう説明しながら右京は眉を曇らせた。

「しかし、そのような簡単な裁判になればいいのですがねえ」


その夜、右京の元妻である宮部たまきが営む小料理屋〈花の里〉では、右京と薫、そして薫の妻美和子も合流し、話題は裁判員制度に集中した。帝都新聞を辞めて以来フリージャーナリストとして活動している美和子は、この裁判に焦点を合わせることに決めたのだった。

「裁判長も早ばや決まりましたよ。なんとこの人に」

美和子はバッグから東京地裁の広報紙を取り出した。

「おや、三雲判事ですね」その名にピンと来ないようすの薫に、右京が説明を施す。「三雲法男。最近では社会保険事務所の横領事件で、保険料を納めたかどうかの証明責任は国にあると意見した方です。マスコミには〝司法の良心〟と呼ばれているようですよ」

「ほかにも、夫の妻に対する傷害事件で暴言だけでもドメスティック・バイオレンスになるって認めたりして」

美和子が女性記者ならではの視点を付け加えた。

「へえ、正義の味方ってわけですか」

右京から広報紙を受け取った薫が記事に目をやる。そこには三雲の顔写真が添えられ、《法の精神　伝えていきたい》と大きな見出しがついていた。

二カ月後、塚原の裁判の初公判が東京地裁で開かれた。裁判員制度の試験導入第一号となるだけあって、地裁の前はマスコミの取材陣で埋まった。その傍聴人の抽選発表が行われる会場に、右京と薫も来ていた。この公判はなんとかして聞きたかったのだ。抽選券を手にしたふたりはロビーに張り出された抽選結果を人ごみをかき分けて覗いた。

薫の前にいた女性が抽選に外れた腹いせに、舌打ちをして抽選券を引きちぎり、床に捨てた。乱暴な女性もいたものだ。

「ちょっとちょっと、散らかしちゃダメだよ」

見かねた薫が注意したが、その女性は聞く耳も持たずそのままさっさと会場を出ていってしまった。仕方なく床の紙クズを拾っていると、張り紙を見に行っていた右京が戻ってきた。

「どうでしたか？」

薫が訊ねると、右京は首を振って肩をすぼめてみせた。

改めて薫が背伸びをして張り紙を見遣ると、薫の抽選番号一一〇番は当たりだった。

高倍率の抽選を経て手に入れた席である。薫は裁判の一部始終を見逃すまいと意識を集中させた。正面の裁判員席には真ん中に広報紙で顔を見た三雲法男裁判長が座っていた。その両脇に男性と女性の陪席裁判官がひとりずつ、それを挟むように左右三人ずつの裁判員が座っている。真正面の被告席では塚原がうなだれて立っていた。

まず傍聴席から向かって左の席の検察官が椅子から立ち起訴状を読み上げた。

「被告人は巡回警邏中の警察官、速水雄一に向けて拳銃を構え、左胸に弾丸一発を撃ち込み死亡せしめたものである。罪名及び罰状。殺人、刑法第百九十九条。銃砲刀剣類所持等取締法違反、同法第三十一条、第三条の十三。以上です」

そこで三雲裁判長がゆっくり刻むように塚原に向かって言った。

「被告人。ただいま検察官が朗読した公訴事実について、なにか言いたいことはありますか？」

それまで俯いていた塚原が、面を上げ三雲をじっと見据えて答えた。

「殺していません。俺は、その警官を殺していません」

法廷に衝撃が走った。

「完全否認ですよ。警察での自白は強要されたものだって言うんです」

その夜〈花の里〉には右京と美和子が傍聴の報告を薫から聞こうと集まっていた。

「検察ではどうだったのでしょう?」

残念ながら抽選に外れた右京が訊ねた。

「無実を訴えたけど検事が信じてくれなかったって」

「裁判員さんたちも驚いたでしょうね」

女将の宮部たまきも興味津々のようすである。

「いえ、それはなかったと思いますよ。公判前整理手続きで判事側も検察側も、被告人が無罪を主張することは事前にわかっていたでしょうからねえ。しかし、これで裁判員は、刑を決める前に有罪か無罪かも決めなくてはならなくなりましたね」

この成り行きを、右京はどこかで予感していたようだった。


数日後に第二回公判が開かれた。右京と薫が再び傍聴券を持って抽選発表にのぞむと、そこに見慣れた姿があった。捜査一課の伊丹憲一と芹沢慶二である。

「当たるといいねえ」

背後から忍び寄り伊丹の耳元で囁く薫に、伊丹は大げさに反応した。

「なんでおまえがここにいんだよ!」

「特命係は暇ですからねえ。おまえらは?」

「この裁判はどうしても傍聴したかったんだ。警察に自白を強要されたなんて言われたら、警察のメンツ丸潰れだからな」真顔の伊丹に「おまえが自白させたのかよ」と薫が突っ込むと、伊丹は顔を顰《しか》めて向こうにいる有働刑事を指した。薫がそちらを見ると、この間の乱暴な女が立っていた。

「あ！」

伊丹と芹沢も同時に声をあげる。

「おまえら、あの女を知ってるのか？」

訊ねる薫に、伊丹と芹沢も同じことを訊きたいようだった。

「なんでおまえが塚原の女を知ってるんだよ？」

「あ、塚原の女だったんだ」

「なんだよ、知らなかったのかよ」

伊丹は思わず情報を漏らしてしまって地団太を踏んだ。

「つまり事情聴取をしたんですね」

脇から訊ねる右京に、隠すほどのことでもないと判断したのか、「ええ。気になることがありまして」と伊丹は明かした。

塚原が交番を覗いているところを速水の同僚が目撃していたが、そのとき脇に女性がいたことを聞きつけた伊丹は、塚原の女、森静香を呼んで事情聴取したのだった。最初は警察に対して突っ張った態度をとっていた静香だったが、そのうちに塚原を交番に連れて行ったのは自分だと言い始めた。

塚原は出所して以来ずっと、「俺を逮捕したあの警官が憎い。殺してやりたい」と呟き続けていたのだが、そんな勇気はさらさらないことを見抜いていた静香は、速水を目前にしたら思い知るだろうと、嫌がる塚原を無理矢理交番まで連れて行ったというのだ。

「できるものならやってみなさいよ！」静香は迫ったが、案の定塚原は声をかける勇気すらなかったという。

「女の言うことだ。信用できねえ」伊丹は抽選を待っているらしい静香を睨んで言った。

傍聴の抽選は今回は右京が当たり、薫は外れた。伊丹と芹沢も外れたが、森静香は当たったようだった。アナウンスが入ると法廷に入っていく静香が見えた。


第二回公判では被告人質問に裁判員も加わった。特に目をひいたのは、壮年のサラリーマン風の裁判員だった。もし会社員だとしたら部長クラス、それも多くの部下を従えているだろう働き盛りに見えた。その裁判員は被告人を激しく指弾した。

「あなたは保護観察期間が終わった途端、また銃の売買を再開した。それは事実ですね？」

「はい」

「さらにあなたは、自分を逮捕した速水警官を恨んでいると保護司に話していた。それも事実ですね？」

「はい」

「保護司は、それが逆恨みであるとあなたを諭し、速水警官に近づかないよう助言した。にもかかわらず、あなたは速水警官のいる交番をこっそり訪ねた」

塚原は俯いた。

「殺すつもりだったんじゃないんですか！」

それまで冷静に論理を積み上げた裁判員が突然感情を露わにした。

「裁判員」三雲裁判長が注意を喚起した。

そのとき、傍聴席から鋭くなじるような女の声がした。

「殺せるはずないでしょう！　彼のことなにも知らないくせに、なに言っててんのよっ！」

森静香が立ち上がって興奮のあまり息を荒くしていた。法廷に木槌の音が鳴り響いた。

「傍聴人は静粛に」三雲は眉間に皺を寄せた。

第二回の公判が終わったあと、美和子は取材のネタを拾いに帝都新聞を訪ねていた。

「いや、本当にすごかったよ。『彼に人殺しはできない！』って」

傍聴席にいたかつての先輩記者、牧志乃武《しのぶ》は未だ興奮冷めやらぬようすだった。

「見たかったですね、それ」美和子が身を乗り出した。

「じゃ、やってみる？　裁判の取材。実は俺、他の仕事で忙しくなりそうでさ」

「わたし、いま抱えてる仕事がもうすぐ終わるんで、裁判の取材を始めようと思ってたとこなんです」

「おっ。じゃあ決まりな！」

渡りに船とはこのことだった。美和子は牧が認《したた》めたメモを受け取った。

「傍聴したときに見た六人の裁判員の特徴。裁判員の個人情報は秘密だから名前まではわからないけどな」

「ありがとうございます。取材に役立てます」

美和子が深く頭を下げると牧は先輩らしい態度で忠告を与えた。

「あと裁判員との接触、これは十分気をつけろ」

「裁判員への取材は禁止されてますからね」

「さすがわかってらっしゃる。よろしくな」

牧は美和子の肩をポンと叩くとフットワークも軽く去っていった。

三

翌朝、日比谷公園の池で背広姿の男の遺体が発見された。監察医によると死因はどうやら後頭部を強く殴打した結果の頭蓋内出血らしかった。それに池に架かる石橋からは争ったような足跡が二種類検出された。一方は死んだ男のもの、もう一方は女のハイヒールだった。なんらかの理由で橋の上で揉み合った揚げ句、男は池に落ち突起している岩に頭をぶつけ亡くなったと推測できた。

時を経ずして警視庁では記者会見が行われた。

「死亡者は赤川良平さん、五十五歳。死亡推定時刻は昨夜の午後六時から八時。死因および事故か事件かについては現在捜査中です。以上」

刑事部長の内村完爾《かんじ》が仏頂面をさらに無愛想にして言った。

「以上ってなんですか？」

「これじゃ、なんのために会見開いたんですか？」

記者たちからは追及の声が相次いだ。

「記者クラブのみなさんより強い要求があったので、事故か事件かわからないこの段階で会見を開きました」

説明にもならない内村の発言に、最前列の記者が食いついた。

「われわれが聞きたいのは、殺された赤川さんが裁判員だったかどうかなんですよ」

後方にいた記者が大きな声を上げた。

「私は裁判を傍聴しています。彼の顔を見てるんですよ」

仕方がないとでも言いたげに、内村は深くため息を吐いた。

「はい。死亡した赤川さんは裁判員でした」会場の記者たちはざわめいた。「しかし、裁判員だったことと死亡に因果関係はありません。みなさん、そこに注意して良識ある報道をお願いしたい」


そのころ特命係の小部屋では薫が法廷での出来事を右京から聞いていた。

「殺された赤川さんが塚原に詰め寄ってるところを右京さんは見たんですよね？」

「かなり厳しい口調で叫んでいました」

「だから塚原の関係者に殺されたんですかね？」

記者会見では内村に同じことを突きつける記者もいた。

「しかし、裁判員ひとり殺してどうなります？」

そう応える右京の意見にも一理あった。

「だって裁判員も裁判官と同じ一票を持ってるんでしょ？」

「ええ。過半数で判決が出ます」

「裁判員は素人ですから、強く主張する人に流される可能性だってあります。犯人は、それをさせないために」

塚原のために人殺しまでする人物とは……。

「たとえば奴の女、森静香、三十三歳。塚原と同居していますが籍は入ってません」薫はメモを読み上げた。

「調べたんですか？」

薫にしては手回しがいい。そう思った右京が訊ねた。

「じつは美和子が。昨日の裁判が終わった後、森静香は裁判所の周りをうろついてたそうなんですよ。そのすぐ後ですよ。赤川さんが殺されたのは」

「しかし、彼女が犯人だとすると、どのように赤川裁判員と接触したのでしょう？」

「裁判を傍聴して顔はわかってるはずですからね。裁判所の周りを張ってれば可能ではないですか？」

「だからと言って、そう簡単に裁判員に会えるものですかねえ」

右京は納得のいかない顔で呟いた。


同じころ捜査一課の三人は森静香のマンションを訪ねていた。ちょうど出かけるところだった静香はドアに鍵をかけていた。

「彼、警官殺しなんかしてないわよ。彼はね、真人間になろうとしてたの」

「そのわりに拳銃いっぱい持ってましたけど？」芹沢が突っ込みを入れる。

「それだって、あたしが捨てさせるつもりだった」

そう言い放ちずんずんと階段を下りようとする静香を三浦が遮る。

「大切な商品をそう簡単に捨てますかねえ」

「簡単じゃないわよ。あたしが毎日説得してたの。彼はあたしの言うことなら聞くんだから」

「まるでお母さんですね」芹沢がふと漏らす。

「そうね。自分でもそう思うときがある」

一瞬、静香は自らを振り返るように立ち止まった。

「なんであんな男にそこまで」

男女の機微には疎い伊丹が本音をぶつける。

「彼はあたしなしじゃ生きていけないの。あたしが守ってあげないと……人にわかってもらおうなんて思わない」

そう言って刑事たちを振り切る静香の腕を三浦が摑んだ。

「あんたにちょっと確かめたいことがあるんだ」

「まず、あんたの靴を見せてもらおうか」伊丹が続けた。

そこに、特命係のふたりがやってきた。

「チッ！　どっから湧いて出てんだよ！」

顔を顰めて叫ぶ伊丹を他所に、薫が静香に詰め寄った。

「森静香さん。あなた、昨日裁判が終わった後、裁判所の周りをうろついてましたよね？」

「チッ、おまえ、いつの間に」伊丹が薫を睨んだ。一方、当の静香が一瞬、しまったという顔をしたのを、薫は見逃さなかった。「ちょっと中のほうでお話を聞かせていただけませんか？」

仕方なく刑事たちを部屋に上げた静香は、薫の言ったことを認めた。法廷で塚原のことを目の敵にしていた裁判員に会うために、裁判所の前でずっと待っていたというのである。

「会ってどうするつもりだったのですか？」右京が冷静に訊ねた。

「あの裁判員、彼を誤解してたみたいだったから、変な判決を下さないように、ちゃんと話さなきゃいけないでしょう？　彼には人を殺すような度胸はないって。だって、交番に連れてったって、あの警官に恨み言ひとつ言えなかったのよ」

「そんなこと言ったら揉めたでしょう？」と芹沢。

「揉めてないわよ。だって会ってないんだから」静香はタバコに火をつけた。「待ってたけど、会えなかったの。会ってないのに殺せないでしょ？」

「なぜ殺されたと思うのでしょう？　殺人か事故か、警察はまだ発表していませんよ」

右京の指摘に静香は一瞬言葉を詰まらせたが、「殺されたかもしれないってテレビでやってたの」とタバコの煙を吐き出して「彼の次はあたしを疑うのね」と斜に構えた。

「被害者の死亡現場に採めた足跡が二種類ありましてね。ひとつは被害者のもの、もうひとつは女性のものでした」

三浦が言うと同時に、芹沢が玄関の下駄箱を開けた。

「あなたの靴、すべて提出してもらいますよ」そう告げた伊丹に静香が悪態をついた。

そのとき、右京の携帯が振動音を発した。

四

右京の携帯を鳴らしたのは、警察庁官房室長の小野田公顕《こうけん》だった。

「警官殺しの裁判に興味があるみたいだね。傍聴に通ってるんだって?」右京と薫を官房室長室に呼び出した小野田は、世間話でもするように言った。「その裁判ね、振り出しに戻るみたいよ」

「はい?」右京が聞き返した。

「裁判員を総入れ替えにしてね」

「この期に及んで、まだ裁判員を参加させますか」

右京の言葉は穏やかであるが、暗に行政の愚を突いていた。

「裁判員制度の導入を決めた以上、後には引けないって」

体制側にいながらその体制を常に他人事のように話すのが小野田の癖だった。

「でも、裁判員が殺されてるんですよ？」薫が疑問を呈する。

「殺人かどうかはまだわからないでしょう？」と小野田。

「しかし、なぜ総入れ替えなのでしょう？　死亡した裁判員の代わりをひとり補充すれば済む話です」

右京の正当な疑問に小野田がもっともな答えを与えた。

「それがね、残りの五人の裁判員が嫌がってるみたい。というか怖がっていると言ったほうが正確かしら。で、新たに選ばれる裁判員の警護を要請されました」

「しかし、警備を必要とするほどのことでしょうか？　塚原のために裁判員に危害を加えようとする人がいるのか、ぼくにはいささか疑問ですが」

小野田の用件を薄々察知した右京は率直に思ったことを口にした。

「けど、被疑者も挙がっているんでしょ？」

「ええ。塚原の女です」と薫が答える。

「でしたらその女性だけを監視すれば済む話じゃありませんか」

右京は納得がいかないようすで抗《あらが》った。

「それがね、警護が条件なの」

「やり直し裁判に裁判員を参加させるための条件でしょうか？」

「そういうこと」

「なるほど。それでわれわれをお呼びになった」

「相変わらず察しがいいね」

右京はつき合いの長い元上司の、相変わらずの茶番に鼻白んだ。

「どういうことですか？」ふたりの呼吸についていけない薫に右京が説いた。

「われわれに裁判員の警護をしろとおっしゃっています」

「え？　警護は警備部のＳＰがやるんじゃないんですか？」

「それは秘密裏に。そして、おまえたちは表立って。裁判所への根回しはもうしてあるから」

やんわりだが有無を言わせぬやり方も、昔からちっとも変わっていない。右京は小野田を横目でグッと睨んだ。

数日後に裁判員を総入れ替えにした「やり直し裁判」が開かれた。裁判所のロビーにやってきた特命係のふたりだったが、今回は少々趣が異なった。それはひとえに薫の服装のせいだった。いつものフライトジャケットにワークパンツという出立ちから一変して、今日はスーツにネクタイという格好だった。

「また来たのかよ」ロビーには伊丹と芹沢もいた。

「今日からは警護の名目で」右京がお辞儀をする。

「裁判員のお守りを仰せつかったそうで」

そう揶揄する伊丹だったが、今日は薫をからかうのもそっちのけでそわそわとあたりを見回していた。

「どなたかお捜しですか?」

右京が訊ねる。伊丹が捜していたのは森静香だった。先日、任意で引っ張ったものの、彼女のどの靴も日比谷公園から出た下足痕《ゲソコン》と一致しなかったため拘束しておくわけにはいかなくなったのだ、と芹沢が漏らした。そんな芹沢の頭を伊丹はパシリとしばきながら去って行った。別の方向から美和子がやってきた。このやり直し裁判から取材を始めるのだという。

「傍聴券が当たっていればいいんですけど……ああ、裁判員、前回の赤川裁判員事件への反省も込めて、都内の宿泊施設に缶詰めみたいですね」

「ええ。ですからわれわれも缶詰めになります」

右京からそう聞き、「しばらく帰れないね」と薫を見てちょっと寂しそうな顔をした美和子を、背後から呼ぶ声がした。

「美和子センパーイ!」

「田部井《たべい》ちゃん?」

美和子は懐かしそうにその女性を迎えた。

「ああ、やっぱり美和子先輩だ。ご無沙汰です」

一見リクルート・スーツかと見紛うばかりの地味なツーピースに黒革の大きなショルダーバッグ。長い髪を頭頂で引っ詰めた、いかにも真面目そうな風貌。田部井裕子というその女性は美和子の帝都新聞の後輩だった。彼女は薫に気付いて、

「あ、この方先輩の旦那さんですよね。刑事さんでしたっけ?」

そう確かめてから元気に自己紹介をした。

「はじめまして。帝都新聞の田部井です。美和子先輩にはいろいろお世話になって」

「そんな、お世話なんてしてないわよ」美和子が謙遜すると、

「社交辞令です」すぐさま切り返す裕子を薫はクスッと笑って見た。

「田部井!」

そこへ帝都新聞のキャップ、大久保康雄がやってきた。

「おお。どうも」

美和子に気付いて挨拶した大久保は背後にいる薫と右京にも目礼をしてからポケットに手を突っ込み、なにかを取り出して田部井裕子に渡した。

「ほら、おまえのは修理に出した。今度は壊すなよ」

それは社が記者に貸し出しているボイスレコーダーのことのようだった。

「すいません」裕子が頭を下げると、

「じゃあ俺は裁判所の記者クラブに詰めてるから」と言って慌ただしく去っていった。

「こらこら。記者の七つ道具を壊してんじゃないよ」

先輩らしくたしなめる美和子に、

「だってボイスレコーダーなんて普段使わないから」

裕子は多少弁解がましいことを言った。田部井裕子はどちらかというと街ネタ専門の記者だった。街ネタというのは地方版の仕事で、文字通り街に転がっているネタを探して取材することだった。

「でも、そんな田部井ちゃんがなぜここに？」

美和子が不思議がると、

「この取材を担当してた牧さんに別の仕事が入って」

と裕子は事情を説明した。

「牧さんの代わり？　じゃあ、わたしと一緒だ」

「え、先輩も？」

裕子は意外そうに呟いた。

結局、美和子も裕子も傍聴席の抽選には漏れてしまい、ランチを買って近くの公園で食べようと並んで歩いていた。

「幸先悪いよね。ふたりして傍聴できないなんて」と美和子。

「裁判終わった後の取材、がんばらないと」裕子は自らを鼓舞した。

「裁判終わった後って言っても、裁判員と接触するなら直後よね。裁判員がいつどこから裁判所を出てくるかなんて分かるかしら？」美和子が訊く。

「一応傍聴できた同僚記者と携帯で情報交換することになってますけど」

「ああ、わたしも昔、別の取材でそれやってた。いいよね、仲間がいると」

美和子の言葉は裕子には少し寂しく響いた。

「後悔してるんですか？　会社辞めたこと」

「そうじゃないけど」

「ですよね。美和子先輩ならフリーでやっていけますもんね」

裕子は明るく美和子を振り返った。

法廷では第三回の公判が始まっていた。警護を仰せつかった右京と薫は今度は職務としてそろって傍聴席に並ぶことができた。正面には新たに選ばれた裁判員が座っている。右手の席の弁護人が、立ち上がって意見陳述を読み上げた。

「被告人がやむなく被害者への怨恨について肯定すると、取り調べを担当した警察官は突然、怨恨を動機とした自白調書を読み始め、被告人に署名押印を求めた。驚いた被告人がその内容を否認すると、警察官は『動機を認めた以上、犯行を否認しても裁判所は認めないだろう』と言い出し、また『警察で認めた調書でも検察では否認できる。そのほうが拘束される時間も短い』などと話した……」

五

第三回公判の後、三雲裁判長とふたりの陪席裁判官、宇佐見里香と佐光一《さこうはじめ》、そして六人の裁判員が評議室に集まった。公判を受けて中間評議を行うためである。だだっ広く殺風景な評議室の片隅に、右京と薫も警護のため腕章をはめて座っていた。

まず裁判長の三雲が評議の大前提を述べた。

「被告人は殺人罪を否認していますので、今回の争点は有罪か無罪か、刑の量定をどうするかの二点です。殺人罪の場合、刑の量定は懲役五年から三十年、または無期懲役、または死刑ということになります」

口火を切ったのは倉品翔子《くらしなしょうこ》という裁判員だった。三十代半ばと見受けられるバリバリのキャリアウーマンである。

「わたしたちは素人ですから、わが身を被害者遺族に置き換えて考えれば、考えやすいと思いますよ」

「殺されたのが、もし自分たちの家族だったらってことですか?」

それを聞いて不安そうに訊ねたのは、本村美千代という主婦らしい女性で、六人のうち女性はこのふたりであった。

「被告ってピストルを売り買いしてた人なんですよね?」

裁判官に訊ねたのは、スーツに隠れてはいるが逞しい体軀と角刈りのヘアスタイルがスポーツマンを思わせる相馬哲春である。

「二年前、被害者に逮捕され、銃刀法違反で懲役二年の刑を受けましたが、現在は刑の執行が終了しています」右陪席の宇佐見が説明した。

「被告は、そのときの逮捕を逆恨みして殺したんです」

翔子の断定口調を、三雲がたしなめた。

「検察はそう主張していますが、被告人は否認しています」

しかし翔子は三雲の意図するところを曲解して発言を続けた。

「つまり反省していないってことです。それを考えると、わたしは死刑を求めてもいいと思います」

「死刑?」

六人の中で最も若い男性、田上海斗《かいと》が思わず声を漏らした。

離れて聞いていた薫もさすがに度胆を抜かれ、右京に耳打ちした。

「すごいこと言いますね」

「裁判官だけならば、決して出ない意見でしょうね」

右京も小声で答えた。

「いまは法的な補足説明をするときであって、刑の量定について話し合うときではありません」

議題の方向を案じた三雲が修正をかけたが、裁判員たちはそれをなかなか受け止めようとはしない。

「わたしは嫌だわ。死刑だなんて」

美千代が大きな声を上げると、その弱気を非難するように翔子が意気込んだ。

「被告は拳銃の売人ですよ？　根っからの悪人なんです」

「だから怖いんです！　恨み買ったらって思うと……この前の裁判員、殺されたんですよね？」

美千代のみならず、赤川の死は裁判員全員に大きく影を落としているようだった。

「みなさん、それが殺人かどうかはまだわかっていません」

脱線した議論を正そうと宇佐見が割って入った。

「それに、みなさんの安全には最善を尽くしています」

続いて左陪席の佐光が裁判員たちの背後に座っている右京と薫を指さした。一斉に振り返る裁判員たちの視線を浴びて、ふたりは立ち上がって礼をした。

「でも、裁判が終わっても守ってくれるんですか？」

相馬の隣の、相馬より年長でもし会社勤めならば経理か総務畑であろうタイプの阿久《あく》津真《つまこと》が懸念を述べると、白いヒゲを生やした六人の中でも最年長の関貞好《さだよし》が口を開いた。

「第一われわれを警護しているってことはやっぱり」

「だから、恨まれないように執行猶予とかつけたほうがよくないかしら」

美千代のいかにも素人っぽい発言を宇佐見が正す。

「殺人罪は懲役五年以上。執行猶予をつけられるのは懲役三年以下です」

「わたしは被害者遺族の気持ちになって考えたいんです」翔子は唐突に前言を繰り返した。「犯人は悪人のまま、誰からも憎まれながら死んでいってほしい。わたしが被害者遺族なら、きっとそう思います」

さすがに行き過ぎの翔子の論に、佐光が釘を刺す。

「待ってください。殺された被害者がひとりの場合、よほど悪質でない限り無期懲役までというのがこれまでの判例傾向です」

「だから、そういう判例とか言うんだったら裁判員を集めた意味がないでしょう？」

相馬の発言に翔子が乗った。

「そうです。たとえ殺されたのがひとりでも、それが自分の愛する家族だったら、みなさんどうです？」

「殺してやりたいと思うね、たしかに」阿久津が翔子の論理を敷延した。

見かねた三雲が介入した。

「家族が殺されたら相手にも死を求めますか？」

「はい。それが遺族の本心だと思います」翔子は胸を張って答えた。

「たとえ事故で殺されても？」

「は？」翔子は意表を突かれた。

「被害者遺族には事故を起こした人に殺意を覚える人もいるでしょう。では、その人には死刑を求めるべきでしょうか？」

「待ってください。今回は殺人です」翔子は三雲の言葉に納得しかねた。

「殺人罪かどうかは、まだ決まっていません」

「でも、事故と殺人では同じ死んだのでも」

「遺族の悲しみは違いますか？」

「それは……」三雲の指摘に翔子は言葉が詰まった。

「被害者遺族の気持ちを考えるのは、とても有意義なことだと思います。しかし裁判は被害者遺族の復讐の場ではないと、私は考えています。みなさんは被害者遺族に復讐させたいんですか？」

裁判員みなが沈黙した。司法の原点を示す三雲の言葉には確かな説得力があった。

「本題に戻りましょう。被告人が有罪か無罪か、刑の量定がどの程度かを評議する前に、検察側および弁護側から提出された証拠について法的な説明をいたします。お手元にあります資料をご覧ください」

ここでようやく出発点に戻ることができた。

評議が終わると六人の裁判員はそのまま車で都内のホテルに移動した。彼らの警護が任務である特命係のふたりも当然一緒である。ホテルに到着した裁判員たちは、警備部の三奈瀬《みなせ》からさまざまな注意事項の説明を受けたのち、それぞれの部屋に向かった。あてがわれた部屋に入った右京と薫は裁判員の経歴書をテーブルの上に並べてみた。
関貞好・六十三歳・酒店自営
倉品翔子・三十五歳・クレジットカード会社勤務
阿久津真・四十三歳・信用金庫勤務
相馬哲春・三十七歳・警備会社勤務
本村美千代・五十四歳・主婦
田上海斗・二十四歳・フリーター
「こうして見ると裁判員の肩書もいろいろですね」薫が率直な感想を述べる。「問題の倉品裁判員はカード会社勤務のようですね。ダイナスティックって有名ですよね」

「これですよ」

右京は自分の財布からカードを出して示した。カードの右肩には「METRO BANK」というロゴマークが入っている。

「でも、この経歴を見る限り、新宿の警官や銃の売人との接点はなさそうですけどね」

ふたりとも評議での倉品翔子の態度に尋常でないものを感じていた。

「速水巡査部長と塚原被告の経歴も見たいですねえ。警官殺しを捜査した所轄署にならありますね」

右京がカードをしまいながら言った。

思い立ったらすぐに行動するのが特命係の特徴といえば特徴である。右京と薫は早速新宿南署を訪ねた。ちょうどタイミングよく入り口ですれ違った辰巳刑事に頼んで速水巡査部長に関する資料を見せてもらうことができた。

「すいませんね。帰るとこを引き止めて」薫が恐縮する。

「いえ。でも、すでに裁判になってる事件をどうして？」

辰巳は不審そうに訊ねた。

「交番一筋だったんですねえ」

速水巡査部長の職務経歴書を見た右京が呟いた。

「速水さんはどの交番でも地域の人に好かれて」

辰巳は懐かしそうに言った。

「よくご存じですね」

それこそ意外というようすで辰巳は返答した。

「この署の人間ならみんな知ってます。特に私と有働は交番研修のとき、速水さんが指導係だったので」

「失礼。有働さんとおっしゃると、たしか塚原を取り調べた刑事さん」

「はい。いまは裁判員殺しの捜査本部にいるはずです」

右京のアンテナになにかが引っかかったようだ。

翌日、第四回の公判が開かれた。今回は有働刑事が証人として証言台に立った。

「食事時間はもちろん、いつでもトイレ休憩を認めました。弁護人とふたりきりの接見も邪魔したことはありません」

きっぱりと言う有働に、翔子が念を押した。

「つまり警察の取り調べに違法性はなかったんですね？」

「はい。にもかかわらず自白を強要したなどと言われ、取り調べを担当した警察官として甚だ困惑しています」

今度は三雲裁判長が質問した。

「取り調べを担当した警察官として、取り調べ中に被告人が自白したきっかけはなんだと思いますか？」

「いろいろあると思いますが、私が速水さん……つまり被害者の人となりを詳しく話したことが大きかったと思います」

「被害者の人となりと言いますと？」と三雲。

「私は被害者と交番研修以来の長い付き合いです。彼がどれほど職務に真面目で、地域の人から愛された警察官かよく知っています。それを被告人に話しました。それで被告人は泣きながら認めました。『申し訳ないことをした』と。その場にいた警察官全員が見ています」

それを聞いた塚原は、なにに対してなのか深いため息を吐いた。


公判終了後に再び中間評議がもたれた。いつものように司会を務めるのは裁判長の三雲である。

「検察側証人および弁護側証人の証言について、採用できるか採用できないかを、みなさんで話し合っていきましょう」

「あのう裁判長、これなんですが」阿久津が皆に配られた殺人罪の量刑資料を手に訊ねた。「これを見る限り、今回の被告は懲役十八年くらいがいいと私は思うんですが」

「けれども判例とかそういうことに縛られてちゃ、われわれ裁判員の意味がないんじゃないですかね」相馬が反論した。

「でも、ある程度の基準は必要でしょ?」

阿久津は持論を曲げなかった。いきなり量刑の議題になってしまったことに、宇佐見判事が警鐘を鳴らした。

「みなさん、いまは刑の量定の評議はしないでください」

「でも公判はあと一回しかないんですよね? そろそろ懲役何年とかの話とかなきゃいけないんじゃないですか?」若い田上が危惧を表する。

「必要ならば明日の最終公判の後、評議時間は延ばせます。さらに別の日に評議をすることもできます」

三雲の言葉に皆は困った顔になった。

「それはちょっと」と相馬。

「困るなあ、これ以上拘束されるのは」阿久津のひと言が皆の感情を代弁していた。

「ま、私は懲役十八年で結構だと思いますよ」最年長の関がまとめるように言った。

「そうね。これを見るとそうなりますよね」美千代も同調する。

このあいだの三雲の言葉が効いたのだろうか、前回に比べると裁判員たちはおしなべて冷静になっていた。

「待ってください。そんなの変です。被告には前科があって、しかもその逆恨みで今度は殺人まで！　犯行がエスカレートしてるじゃないですか！」

場の流れに強く異議を表明したのは、やはり翔子だった。

「まあ、たしかにね」阿久津がなびく。

「そのうえ、この期に及んでも罪を認めない。こういう人間にはもっと厳しい判決を下すべきです」翔子は断固として厳しい刑を主張した。

「うーん。もう少し引き上げてもいいかもしれんなあ」と関も翔子の意見に動かされたようだ。

「いえ。もっと決定的に重い罰を与えるべきです」

「重い罰って？」田上が翔子に恐る恐る訊ねる。

「もちろん、死刑です」

他の五人は動揺を隠せなかった。

「裁判官さんはどうお考えですか？」

相馬の質問には三雲が答えた。

「申し上げられません。何度も言っているように、いまは刑の量定を考える場ではありませんよ」

三雲が何度となく喚起する正常な議論への方向づけは、法に基づく論議に慣れていない裁判員たちにとっては意味を成さなかった。

六

「右京さん！　これ、今朝の朝刊に」

裁判員と同じホテルで迎えた翌朝、化粧室の鏡の前で右京が身支度をしているところへ、薫が血相を変えて入ってきた。

《塚原被告に懲役十八年か　裁判員制度初の判決は不当？》

《匿名で評議内容の告発》

帝都新聞の社会面トップに大きな見出しが躍っている。

「評議内容が漏れちゃってます」

右京は顔を強ばらせた。

とりあえず身支度を整えて一階に下りると、ＳＰに守られた部屋に裁判員が集められていた。この新聞記事により今日の裁判が延期になるという知らせを受けて、裁判員たちは苛立っていた。阿久津と相馬が特に激しく警備部の三奈瀬に抗議している。だが逆にフリーターである田上は、

「でも、そこらへんのバイトよりいい日当出てますよ」

と不用意な発言をして相馬から詰《なじ》られた。裁判員同士にもそろそろ関係に亀裂が生まれてきたようだった。

「とにかく本日の裁判は中止です。以後のことは追って知らせます。今日はとにかくホテルから出ないでください」

侃々諤々《かんかんがくがく》の裁判員たちを三奈瀬はなんとか宥めて押しとどめた。

「今日は警護の必要はなさそうですね」右京は薫に耳打ちした。

裁判員の警護から解放された特命係のふたりは衝撃のスクープをものした記者に事情を聞くため帝都新聞に赴き、美和子もそこに合流した。

記事を書いたのは牧だった。なんでも昨夜ひとりで残業をしているところへ女性の声で電話がかかってきたのだという。匿名なので真偽はわからないということだが、仮に裁判員が評議内容を漏らしたとしたら、六カ月以下の懲役または五十万円以下の罰金が科せられるので、名を秘すのは当たり前である。

そこへキャップの大久保が嬉しそうにやってきた。

「牧ちゃん。この記事、スクープ賞出るぞ!」

「よっしゃ!」牧は一瞬ガッツポーズをとったが、「警察から苦情は?」と心配そうに付け加えた。

「あったよ。いま行ってきた。めちゃくちゃ叱られたよ」大久保は右京と薫をチラと見て言った。

「キャップのことですから、それも想定済みですよね？」大久保のやり方を熟知している美和子であった。

「実際に起きた出来事を記事にしただけで、本物の裁判員と書いたわけでもない。うまい逃げ方をなさいますねえ」右京が皮肉を込めて言うと、

「叱られてきたんですから、これ以上は勘弁してください」ぺこりと頭を下げて大久保は去っていった。

「俺もこれを機に裁判の取材に戻ろっかなあ」軽いノリで牧が言う。

「でも田部井ちゃんは外さないであげてくださいね」

美和子の言葉を聞いて牧は怪訝な顔をした。

「ん？　田部井？」

「牧さんが抜けたから彼女が担当になったんですよね？」

「なに言ってんの？　俺の代わりは美和子さんでしょ。田部井は俺が抜ける前からこの裁判の取材やってるよ」

この小さな齟齬《そご》に反応した右京と薫はその足でキャップの大久保のところへ行き、あ

るものを借りた。そして米沢に連絡をとり、それを調べるよう依頼した。

そのころ警視庁では今回の評議内容の漏洩問題について関係各所の上層部が集まって協議していた。メンバーは小野田、内村、そして三雲裁判長のほか、警備部長の原武《はらたけ》清文に法務省司法調査部長の常盤《ときわ》克信という面々だった。

「裁判員が宿泊するホテルの通話記録を調べましたが、該当する時間に電話を使った裁判員はいませんでした」まず当該の責任者である警備部長の原武が述べた。

「裁判員の中に女性はふたりいますね」常盤が三雲に訊ねる。

「はい。当職の見解としては、情報漏洩者は倉品翔子裁判員ではないかと推察しています。今回漏洩された懲役十八年という量刑案に強く反発しているのは彼女だけです。が しかし、証拠がありません」

「その裁判員の携帯電話は調べたんですか？」と内村。

「証拠がない段階では人権上難しいでしょう」原武の慎重な反応に内村が重ねて訊いた。

「情報漏洩した裁判員の目的はなんですかね？」

「考えたくはありませんが、裁判員制度を潰すことではないでしょうか？」

常盤の発言を受けて小野田が初めて口を開いた。

「または世論の喚起」

「世論の喚起？」

問い返す常盤に答えて小野田が続ける。

「裁判員はしょせん素人。こういったマスコミ報道に左右されるなというほうが、どだい無理かもしれません」

「世論の喚起による判決の操作ということですか？」

常盤の言葉に頷きながら、小野田は三雲の顔をチラと窺った。三雲は眉間に刻んだ皺を深くし、唇を噛みしめていた。

三雲が警視庁を出ようとするところへ、帝都新聞から戻ってきた特命係のふたりが出くわした。

「裁判員の警護はいいんですか？」三雲はちょっと咎めるような口調で訊ねる。

「みなさんは今日一日ホテルに軟禁状態なんで」薫が答えた。

「これから裁判所ですか？」と右京。

「ええ。裁判が延期されても仕事はありますから」

先を急ごうとする三雲を送って行こうと申し出たのは薫だった。

「裁判所の前は報道陣でいっぱいですよ」

固辞する三雲を右京が説得し、三人は裁判所に向かった。

七

警視庁と東京地裁の間はそう遠くない。右京と薫は三雲を挟んでその短い道筋を歩いて行った。案の定、裁判所の前は報道陣でごった返していた。

――裁判長！　記事は読まれましたか？

――評議内容は事実ですか？

――懲役十八年は軽すぎませんか？　無期や死刑という意見が出たというのは本当ですか？

――情報漏洩は裁判における問題点ではないんですか？

薫の制止にもかかわらず矢継ぎ早に繰り出される報道陣の質問に、仏頂面でだんまりを決め込んでいた三雲が、裁判所の入り口で突然振り返った。

「裁判官として、ひとつだけ申し上げます。テレビの向こうから事件を眺めて懲役何年だ死刑だと言うのと、法廷で生身の被告人を見て、法的拘束力のある刑を言い渡すのとでは雲泥の差があります。テレビをご覧の方は、どうかそれを想像していただきたい。そして自分が裁判員になった場合の責任を感じてください」

三雲の迫力に一瞬沈黙した報道陣を見渡した三雲は、ひと言「失礼」と残して扉の向こうへ去っていった。

「いやぁ、ここに来るたびにあれじゃ大変ですね」

建物の内部に入って一息ついた薫が、三雲に同情した。

「彼らを取り締まるべきです」

三雲は押し殺した怒りを言葉ににじませた。

「厳重に注意するよう申し入れておきます」

右京が請け負うと、「でしたら、これを」と三雲は手帳から一枚メモを引きちぎり、右京に渡した。そこにはマスコミ関係者と思しき四名の名前と所属が記されていた。帝都新聞の牧志乃武と田部井裕子のほか、ライバル紙の東京日報と某週刊誌の記者の名も並んでいた。

「お調べになったのですか？」右京が少し驚いた声で訊ねた。

「彼らは以前から、われわれ裁判官や裁判員にさっきのような取材を繰り返しています。裁判員が殺されたいまでも……これ以上目に余るようなら当局に通報するつもりで調べました」

「そうでしたか」右京がうべなう。

「以前も裁判員に強引な取材をする記者がいたので、名刺を出させ、注意しました。それでも、あの調子です」

三雲は険しい眼差しを扉の外に群がる報道陣に向けた。

一方、警視庁に設けられた裁判員殺害事件の捜査本部では中園参事官が倉品翔子の顔写真を配っていた。

「これは裁判員に関することなので極秘事項とする。今朝の新聞に情報漏洩した疑いがもっとも高い裁判員だ。塚原被告に重い刑を求めている裁判員でもある。よってこの捜査本部からも警護要員を出すことにした」

それは裁判員のなかから第二の被害者を出さないための策だった。

「というわけで、われわれも二十四時間張り付くことになった」

裁判員が宿泊しているホテルに捜査一課から伊丹、そして新宿南署から有働刑事もやってきた。

「二十四時間おまえと一緒は嫌だな」と薫が先制する。

「こっちもだ」

伊丹と薫は例のごとく眼《がん》を飛ばし合った。

「私、新宿南署刑事課の有働です。よろしくお願いします」

脇から有働が右京に自己紹介をした。

「ご同僚の辰巳さんからも少しうかがっています」

辰巳の名を聞いて有働の固い表情がわずかに緩んだ。

「あいつは私の後輩でして」

そこへSPの三奈瀬がやってきた。

「みなさん、判決公判の日取りが決まりました。急な話だが明日です。すでに裁判員には伝えてあります。お願いしますね」

この三奈瀬という男は誰に対してもどことなく高圧的な物言いをする。内心舌打ちをしながら薫はうなずいた。

右京と薫、それに伊丹と有働が裁判員が集まっている部屋を覗いてみると、皆はテレビのニュースを見ていた。そこではキャスターと記者が掛け合いで、塚原の裁判に関する分析を行っていた。

——現在まで塚原被告は一貫して無罪を主張しています。

——とすると、かなり厳しい判決が予想されますねえ。

——もちろん検察がどのような求刑をするかが注目ですが、今日スクープされたこの新聞記事がもし真実であれば、懲役十八年程度ということも考えられます。

——しかし塚原被告には前科があり、証拠があるにもかかわらず罪を認めないことに対して……

右京がテレビの前に立ちはだかり、薫がリモコンを取り上げてスイッチを切った。

「このような番組はできるだけ見ないように言われてるはずじゃありませんか？」

「でも気になるのよ。当然でしょ？」美千代が抗議した。

「なんか、このまま懲役十八年にしたら袋叩きに遭いそうですよ」田上は肩をすくめる。

「みなさんが裁判員だったことは秘密にされるはずですから」

薫は必死に身の安全を保障しようとするが、皆信じてはいないのがすぐにわかった。

「そんなこと言ったって法廷で顔を見られてるしね」と関がそっぽを向く。

「この中の誰かが裏切らないとも限らないしねえ？」阿久津の言葉を受けて全員が少し離れた窓際に立っている翔子を見た。

「ほんと、評議の内容を漏らすなんて許せませんね」相馬があからさまに非難する。

そんな会話が交わされていることを知ってか知らずか、翔子は近くにいる有働と世間話をしているようすだった。


翌日、第五回公判が執り行われた。このあと裁判員の評議を経て判決が言い渡される。特命係のふたり、それに伊丹と有働が傍聴席に並んで座った。

「裁判員のみなさん、被告人への質問は以上ですか？」

裁判の手順が一通り済んだのち、三雲裁判長が確認のために声をかけると、翔子が手を上げた。三雲の許可を得た翔子は塚原をじっと睨んで質問をした。

「前回、検察側証人があなたを取り調べたとき被害者の人となりを話したと言いましたが、たしかですね？」

「ええ、まあ聞きましたけど」塚原はうんざりした口調で答えた。

「それであなたは泣きながら自白した。そうですね？」

「はい。悔しくて」塚原は屈辱に唇を噛みしめた。

「悔しくて？　被害者は地域の人々に愛され、警視総監賞ももらうほど立派な警官だったそうですね。そういう人を殺してしまった悔しさですか？」

明らかに翔子は塚原をどこかに誘導しようとしていた。

「違うよっ！」

堪え切れずに塚原が声を荒げた。すかさず三雲が注意を促した。

「すいません。『おまえがやったんだろ。動かぬ証拠があるぞ』って言われて、悔しくて……もうどうでもよくなってしまったんです」

塚原の言葉に、翔子が食ってかかった。

「被害者のことを思って泣いたんじゃないんですかっ？」

それはあまりに感情的な質問だった。

「裁判員。被告人を責める発言は控えてください」

三雲は辛うじて翔子の暴走を止めた。

公判が結審し、裁判官と裁判員は最終評議に入った。まずは有罪か無罪かを多数決で決めるのだが、これはすんなりと有罪で決まった。

「では次に、刑の量定を評議し、決めたいと思います」

三雲裁判長が告げると、後方の席の右京が立ち上がって、あろうことか「ちょっとよろしいでしょうか？」と発言を始めた。

「評議には裁判員と裁判官しか参加できません」左陪席の佐光が右京を遮った。

「評議に参加しようというのではありません。ただ、倉品裁判員にひとつだけ質問がありまして」

右京はずんずんと前に進み出てゆく。気が気でないのは薫だった。

「ここは警護の方の質問を受ける場ではありません」

なお佐光が注意を与える。

「承知していますが、お認めいただけないでしょうか？」

「ちょっと右京さん！」薫も右京の後を追って腕を取ろうとさえした。

「これ以上の申し出は評議の邪魔になると判断し、出て行ってもらうことになります」

佐光は最後通牒を渡したが、そのとき当の翔子が、

「なんですか？　わたしに訊きたいことって」

と言ったので、右京はそのまま訊ねることになった。

「先ほどあなたは法廷で、被害者が警視総監賞をもらうという発言をされましたが、それはどこからの情報でしょう？」

「そうだ。そんな情報、資料にありましたっけ？」相馬がまず気付いた。

「たぶん、テレビかなにかで見たんだと思います」翔子は曖昧な返事をした。

「わたし、ホテルでテレビばっかり見てたけど知らないわよ」テレビ好きの主婦、美千代が証言する。

「ぼくは速水巡査部長の経歴書を見たことがありますが、そのような記録はありませんでした。ですから少し気になりまして」

右京の指摘に翔子はあっさり引き下がった。

「じゃあ、わたしの記憶違いです」

「そうですか。申し訳ありません、評議の邪魔をいたしまして」右京は裁判長に頭を下げた。

右京と翔子のやりとりを興味深げに眺めていた三雲は我に返って、「では、刑の量定について評議します」と続けた。

「検察の求刑は懲役十八年でした」

宇佐見が述べると、続けて佐光が、「これまでみなさんは期せずして刑の量定について話してきました。よって、ここで評決に入ってもよいと考えますが」と裁判員を見渡した。

「いまの段階で評決することに異議のある方は？」しんとなった裁判員を見て、三雲は先に進むことにした。「では、裁判員の方で評決を発言できる方」

「私は懲役十八年でいいですよ」

阿久津が口火を切ると、相馬もそれに賛成した。美千代も「少し迷っているんですけど」と前置きをしながらも懲役十八年に同意した。一方、関と田上はそれに二年上乗せして懲役二十年という意見だった。阿久津に訳を問われると、関は法廷での被告人の態度を上げ、田上はマスコミの反応を上げた。

「マスコミの報道に左右されちゃいけないんじゃないですかね」相馬が釘を刺すと、

「あれだけ騒がれていれば気になりますね」と関が弁護した。

「評議を漏らす裁判員がいるから、そういうことになるんですよね」

阿久津が皮肉めいたことを言って翔子に非難の目を向けると、

「裁判員から漏洩があったと断定されてはいません」と三雲がそれを牽制した。

「ここで話したとおりのことが新聞やテレビにも出てたもの。ねえ？」

美千代がそこに注意を促す発言をすると、三雲はそれを遮るように「倉品裁判員は？」と水を向けた。

「わたしは死刑が妥当だと思ってます」きっぱりと言う翔子に皆の視線は集まった。

「たしかに凶悪な犯罪だけど死刑はないんじゃないですか?」関が年長者の分別も滲ませて忠言した。

「一度自白してて証拠もあるのに罪を認めない。つまり被告は反省してないってことです」

「だからって、いくらなんでも死刑だなんて」

美千代の事大主義を粉砕するかのように、翔子が叫んだ。

「しかも被告の関係者が裁判員を殺してるんですよ!」

「みなさん、死亡した裁判員は殺されたと決まったわけではありません。それはマスコミによる勝手な推測です」

佐光が忠告を与えると、三雲も明言した。

「それに裁判員が死亡した件は、本件の評議においては考慮しないでくださいと申し上げたはずですよ」

「でも分けて考えることなんてできません!」

しかし、翔子はしつこく主張した。そのとき、

「あの、よろしいでしょうか」

再び立ち上がった右京を、三雲がグッと睨んだ。

「いい加減にしてください。これ以上は本当に出て行っていただくことになりますよ」

「はい。出て行かせてください」

意外な申し出に、三雲のみならず、その場にいた皆が唖然とした。

「すぐに代わりの警護の人間を用意しますので」

右京は出口に向かってすたすたと歩いて行った。再び困惑したのは薫だった。

「あの……ってなことなんで、すいません！」場を取りなしながら右京のあとに続いた。

「倉品翔子裁判員が厳罰を求めるのは、速水巡査部長と繋がりがあるからだとばかり考えていました」

出口直前で追いついた薫に右京が言った。

「でも繋がりはありませんでしたよ」

「ぼくはもうひとりの被害者を忘れていました」

「えっ？」

急いで警視庁に戻り鑑識課を訪れたふたりは、米沢に頼んでもうひとりの被害者、赤川良平の所持品を調べ直した。

「あ！　右京さん、このマーク！」

それを発見したのは薫だった。赤川の身分証には見覚えのあるロゴマークが付いていた。「METRO BANK」……それは翔子の勤めるダイナスティックカードのクレジットカードにもついていたものだ。右京は自分の財布からカードを取り出して確認した。

「亀山くん、行きましょう」

鑑識課を出てゆこうとするふたりを米沢が呼び止めた。

「杉下警部。例の別件でお願いされてた鑑定ですが」

「なにかわかりましたか?」

「ええ。壊れた原因は水没でした」

「水没……つまり、水に濡れていた」

右京のメタルフレームの縁がキラリと光った。

八

評議室ではすでに刑の量定も決まったものの、まだ納得いかないらしく翔子だけが食い下がっていた。

「懲役十八年という量刑も決して軽くはありません」佐光が説き伏せる。

「でも、現に三人の裁判員が軽いと感じています」翔子は執拗だった。

「でも俺たち、無期とか死刑とか言ってないよ」と田上。阿久津も「評決は決まったんだよ!」と一刻も早くこの評議を終わらせたがっている。ついに三雲裁判長が判断を下した。

「これ以上法廷を待たせるわけにはいきません」

　そのとき、いきなりドアが開いて特命係のふたりが部屋に飛び込んできた。代わりに警護として中に入っていた伊丹と有働が押さえにかかる。

「評議中です！」佐光が叫んだ。

「この評議に参加する資格のない人がいます」

　皆を見渡して宣言した右京は、続いて翔子の席の前に進んだ。

「倉品翔子裁判員。あなたの勤めるダイナスティックカードはメトロバンクへ行ってきました。ダイナスティックカードはメトロバンクの出資だそうですね」

「メトロバンク……」三雲が鸚鵡《おうむ》返しに呟く。

「メトロバンクって赤川裁判員が勤めてた？」宇佐見が聞き返した。

「そうです。赤川さんは一時期メトロバンクからダイナスティックに出向していた。それもあなたの部署に。赤川さんとあなたはかつて上司と部下の関係だったそうですね」

「そういうことは裁判所で分からなかったんですか！」伊丹が叫ぶ。

「裁判員の選任手続きでは被害者や被告人との関係は調べますが、以前の裁判員との関係などは調べません」佐光の言葉は弁解じみて響いた。

「だからなんです？　わたしも赤川さんも偶然同じ事件の裁判員に選ばれた。それだけです」翔子は開き直ったような態度に出た。

「問題は、なぜそのことを裁判員の審査で告げなかったのか、ということです」右京の指摘は的を射た。「言えば、あなたは裁判員に選ばれなかったかもしれませんね」

薫の言葉を受けて右京が追及する。

「つまりあなたはそれほど、この裁判の裁判員になりたかった。それは、なぜでしょう？」

「塚原は死刑にするべきなのよ」

「それはもう十分にうかがいました」

「いまの自分があるのは、赤川さんのおかげなのよ。そんな人を殺すなんて、絶対許せない！」激した翔子の声は、次第に涙声に変わっていった。「赤川さんが塚原の女に殺されて、わたしが裁判員に選ばれて……運命だと思ったわ。だからこそ、わたしが赤川さんの無念を晴らさなきゃいけない。そう思った」瞼に溜まった涙は堰を切ったように溢れて頬を伝った。翔子はその涙を振り切るように叫んだ。「あんな奴、死刑じゃなきゃおかしいのよ！」

その一部始終を見ていた三雲がじっと翔子を見据えて語りかけた。

「赤川さんを死亡させたのは被告人ではありませんよ。倉品裁判員、あなたは以前から死刑という言葉を簡単に口にしています。しかし、あなたは被告人に死刑を言い渡す裁判官の苦さを知らない。裁判官はその苦さを一生背負い、生きていかなければなりません。それが裁判官の責任だからです。その覚悟があって、死刑と言っていたのですか？」

三雲の言葉には法と人間の運命にかかわる本質的ななにかがあった。そしてそれは、その場にいる誰をも沈黙させるに十分な重さを持っていた。

「倉品裁判員。あなたを裁判員から解任するよう求めます」

沈黙を破って三雲が宣言した。

結局、評議も公判も中断され、裁判員たちは伊丹らに付き添われてホテルに戻った。皆を見送り最後に資料をまとめて帰ろうとする三雲を、右京が呼び止めた。

「死刑を言い渡す苦さ……」

ドアノブに手をかけた三雲が振り返った。

「裁判員も、それを一生背負うべきでしょうか？」

「それが、人が人を裁くということです」

「でも、それだと死刑を下す裁判員がいなくなるんじゃないですかね」

薫の言葉はごく一般的な感覚から出たものだった。

「それなら裁判員などすべきでない。人を裁くなら覚悟すべきです。事件関係者からどれほど恨まれようと。たとえ悪夢にうなされようと」

三雲の言葉は法を司る立場に長く携わった人間のみが口にできるものだった。

「悪夢にうなされますか？」

右京は静かに訊ねた。

「裁判官は、そんな夜との闘いです」

三雲は右京の目をじっと見つめ、最後にわずかな微笑みを残して部屋を後にした。


裁判所の別室にひとり呼ばれた翔子は、警備員に囲まれながら右京と正対していた。

「評議の内容を新聞社に漏らしましたねえ」

右京が穏やかに訊ねると、翔子は素直にうなずいた。

「被害者が警視総監賞をもらうという情報は、どこでお聞きになったのですか？」

「昨日ホテルで」

「どなたに？」

「新しく来た警護の刑事さん。前に証人として法廷に立った人です」

「有働さんですね」薫が耳打ちする。

先ほどまで攻撃的に死刑という言葉を連発していたのが嘘のようにうなだれている女性に、右京が静かに言った。

「倉品さん。赤川さんを殺害したのは塚原の関係者ではありません」

翔子は驚いて顔を上げた。

九

右京と薫はホテルに戻って有働を呼び出した。

「ええ、そうです。昨日あの女性裁判員が、殺された速水さんのことを教えてくれって言ってきました」

有働は翔子に話したことを即座に認めた。

「なんとお答えになったのでしょう？」

「優秀な警察官だったって話しました。そのとき警視総監賞をもらうほどだって言ってしまったかもしれません」

「倉品翔子はなんでそんなことを？」薫が訊ねた。

「私もそれが気になって訊いたら、被害者について裁判員の情に訴えかけるような話がほしいって」

「裁判に影響を及ぼす目的で裁判員に情報を提供した場合、処罰の対象となることがあるんですよ」右京が多少咎めるように言った。

「私もまずいと思って、すぐに話を切り上げました」

「ところで、速水巡査部長は警視総監賞をもらったことがあるんですか？」

それが最も右京の頭に引っかかっていたことだった。

「経歴書を見る限り、そんな記録はないんですけどね」

薫が重ねて確認すると、有働はわずかに動揺して言葉を濁した。

「速水さんは……あの、警視総監賞をもらう予定だったんです。でも、その前に殺されてしまって」

「もらう予定だった？　あなたはなぜそのことを知っていたのですか？」

「あ……いや、それは」

有働が答えあぐねているところへ、新宿南署の刑事がやってきた。

「失礼します。有働刑事、大河内監察官がお呼びです」


有働の監察官聴取が終わったあと、右京と薫は主任監察官、大河内春樹の部屋を訪ねた。大河内は時として特命係にシンパシーを感じているようにも見えたが、時として大きな壁となることもある、右京と薫にとってはなかなか厄介な人物であった。

「速水巡査部長が警視総監賞をもらう予定だったということは事実でしょうか？」

開口一番、右京が訊ねる。

「七月に起きたガス爆発事故での人命救助を理由に、その月の二十五日に警視総監賞が内定していました」

七月二十五日というと、速水が殺害された日だ。内定の連絡はその夜、新宿南署の署長から速水に直接電話で伝えたということだった。そしてそのことを知っていたのは本人と署長以外では警務部の一握りの人間だけ。つまり、有働が警視総監賞のことを知っていたとすれば、殺された夜、速水本人から聞くしかなかったことになる。

ふたりは再び有働に確かめるため新宿南署に向かった。


そのころ警視庁の別室では三雲を含めて再び上層部が集まり、今回の裁判の行方に頭を悩ませていた。

「倉品翔子を裁判員から解任するよう申請します。すでに弁護人と検察官には話してあります」三雲が言った。

「解任すると裁判員を補充したり、また総入れ替えということになりません?」小野田が皆を見回した。

「それは困ります！　これ以上、裁判員制度に対する不信感が増大することは避けなければなりません」法務省司法調査部長の常盤が悲鳴に近い声をあげた。

「これは裁判長としての私論なんですが」三雲の発言に皆の注目が集まった。「残り五人の裁判員と三人の裁判官で判決を下すことも、三人の裁判官だけで判決することも可能だと思います」

「本当ですか?」常盤の声がにわかに明るくなった。

「はい。すでに判決は決まっていましたから」

「それができるなら、そうしてもらったほうが」

警備部長の原武も三雲の言葉に救われたという顔をした。

「それなら明日にでも法廷を再開できますが」

「では今回は試験導入による特別措置として、五人の裁判員と三人の裁判官で公判を開くということで」

ひとり小野田だけが複雑な表情で三雲の顔を見ていた。

十

翌朝、翔子ひとりを解任した五人の裁判員で評議が再開された。一方そのころ、特命係のふたりは新宿南署を訪れ、辰巳刑事を呼び出した。

「今日、警官殺しの判決が出ます。時間がありません。あなたに早急に確認したいことがあります」

「なんですか?」

近くの公園まで連れ出されたことさえ迷惑顔だった辰巳は、のっけから右京に問い詰められて不機嫌そうだった。

「速水巡査部長は警視総監賞をもらうほど立派だった……昨日ひとりの裁判員が塚原被告に言ったことです。その裁判員は、これを有働刑事から聞いたそうです」

辰巳はなんのことか見当がつかないという表情で右京を見た。

「有働さんはそれをあなたから聞いたと言ってますが、あなたはどなたからお聞きになったんですか？」

「さあ、誰だったか……」

薫の言葉に辰巳は記憶をたぐるような表情をした。

「速水巡査部長が警視総監賞に内定したことは、新宿南署では署長と本人以外は知らなかったはずなんですがねえ」右京が重ねて訊ねる。

「じゃあ速水さん本人に聞いたんでしょう。私は速水さんとは交番研修以来の付き合いで、それからは仲良くしてもらってましたから」辰巳は軽く答えた。

「だとするならば疑問がひとつ」右京はここで左手の人さし指をピンと立てた。「賞に内定したことを速水巡査部長が知ったのは、あの夜なんですよ」

「あの夜？」

「速水巡査部長が殺された夜です。つまり、あなたがそれを知るには、あの夜、速水巡査部長本人に聞く以外方法はないんです。あの夜、速水巡査部長にお会いになっていますね？」

「いつものように交番で少し世間話をして帰っただけです」

「そしてその後、速水巡査部長は何者かに撃ち殺されたわけですねえ」

辰巳は慇懃な態度だがいちいちチクチクと刺すような物言いをするこの刑事を斜に見据えた。

「まさか、私を疑ってるんですか？」

「あなたを疑ってみれば、これまでのことがすべて違って見えてきました」

「これまでのこととは？」

「たとえば、あなたの発見した凶器」

「あれは塚原の自白どおりの用水路から見つかったんです！」

辰巳は心外だと言わんばかりに右京に訴えた。

「凶器の捜索に加わったあなたならば、その用水路から見つかったように捏造するのは容易《たやす》いことじゃありませんか」

「凶器の捜索をしたのは私だけじゃない！」

荒げた辰巳の声は、連なる右京の冷静な声に消された。

「そして、速水巡査部長が調べていた銃器押収記録」

「それも、殺された日に調べてました」

薫がその記録書類を辰巳の目の前に広げてみせた。

「それは塚原が出所していることを知った速水さんが……」

「おっしゃるとおり、塚原が再び銃の売人に戻っているのではないかと考え、わざわざ調べたのでしょう」

そこで言葉を切った右京は、辰巳をグッと睨んで続けた。

「そして速水巡査部長は気づいてしまった。以前押収された銃が、あなたの手によって再押収されていることに」

そこで薫が銃の押収記録を辰巳の目の前に広げて見せた。

「押収記録には銃の種類、口径、製造番号、薬莢刻印、押収した刑事の名前などが記されますよね。たとえば、これ。おととし摘発された銃と、今年の押収強化月間にあなたが摘発した銃に同じものがありました」薫はもう一枚の押収記録を先ほどのものと並べてみた。そこに記録されている銃は、まったく同じものだった。「つまりこれこそ、あなたが押収銃の再押収をしたことを示す決定的な証拠なんですよ」

「押収した銃の前科は調べますが、以前押収した銃と同じものかどうかまでは調べられません」

右京は組織犯罪対策課の意外な盲点を指摘した。

「そんなことはあり得ないってのが前提ですからね」と薫。

「おかげであなたは常に銃の押収ノルマをクリアする成績優秀な刑事でいられた」

右京の言葉を聞いて、常にノルマを達成する新宿南署の辰巳……以前角田がそう言っていたことを薫は思い出した。

「これが公になれば、あんたは刑事でいられなくなるどころか刑事被告人になってしまいますね」

「速水巡査部長は放っておけなかったのでしょうねえ。なにしろ彼のほうは職務に誠実な警察官でしたからね」

右京は語気を強めて辰巳に突きつけた。辰巳は眉根を寄せ、項垂れてそれを聞いていたが、「誠実」という言葉にぴくりと反応して、肩を震わせて笑った。

「誠実……はっはっはっは」

「なにがおかしいんですか！」右京が激しく詰った。

「誠実？　違うね！　ああいうのを堅物っていうんだよ！」

そう叫んだ辰巳は、人が変わったように下司な笑みを唇に浮かべ、《あの夜》のことを語り始めた。

いつものように世間話をするつもりで交番を訪れた……そのことは本当だった。けれどもいつもと違っていたのは、速水の顔が鬼のように怖かったことだ。辰巳による押収銃再押収の事実に気付いた速水は、辰巳を指導した警察官として、辰巳を諭しにかかった。

「銃の押収ノルマの大変さは知ってるつもりだ。だがな、おまえ！　こんなことして警察官として……」

速水の言葉を遮るように、辰巳は言った。

「銃の摘発が減れば叩かれ、増えればその情報だけで警察もマスコミも安心します。必要悪なんですよ」

あきれた顔で辰巳を見ていた速水は、わずかに目をそらした。

「さっき署長からここに電話があった。俺に警視総監賞をくれるそうだ。だが少しも嬉しくない。こんなことを知った後じゃ、ちっとも嬉しくなんかなかった……わかるか？　辰巳。必要な悪などないんだよ。自らしたことだ。身の振り方はわかってるな？　俺におまえを告発するような真似だけはさせないでくれ」

そこまで言ってそっぽを向いてしまった速水との間に、辰巳は越えがたい深い溝を感じた。その溝を越えることができず、埋めることもできないとしたら、もはや速水を抹殺するしか自分の生き延びる道はない……そう思いつめた辰巳は、警邏ルートを先回りして速水を撃ち殺した。

「けれどもそれから、あなたにとって思わぬことが起きてしまった。速水巡査部長が二年前、銃刀法違反で塚原を職質逮捕していたこと。そして、その塚原が速水巡査部長殺害の被疑者として挙がったこと。さらに、有働刑事の厳しい取り調べを受けた塚原が、あなたのやった速水巡査部長殺しを自白してしまったこと」

すべてが右京の言う通りだった。

「塚原の自白を聞いて驚いたよ。いや、パニックになった」辰巳が吐き出すように言った。

「それがあなたの行動を狂わせ、真犯人に繋がる証拠をわれわれに残してしまった」

右京に続けて薫が暴いた。

「塚原に罪を着せようとしたあんたは、塚原のした嘘の自供どおりに証拠をでっち上げてしまったんだ」

それが発見されたあの凶器だった。

「銃器担当刑事が、押収した銃を再押収して手柄を上げる。すべては、あなたのそんな不正から始まっていたんですね」

「そうするしかなかったんだよ！　銃犯罪が起きるたびに銃の取り締まりノルマが厳しくなって、そうでもしなきゃ……くそっ！」

自分のしたことがすべて白日の下に晒される、その重圧に押しひしがれた辰巳は茫然自失してフラフラと逃げるでもなく歩みを進め、それから走り出した。

「おい！　待て！」

そんな辰巳を薫が捕らえ、地面に叩きつけた。

地べたにへたり込んだ辰巳に、怒りに震えた右京の声が降りかかる。

「辰巳さん！　警察官ともあろうあなたの犯した罪が、どれほど人々の人生を狂わせたと思ってるんですか！　恥を知りなさいっ！」


右京と薫が急いで裁判所に駆けつけたときにはもうすでに評議に入っていた。地裁の前を埋める取材陣をかき分け、声をかけた美和子も振りきって、ふたりは評議が行われている会議室に飛び込んだ。

「被告人は有罪で、懲役十八年。よろしいですね？　では法廷に戻り、判決を言い渡します」

まさに三雲裁判長が立ち上がろうとするちょうどそのときに、どうやらふたりは間に合った。

「その判決、待っていただけますか」

右京が息せききって言うと、三雲はうんざりした声で「今度はなんですか？」と応えたが、次の右京のひと言で表情が変わった。

「塚原被告は、犯人ではありません」

十一

「ねえ、さっきはどうしたの？」

裁判所の前で判決を待っていた美和子は扉から出てきた薫を捕まえて訊ねた。

「悪い。急いでた」

「で、判決は？」

美和子の隣で痺れを切らしていた裕子が意気込んで右京と薫に訊ねた。そんな彼女をじっと見て、薫が言った。

「田部井ちゃんに訊きたいことがあるんだ。ちょっと歩くけど」

「は？」

後ろも見ずに歩き出した薫と右京のあとを、美和子と裕子は訳もわからないままに追いかけた。

「なによ、薫ちゃん。こんなとこに」

薫がふたりを連れてきたのは、日比谷公園の池のほとりだった。そこに至るまでの道中、警官殺し事件の真犯人のことなどを右京から聞きはしたが、なぜ裁判員殺害事件の現場に連れて来られたのか美和子はまったくわからなかった。

薫は美和子の質問には答えず、フライトジャケットのポケットから森静香の写真を取り出して裕子に見せた。

「この人、裁判所の近くで見たことない?」

「あるわよ。塚原の女でしょ?」美和子が答えた。

「おまえに訊いてんじゃないの。どうかな? 田部井ちゃん」

「あります。裁判所の周りをうろうろしてて。やっぱり怪しいですよね? 裁判員を殺したの、この女なんですか?」

「だとするならば疑問がひとつ」右京が右手の人さし指を立てた。「その女性は、裁判員が殺された後は裁判所に来ていないんですよ。つまり、あなたは裁判員が殺される前からこの取材をしていたことになりませんか?」

「あ、牧さんもそう言ってた」美和子は帝都新聞で聞いた牧の言葉を思い出した。

「さらに三雲判事も、そのときのあなたを覚えてらっしゃいました。判事から、強引な取材をする記者のリストを渡されたのですが、そこにあなたのお名前がありました。問題は、あなたがなぜそれを隠したかです」

「別に隠してたわけじゃ」裕子は曖昧に言葉を濁した。

「でも俺たちには、裁判員が入れ替わってからこの裁判の担当になったたって言ってたよね?」

薫が突っ込むと、美和子も不審そうな眼差しで付け加えた。

「そう。牧さんの代わりだって」

「それは、勘違いしてただけで」

「いいえ。あなたはあのとき、われわれが刑事であることを知り、それで咄嗟に嘘をついたのではありませんか?」

「どうしてわたしがそんな嘘を……」

「この取材を始めたのは裁判員が殺された後からにしたほうがよいと、咄嗟に思ったからです」

「だから、どうしてわたしがそんなことを?」

「そう。なぜ、そんな小細工をする必要があったのでしょう? あのとき、キャップの大久保さんが新しいボイスレコーダーをあなたに渡しました。『今度は壊すなよ』と言って。あなたは普段街ネタ専門であるからボイスレコーダーなど使う必要はないとおっしゃった。にもかかわらず、あのときすでに壊れていたということは、裁判がやり直される前から、あなたはボイスレコーダーを使うような取材をしていたということです。それこそ、赤川裁判員の取材です。違いますか?」

「違います。別の取材です」

裕子は右京の激しい追及をかわすのに必死だったが、意外な方向から攻められて、ついに言葉を失った。

「ところで、修理に出されたあなたのボイスレコーダーですが、故障の原因は水没だということですねえ」

「水没？」美和子が怪訝な顔で裕子を見た。

「大久保さんから預かって、いま鑑識で調べてる」と薫。

「先ほど、その鑑識から連絡がありましてね、水没したボイスレコーダーから面白い微生物が検出されたそうです」

「微生物？」美和子が首を傾げた。

「ええ。川や池に生息するような。ここの池の水を採取して持っていく約束をしました。ボイスレコーダーから検出された水と照合すれば、すべてわかってしまうことですよ。田部井さん」

ジリジリと追いつめられて俯いていた裕子が、ポツリと呟いた。

「好きで街ネタ書いてたんじゃない」

「はい？」右京が聞き返した。

「いつか絶対スクープをとって……」裕子はそこで言葉を切り、美和子に向かって叫んだ。「記者なら誰だってそう思うでしょ？」

「それで赤川さんに取材したんですね？」右京が訊ねる。

「でも裁判員の取材は予想以上に難しくって。そんなとき同僚から携帯メールが入って、裁判員が裁判所から出てくるっていう情報をもらったんです。チャンスだと思った。これを逃したら、もうスクープはとれないって。それで傍聴人か事件関係者と間違えたふりをして取材を始めました。でも……」

その後の展開を裕子は語った。同僚の情報から赤川が裁判員と知った裕子は、彼を尾行して行った。もう日も暮れて暗くなった日比谷公園をひとりで歩いていく赤川に、裕子は声をかけた。

──私は傍聴人でも事件の関係者でもない。

赤川は決して認めようとはしなかった。そうこうしているうちに、ふたりは池に架かる石橋の上まで来ていた。

──でも裁判所から出てきましたよね？　なんでもいいんです。裁判でのことを聞かせてください。

裕子はボイスレコーダーを向けた。

──違うと言ってるだろう！　いい加減にしないと……。

そこで赤川に腕を振り払われた裕子は、手にしたボイスレコーダーを池に落としてしまった。

──私は裁判員だ！　裁判員に対する取材は禁止されているはずだ！

叫ぶ赤川に、裕子はなおも迫った。

――では名前を伏せときますので。

――くどいな、きみは！

　裕子を振り払ったところで赤川はバランスを崩し、池に落ちてしまった。その拍子に岩で頭を打ち動かなくなった赤川を見て裕子は怖くなり、ボイスレコーダーだけを拾って逃げた。

「わたしが殺したんじゃない！　勝手に落ちたのよ！」

「そのとき救助していれば助かったかもしれないのに！」

　悲鳴を上げる裕子を、美和子は叱った。

「だって、あの程度で死ぬとは思わなかったもん」

「そんなにほしかったのか、スクープが」

　哀れみに近い声で薫が言った。

「ほしかった……ほしかった」

　そこにいるのはジャーナリストでもなんでもない、ただの分別のない女だった。

「赤川裁判員が裁判所をいつどこから出るのか、同僚からメールをもらったとおっしゃいましたね？」

　右京がまったく違うことを訊ねた。

「帝都新聞ではそうしてるんです」

裕子の言葉に美和子も頷いた。

「その同僚の方のお名前は？」右京が問う。

「わかりません」

「わからない？」

「わたし、こういう取材は初めてだったんで他の記者のアドレスは登録してないんです。だから誰からかは……」

「そのメールは保存されていますか？」

「そのままになってますけど」

「その携帯電話をお貸しいただけますか？」

右京は裕子から携帯を受け取ると、

「あなたはいまのことを警察で包み隠さず話してください。わかりましたか？」

有無を言わせぬ口調で言った。

「はい……すみませんでした。ごめんなさい」

裕子は年端もいかない少女のように、ただコクリとうなずいた。

十二

警視庁では思わぬ結果を招いた今回の裁判員制度試験導入について、三たび上層部が集まっていた。

「法務省では裁判員制度の試験導入に際し、さまざまなシミュレーションを行ったつもりです。しかし今回はあまりに想定外の、最悪の事態です」常盤が呆れたようなため息を吐いた。

「裁判の判決段階で被告が違ってたなんて……」

無責任な内村のつぶやきに皆の非難の目が集まる。

「のん気に言わないでもらいましょうか！　それは警視庁があぶり出したんですよ？」

常盤の指摘にもうひとつ付け加えれば、真犯人が警察官だということも最大の不祥事であった。そのことを敏感に察した小野田が議題を裁判のほうに引っ張った。

「まあ、それより次のことを考えません？　この裁判はどうなるんでしょう？」

それについては三雲が答えた。

「塚原を被告人としての裁判は検察が訴えを取り下げるはずです。裁判はあらためて、今回逮捕された新宿南署の警察官を被告人として起訴されることになるでしょう」

「では、いまいる五人の裁判員は？」原武が訊くと、常盤がぬかりはないというように小さくうなずいて、「すでに裁判員を選考する準備を始めています」と言った。

そのやりとりをみていた三雲はうんざりしてため息を吐いた。

「まだわからないのですか？　司法調査部長。裁判員を裁判に参加させるには準備不足だと私は考えますが」

三雲の進言に気分を害した常盤は苦々しい表情を浮かべた。

「法務省に、一歩踏み出した足を止めろと言うのですか?」

「それが今後の司法のためだと私は考えます」

臆することのない三雲の態度に、常盤はとうとう声を荒げた。

「法務省は一裁判官の私論には左右されません!」

そこへ小野田がしれっとした声で割り込んだ。

「もっともだと思いますがね、三雲判事のご意見は。あ、失礼。ぼくなどはさらに門外漢でしたね」

気を殺がれた常盤は、「わかりました。いま出たご意見も法務省に伝えます」と捨てぜりふを残して部屋を出ていった。

それを機に、話し合いはここまでという空気が流れた。内村が小野田ににじりよって耳打ちする。

「官房長、特命係の件で少しよろしいでしょうか」

小野田はそれを無視して三雲を見遣った。

「三雲判事。いろいろありましたが、あなたの思惑どおりになりました?」

「私のような一裁判官の思惑など小さなものです」

「ご謙遜を」

小野田がニヤリと唇をゆがめるのを余所目に、三雲は席を立って出ていった。

三雲がロビーを玄関のほうに歩いていくと、特命係のふたりとはち合わせた。

「裁判所にお帰りですよね」薫が声をかけた。

「お送りしましょう」

右京の申し出を、今回は素直に受けた。

「実は裁判員殺しの犯人が逮捕されましてね」警視庁から裁判所に続く並木道を歩きながら薫が言った。

「新聞記者だったと聞きました」

「ええ。この人です」

三雲は立ち止まって薫の差し出したメモを見た。それは以前、三雲が自分の手帳を破って右京に渡したメモだった。

「なぜ、わざわざ私に？」

「判事からお預かりしたこのメモのおかげでわかったので」薫が答えた。

「あのとき判事はおっしゃいましたねえ。彼らは以前から裁判官や裁判員に強引な取材を繰り返していたと。調べたところ、それが彼女でした」

右京はポケットから田部井裕子の名刺をとり出して見せた。

「これは彼女の名刺ですが、ここに携帯アドレスが書いてあります。もちろん判事も同じ名刺を持ってらっしゃいますよね？」

「ええ。だからなんです？」

三雲は皆目要領を得ないふうだった。

「赤川裁判員が殺害された日、彼がいつどこから裁判所を出るのか、この記者にメールしましたね？」

「私が？」

右京の指摘に三雲は一瞬何を言われているのかわからないという顔をした。

「彼女は同僚からだと思ってましたが、調べたところ、そんなメールを送った同僚はいませんでした。で、彼女の携帯に残ってたアドレスも調べたんですが、残念ながらフリーメールで追跡不可能でした」

三雲はそう述べる薫の顔をじっと見た。

「では、私がそんなメールを送ったという証拠は、ない」

「判事は彼女が強引な取材をする記者であることを知っていました。赤川裁判員が不正に厳しい人であろうことも。当然ふたりを接触させれば揉めるであろうことも」

右京は三雲の顔をじっと覗き込んだ。

「なぜ私が裁判員と記者を揉めさせるんですか？」

「裁判員制度にダメージを与えるため」

「私は裁判員制度に異議を表明したことはない」

「そうでしょうか？　『被告人に死刑を言い渡す苦さ』『人が人を裁くことの覚悟』……これまで判事は無意識のうちに裁判員制度に異議を唱えていた。ぼくにはそのように思えるのですがねえ」

「いいですか。私は裁判官だ。証拠のない話には付き合えない。失礼」

最早これまで、というようにくるりと翻した三雲の背に右京が投げ掛ける。

「責任はお感じになりませんか？　たとえ殺人までは予見できなかったとしても」

振り返った三雲は右京の目をじっと睨んで、言った。

「なるほど。警察はこうやって冤罪を作るんですね」

「はい？」

「今回の裁判も警察が捏造した証拠のせいで、私は冤罪を作りそうになった。そんな冤罪が今後はきっと増えますよ」

「とおっしゃいますと？」

三雲は一度返した踵をただして右京に向かい合った。

「いままではプロの裁判官が長時間かけて膨大な資料を読み解き、判決を下していた」

「それでも冤罪は起きていましたが」

「にもかかわらず、これからはそれを素人が短期間でやろうとしている」

「裁判の長期化を避けるために裁判員制度が導入されたはずではないでしょうか」

「そうして裁判を短くして素人を参加させた結果、死刑を言い渡した人が冤罪だったらどうしますか？」

「現実に死刑被告人の再審無罪は何度かありますね」

「それが何十年も刑務所に入れた後に、いや、刑を執行した後にわかったら、あなたは責任が取れますか？」三雲は人さし指を右京に突きつけた。それから振り向いてそれを薫に向けた。「あなたも」

「ぼくは警察の人間として、冤罪を作った場合の責任は背負っていく覚悟ができているつもりです」

それは紛れもなく、いつも懐に入れている右京の決意である。

「なるほど。あなたならそうかもしれない。しかし、そこまでの覚悟ができる裁判員が果たしているでしょうか？」

それに答えることは、右京にはできなかった。代わりに方向を変えて問うた。

「では、倉品裁判員のことはどう思われますか？」

「『どう』とは？」

「彼女の言葉は、そのまま被害者遺族の言葉でした」

被害者遺族の立場に立って……翔子は幾度となくその言葉を繰り返した。

「被害者感情に偏れば裁判は復讐の場となってしまいます」

「一方、そのように一般の人の感情を無視してきたからこそ、裁判員制度が導入されることになったのだと思いますが」

しばし沈黙した三雲は、議論はここまでというように小さなため息を吐いた。

「どうやら、あなたとは永久にわかりあえそうもないですね」

それから薫に向き直った。

「あなたとも」

そうしてもう一度右京に正面から向かい合って、

「失礼」

と言い置いて去っていった。


「おまえたちのおかげで、また振り出しに戻りました」

官房室長室に呼び出した右京と薫に小野田は言った。

「被告を変えてやり直すみたいですね」さっぱりした顔で薫が答える。

「うん。だからもう警護はいりません」

「次回の裁判は裁判員が参加されないのですか？」右京が訊ねた。

「それは未定だけど、警護はいらないそうです」そう言って小野田は椅子から立ち上がった。

「まあ、裁判員殺しの犯人は捕まりましたからね」と薫。

「ご苦労さま。今度おいしいものでも」

小野田の社交辞令を遮って右京がきっぱりと言った。

「裁判員が殺害されたうえ、裁判員が評議の内容を漏らした。それが今回、裁判員制度が試験導入された成果です」

「あら、三雲判事と同じことを言う」

「その判事が、裁判員の情報を漏洩していたとしたら？」

小野田は右京の言葉をしばし吟味するように目を落とし、そして言った。

「おまえらしくないよね」

「はい？」

「証拠のないことを言うなんて」

「わかりました。証拠は必ず摑みます」

右京は目礼をした。

「もうこのへんでいいんじゃないかしら？」

「真実の追及に、そのへんでいいということはないと思いますが」

右京の目は虚空を捉えていた。そんな右京を見遣った小野田は、

「おまえのそういうところ、立派だと思うけど」

そこで言葉を切って、窓の外に目を向けた。


「また大騒ぎですね」

特命係の小部屋に戻った薫は先ほどの小野田と右京とのやり取りを思い返して言った。

「そうですねえ」

一方の右京はまるで他人事のようにのんきな声で答えた。

「これも産みの苦しみなんですかね」

「人が人を裁く。これまで限られた人間に委ねられていたことに、ふつうの人々が参加するようになるのですからねえ。しかし、その可能性を信じてもいいと思いますよ」

それもまた、右京の信念だった。

第二話

「陣川警部補の災難」

一

その男、陣川公平はかつて警視庁特命係《第三の男》と呼ばれたこともある、捜査一課一係に所属する警部補であった。一係といえば経理担当の部署であるが、無類の捜査好き、本人の希望に加え上層部にとっては厄介払いの意図もあり一時期特命係に配属されたこともあった。しかし、早とちりのうえ思い込みの激しいその男は右京と薫にとって迷惑以外の何物でもなく、すぐに古巣の一係に戻された……。

それはほんの十数分前のことだった。薫が暇を持て余し美和子お手製の弁当を広げ得意の「早弁」をしていたところに、けたたましく電話が鳴った。慌てて飯を飲み込み受話器を取ると、それは青山署からだった。驚いたことに陣川が身柄を拘束されていると いうのだ。しかも殺人容疑で。ティーカップに紅茶を注いでいた右京の手も、それを聞いてはたと止まった。

食べかけの弁当もそのままに、右京を乗せて青山署まで車を飛ばす薫の脳裏に過去の記憶が蘇った。嫌な予感がする。助手席の右京も同じらしく、先ほどから黙りがちである。

殺人の現場は乃木坂の閑静な高台に建つ低層マンション前の石段だった。その中ほどにスーツ姿の男の遺体が横たわっている。捜査一課の三人、伊丹憲一、三浦信輔、芹沢慶二とともにすでに鑑識も入っており、その中には米沢守の姿もあった。

被害者の身許は所持していた免許証からすぐに割れた。瀬口信大《のぶひろ》、四十二歳。死因は頭部骨折による脳挫傷だった。おそらく階段の一番上から十メートルほどを一気に転がり落ちたのであろう。自ら踏み外したとすれば事故、突き落とされたとすれば殺人である。

捜査を始めて間もなく、重要参考人が現れた。マンションの郵便受け付近で被害者と揉めていた男がいたというのだ。

それが陣川公平だった。

「杉下さん！　亀山さん！」

右京と薫が取調室に入ると、陣川がまるで地獄で仏に会ったかのような目で叫んだ。

「なんですか？　その格好は？」

薫が言うのも無理はなかった。陣川は変装した探偵よろしく、上から下まで清掃員の制服を身に着けていたのだ。

「いやぁ、今日はたまたま非番で。それで警察手帳も携帯していなくて。ご迷惑をおかけしました」

それで身許を保証してもらうために咄嗟に口にした名前が右京と薫だったのだ。

「なにがあったのか話していただけますね？」

右京は所轄の刑事に断って、陣川の正面に座った。

「あの男が死んだのは、ぼくのせいなんです」

いきなり陣川が核心に踏み込んだ。

「陣川さんが突き落としたってことですか？」薫が驚きの声をあげた。

「違いますよ！　自分はそんなことしていません」

「きみが亡くなった瀬口さんと揉み合っていたという情報がありますが、それは本当ですか？」右京が訊ねる。

「たしかに揉み合ったのは事実ですけど、逃げられたので慌てて追いかけて、あの階段まで行ったときにはもう落ちていたんです」

それを聞いてふたりはホッと胸を撫で下ろした。しかし、「きみと瀬口さんは、どのような関係だったのでしょう？」と右京が改めて訊ねると、陣川は言葉を濁してしまった。

「あっ、きっといつものように、指名手配犯だと勘違いして逮捕しようと張り込んでいた。そうでしょ？」

薫がヤマを張ると、陣川はムキになって否定した。

「違います。今回に限ってはれっきとした人助けなんです」

ところが薫が「人助けって誰を？」と訊ねると、再び黙ってしまうのだった。

「陣川さん、いまの立場わかってます？　殺人の重要参考人なんですよ」

薫の言葉も陣川の耳には入らない。

「だとしても、言えないものは言えません」

この男の頑固さも相当なものだとは、薫も知っていたのだが。

「はい、失礼」

そこに捜査一課の三人組が伊丹を先頭に入ってきた。

「コラ、特命係の亀山！」

「陣川警部補の身柄は警視庁に移送します。取り調べも自分たちのほうで」三浦が右京の前を閉ざす。

「仕方ありませんね」

右京は薫とともに取調室を出た。

その足でふたりは瀬口のマンションへ向かった。鍵を開けてくれた管理人の話では、瀬口はだいぶ前に離婚したらしく、この部屋にはひとりで住んでいたという。

「勤め先は大東京印刷、校正課」

デスクの上にあった名刺の肩書を薫が読み上げた。

「羽振りがよかったようですねえ。かなり高いんですよ、このお酒」

右京が指した棚の上にはコニャックのナポレオンのボトルがずらりと並んでいた。また、デスクの上には億ションと言ってもいいマンションのパンフレットがあった。

「買う予定でもあったんですかね?」と薫が中身を見た。

「おや、こちらもすごいですよ」

右京が引き出しに見つけた預金通帳の残高は八千万円あまりもあった。

「この部屋には不釣り合いな額ですねえ。毎回、現金で入金されています。出どころをたどるのは難しそうですね」

何度にも分けて入金されている金額は、一回につき一千万円に近いものもあったのだ。

瀬口のマンションの次に、ふたりは陣川の部屋を調べた。

「うわっ……」

ドアを開けるなり薫は思わず声をあげた。何度か来て知ってはいるものの、この部屋の異様さには圧倒される。壁中を埋め尽くす指名手配犯のポスター、所狭しと並べられた数々の警察グッズ……陣川は警察内の警察マニアだった。

「相変わらずのようですねえ」右京も静かに呆れていた。

「でも、陣川さんは一体なにしようとしてたんでしょうね？」

「彼はたしかに短絡的かつ粗忽なところはありますが、嘘をつける人間ではありません。人助けというからには、本気で誰かを助けようと思ったのでしょう」

言いながら右京は警察関係の本が居並ぶ本棚で一冊だけ毛色の違っている『投資ＦＡＣＴＯＲＹ』という雑誌を取り出した。

「株の本ですか？」

「そのようですねえ」

一カ所に付箋が貼られていた。右京がそのページを開くと、ある女性のインタビュー記事が載っていた。

「ファンドマネージャー？」

薫が脇からのぞき込む。そこには女性のクローズアップ写真が大きくレイアウトされていた。かなりの美形である。

「なるほど。陣川くんの忘れてはならない重要な特性がもうひとつ。美人に翻弄されやすい、ということでしょうか」右京が呟いた。

二

〈紫藤《しとう》コンサルティング〉というのが雑誌に出ていた女性、紫藤咲江の経営する会社だった。右京と薫は早速そこを訪れ、受付嬢に案内されてガラスで仕切られたオフィスの前に通された。ガラス越しに咲江の働いている姿が見える。

「どうしてこの動きが読めなかったの？　あなたたち何年この仕事してるの？」咲江はその容姿からはおよそ想像がつかない厳しい口調で男性社員を叱り飛ばしていた。

「ですが昨日までの動向で〈大崎ケミカル〉がこんなに急騰するなんて、想定外すぎます！」男性社員が悲鳴をあげる。

「言い訳はいいわ。とにかく一時的なものかどうか分析を急いで。押目《おしめ》の気配があったら、そこで買い。絶対に見逃さないで」

オフィス中に居並ぶパソコンとそれを操作する社員の間を飛び回って仕事に熱中している咲江は、来客を知らせにきた受付嬢に「三時まで待ってもらって」と命じた。客は刑事だと告げても、「場が閉まるまでここを離れられるわけないでしょ？　そんなこともわからないの？」と逆に叱られる始末だった。

それを見ていた薫はオフィスから出てきて頭を下げる受付嬢に同情した。「構いませんよ、俺たちは。三時まで待ちますから」一方で右京に小声で訊ねた。「右京さん、ファンドマネージャーってなんすか？」

「投資家から預かった資産で株を売買して利益を上げ、それを投資家に還元するのが主な仕事ですねえ」

「要するに株のプロですか？」

「こちらの会社の場合、一任勘定、つまり運用する側が自由に銘柄を選んで売買できる契約のようですね。それだけ彼女のファンドマネージャーとしての手腕が投資家に信頼されているということでしょうか」

「なんでも知ってますね」薫がいつもながらの博識に感嘆すると、右京は「先ほどの雑誌の受け売りです」としれっと応えた。

やがて三時を回りオフィスから咲江が出てきた。さっきの鬼のような形相はどこへやら、目の前にはツーピースに身を固めた美形のキャリアウーマンがにっこり笑って立っていた。

「お見苦しいところをお見せしてしまって恥ずかしいですわ」

「いえいえ」応じる薫の鼻の下が心なしか伸びている。

「でも、真剣勝負ですから、つい。お客様からお預かりしている大切な資金を動かすわけですから、こちらも命懸けでなくては務まりません」

その真摯な姿勢には好感がもてた。

「株の売買というのは、細かな変化を見逃さない洞察力と素早い判断力が必要なのでしょうねえ」右京の好奇心が動いたようだ。

「ええ。でも相場は生き物ですから、何年やっても完璧というわけにはいきませんね。さっきもある銘柄が急騰したのを予測できなくて利益をふいにしてしまいました」

「ちなみに、おいくらぐらい？」薫が恐る恐る訊ねる。

「大したことありません。三億円くらいでしょうか。明日には必ず取り返します」

「え？　今日はもう終わりなんですか？」

薫にとってみればその金額も驚きだったが、もう仕事仕舞いだというのも驚きだった。

「東京証券取引所の立会時間は、午前九時から十一時までの前場《ぜんば》と、昼休憩を挟んで十二時半から三時までの後場《ごば》に限られています。ですから、株の売買ができるのは基本的に三時までなんです」

「四時間半の真剣勝負ってわけですか」薫が指を折って数える。

「ええ。……あの、なにかお話があったのでは？」

咲江に促されて用件を思い出した薫は、「あ、すいません。この男性に見覚えありませんか？」と瀬口の免許証のコピーを見せた。

「いいえ。この人がなにか？」

「お住まいは乃木坂のマンションですね？」

「どうしてご存じなんですか？」

咲江は右京の言葉にちょっと警戒の色を見せた。

「先ほど、こちらの瀬口信大さんが、そのマンションの前の階段で転落死されました」

薫が重ねて、

「その事件の重要参考人として陣川公平という男が身柄を拘束されました」

「えっ？」

「ご存じなんですね？　陣川くん」

右京が咲江の表情の変化を捉えた。

「調べればわかることですから、お話しします。陣川さんと会ったのはつい一週間前のことでした」

いつもながら深夜遅くの帰宅となり家路を急いでいた咲江は、途中誰かに尾行されているのに気がついた。走って逃げようとすると、その男もついてくる。恐怖に駆られつまずいて転んだ咲江に男は手を伸ばしてきた。咲江の悲鳴を聞いて通り掛かりの男性ふたりが力ずくで取り押さえたところ、それが陣川だったというわけだ。

「陣川さんは最近多発していた痴漢事件の犯人を捕まえようとして、夜な夜な警戒して回っていたそうです」

「彼のやりそうなことではありますねえ」と右京。

「間違って捕まっちゃうのも、いかにも」薫も頷いた。

「そのような経緯で陣川くんと知り合いになられたあなたは、彼にストーカー被害の相談を持ちかけた」

　咲江は右京がてっきりそのことを陣川から聞いたと思ったらしいが、違っていた。

「いえ、彼はなにも。ですが、想像に難くはありません」

「陣川さんはいまどちらに？」咲江は心配そうな面持ちで訊ねる。

「身柄は青山署から警視庁に移されました。取り調べを受けている真っ最中だと思います」薫からそう聞いて咲江は俯いてしまった。

「陣川さんにはご迷惑をおかけしてしまって……」


　そのころ警視庁の取調室では貝のように口を閉ざしたままの陣川に、捜査一課の三人がほとほと手を焼いていた。

「いい加減、なんか話してくださいよ」と芹沢が泣きを入れる。

「やってないなら、やってないでいいんですよ。どちらかというとそちらのほうが、われわれだって大助かりなんですから」と三浦。

「私だって身内に手錠をかけるような真似はしたくないんですよ。多少の不都合は目をつぶって、調書では都合よくまとめてあげますから」

「それはよくありませんね」

　伊丹の取引めいた物言いに、陣川は逆に嚙みついた。

「なんですって？」

「身内を庇ったりしたら、警察に対する世間の信頼が失われてしまうじゃないですか」

陣川の警察を愛する心は誰にも負けないものがあった。

「クッ！」

「先輩、落ち着いて」

「おい！　誰のせいでこんなことになってると思ってるんだ！」

やる方ない憤懣を、伊丹は芹沢にぶつけた。

「なんでぼくに当たるんすか」

伊丹が芹沢の胸ぐらを摑んでいるところへ、特命係のふたりがやってきた。

「おい、亀！　こちらの元特命係の陣川某《なにがし》様をなんとかしろ！」

「ハァ？」

「なんとかしてくださいよ、でしょ？」

いがみ合いが始まるところを遮って、右京が提案する。

「彼に手を焼いているのなら、ここはわれわれに任せていただけませんか？」

「ま、こっちもやりたくてやってるわけじゃないんで」三浦が椅子を譲った。

「紫藤咲江さんに会ってきました」

陣川に正対した右京の言葉に驚いたのは陣川だった。

「痴漢の件もストーカーの話も聞きましたよ」

知らない女性の名前だけならまだしも、痴漢だのストーカーだの窺い知れぬことばかりあげる右京に、捜査一課の三人は目を丸くした。

「陣川くん、そろそろ本当のことをお話しになったほうがよろしいと思いますよ」

そこまで右京に突き止められ、陣川は覚悟を決めたようだった。

「……はい。先週のことです。痴漢と勘違いしたお詫びがしたいと紫藤さんに食事に誘われて、そのときストーカーに悩んでいるという話を聞きました」

けれども投資家への配慮から、口外を禁じられた陣川は、秘密裏にひとりで解決しようという行動に出た。彼女のマンションで変装してストーカーを待ち伏せし、捕まえたら二度としないよう説得するつもりだったのだ。案の定、怪しい男はやってきた。声をかけた拍子に逃げ出した男を陣川は追いかけたのだが、男は階段を転げ落ちて動かなくなってしまった。そこにちょうど警邏中の警官が通りかかって……。

「まるっきり事故じゃないですか！」芹沢が叫んだ。

「最初から全部話してれば、こんな面倒なことにはならずに済んだんじゃないんですか？」ため息交じりに薫が言う。

「だけど、紫藤さんやストーカーのことを話さないようにしたら、結局はなにも言えなくなってしまって」

まさに陣川の真骨頂である。

「刑事部長に報告してくる」

咳払いをした三浦が取調室を出ていった。伊丹も「調書はおまえがまとめとけ！」と芹沢を残して後に続いた。

「これで一件落着ですね」

薫がにんまりと右京を見た。


刑事部長室では三浦から報告を受けた刑事部長の内村完爾《かんじ》と参事官の中園照生《てるお》がホッとひと息ついていた。

「事故ということで、記者クラブのほうは文書発表で処理しておきました。いやぁ、最悪の事態は回避できたようです」中園が揉み手をする。

「気に食わん。なんでまた特命係が出張《でば》ってきたんだ？」

安心はしたもののその経緯には内村は不満らしかった。

「ですが、今回に限っては杉下たちのおかげで……」

九死に一生を得た、と言おうとした中園に爆弾が落ちた。

「馬鹿者！　元はと言えば陣川だって特命係だ」

「ごく短い期間、在籍していましたが」

「感染したんだ」

「は？」

「特命係の悪～いなにかが陣川に取り憑いた。そのせいに決まっとる」

とうとう特命係はウイルスにされてしまったのだった。


その夜、ふたりが立ち寄った小料理屋〈花の里〉では、当然のことながら陣川の話題で持ち切りだった。合流した美和子が、

「その陣川って人、面白そうじゃない。なんか会ってみたいかも」

他人事のように言うと、薫は手をひらひらさせて、

「やめといたほうがいいって。こっちだってこれっきりにしてほしいんだから」

そんな中でなにかじっと考えて黙っている右京を、元妻の女将、宮部たまきが気づかった。

「どうかされましたか？」

それで我に返った右京が呟いた。

「腑に落ちないことが少々」

「え？　なんですか？」薫が訊き返す。

「いくら陣川くんといえども毎日仕事を休むわけにはいきません。たまたま非番で張り

込みをしたその日に、ストーカーの瀬口さんと遭遇したというのが、いささか出来すぎている気がしましてね」

「そうなっちゃうのが陣川さんなんですけどね」

薫が言うのももっともだが、確かに出来すぎの感は否めない。

「もうひとつ。昼間会った印象では紫藤咲江という女性は、かなり頭の切れる人間です。彼女ならばストーカーの撃退方法はいくらでも見つかると思うのですが、なぜ陣川くんという銘柄を選んだのでしょうねえ。警察官だからでしょうか?」

これも確かに、株になぞらえると〈陣川という銘柄〉は少なくとも〝買い〟でないことは、咲江にしてみればすぐに気付いただろう。

「ねえねえ、紫藤咲江って〈紫藤コンサルティング〉の?」美和子が口を挟んだ。

「おまえ、知ってんのか?」

「ライター仲間で株や投資に詳しい人からよく聞かされてたのよ。働く女性の憧れの的なんだって」

「へえ、そうなんですか」たまきも興味を示した。

「ファンドマネージャーとかいうとMBAなんか取ったエリートで、指一本で何千万も動かすみたいなバブルっぽい印象があるじゃないですか」

「正直そう思ってましたけど」

「でも、紫藤咲江は短大を出て、証券会社の事務職のＯＬをしてたんだけど、どうしてもファンドマネージャーになりたくて必死で勉強して、それでようやくなれたと思った矢先に会社が自主廃業しちゃったの。再就職もうまくいかなくて、仕方なくデイトレードで資金を貯めて、いまの会社をゼロから立ち上げて、女ひとりでコツコツがんばって、あそこまでのし上がったわけ」

つまりはかなりの苦労人というわけだ。

「不況で株価が伸び悩んだときも、大手の投資ファンドとかがまるで注目してない銘柄に〝逆張り〟して、それがすっごい値上がりして一躍注目されたんだって」

美和子の情報を右京も興味深げに聞いていた。

三

「暇か？」

翌朝、特命係の小部屋にいつものせりふとともにやってきた組織犯罪対策五課長の角《かく》田《た》六郎は、そこにひとり座っている陣川警部補を見て、急いで踵を返そうとした。

「なんで帰るんですか？」

「おまえさんと関わると、なんか面倒に巻き込まれそうでな」

そこへ右京と薫がやってきた。

「おはようございます」

「陣川さん、なにやってんですか?」怪訝な顔で薫が訊ねた。

「自分にできることがあったら、なんでも言ってください。おふたりのお役に立つのがいちばんのお礼だと思いまして」

「帰ってもらうのがいちばん役に立つんですよ」

薫の皮肉も陣川には一向に効果がない。

「未解決の難事件とかなんでもお手伝いしますんで」

「お願いしますから、一係に帰って電卓叩いててくださいよ」

「そんなことおっしゃらずに」

そこに右京から鶴の一声が出た。

「いいじゃありませんか。せっかくです、紅茶でもいかがですか?」

「はい!」陣川は元気よく立ち上がった。

「紫藤咲江さんからストーカーの相談を受けたときの話ですか?」

右京に訊ねられた陣川は答えにくそうにしていた。いつの間にか角田課長も戻ってきて、コーヒーカップを手に興味津々のようすである。

「最初は……いたずら電話についての相談でした」

食事に誘われたレストランで、咲江は自宅電話の通話記録を陣川に見せた。日に一度の割合で非通知のいたずら電話がかかっていた。たいていは夜更けで日付が変わるころ、遅いときには三時を過ぎることもあった。咲江が出ても何も言わない。それが却って不気味だという。

咲江は陣川を自宅マンションに連れてゆき、郵便受けを見せた。陣川が手を入れるとなにやらヌメヌメとしたものが付着した。

——大変！　すぐに手を洗わないと。部屋で洗ってください。

固辞する陣川を、咲江は部屋に上げた。

「それで部屋まで行っちまったのか？　そりゃまずいだろう！」脇で聞いていた角田が過剰に反応した。

「もちろん職務としてですよ。誤解しないでください」陣川は慌てて疑惑を打ち消した。

部屋に入って洗面所で手を洗って出てくると、窓際に立った咲江が地上を指さして、

——あの人です。ずっとこの部屋のほうを見張ってたみたいで、わたしと目が合ったら逃げ出したんです。

——自分が捕まえてきます！

飛び出そうとした陣川を咲江が引き止めた。

——待って。危ないことはしないでください。

心配そうにすがる咲江……こりゃ陣川さんのツボにはまりまくりだナ、と聞きながら薫は思った。

その後すぐに電話がかかってきた。代わりに出た陣川が受話器に向かって「誰なんだ、あんた？　いい加減にしろ！」と怒鳴るとそのまま電話は切れてしまった。

「そうか。そりゃストーカーに間違いないな」角田が納得顔で言った。

「そいつが死んだ瀬口だったってわけか」薫もうなずいた。

右京と薫は陣川を連れて鑑識課に行った。

「そうですか。《第三の男》のご帰還ですか」

感慨深げに言う米沢に、陣川は深々と頭を下げた。

「今後ともいろいろお世話になります」

「いやいや、お世話しなくていいですよ〜」薫が陣川の背後から歌うような調子で言った。

「亀山くん」

米沢が持ってきた被害者の所持品のなかから携帯電話を手にした右京が薫を呼んだ。ディスプレイの発信履歴を見ると、日に一度の割合で〈××××〉と伏せ字で記された通話先にかけている。番号を見た陣川が、それが咲江の自宅だと証言した。

「なるほど。ストーカーの相手だから名前を入れるのは憚られたんでしょうかねえ」と米沢。

「かけた時間も全部夜中ですもんね」薫が続ける。

「間違いありません。瀬口信大はやはりストーカーだったんです」陣川は思いを強くしたようだった。

「そのようですねえ」右京が追認する。

「罰が当たったんだ、あいつは」

陣川が虚空を睨んだ隙に、右京は彼を部屋から出すよう薫に目配せをした。

「いやぁ、よかったですね、陣川さん。これですっきりして経理のお仕事に気持ちよく戻れますね」

「ですが自分は……」

しつこく居座ろうとする陣川に、「いやいや、これ以上サボってると俺たちが一係の係長さんに怒られちゃうんですよ。お願いしますよ」と駄目押しをして薫はどうにか陣川を追い出した。「どうもご苦労さまでした」ドアを出てゆく陣川を確かめてから薫は右京に訳を訊ねた。

「ここから先は彼には聞かせたくない話になるでしょうからねえ」

「え？」

「瀬口さんの死体検案書によると右足関節《そくかんせつ》、つまり足首に水平に幅五ミリの鬱血があります」

「こんな感じです」

米沢が自分の太い足首を出して指で線を引いた。


右京と薫は咲江のマンションに行ってみた。そこで右京は事件時の陣川と瀬口の行動をシミュレーションしてみる。まず郵便受けのあたりで声をかけた陣川。逃げ出す瀬口。瀬口は表通りに向かわずにあえて逆に走っている。

「どうして瀬口さんは、わざわざ階段のほうに向かったのでしょう？」右京は首を傾げた。

「あ！　調書にありましたよ。瀬口は自分の車を階段の下に停めていたそうです。車で逃げようと考えれば、当然こっちを選ぶんじゃないですかね？」

薫の言葉を聞くが早いか、右京はいきなり階段目がけて駆け出した。薫も後を追う。

瀬口が転んだであろう階段上部の手すりを仔細に調べていた右京が薫を呼んだ。

「わずかですが、手すりの足元のほうにこすったような跡がありますね。瀬口さんの足首には線状の鬱血。もし何者かが、ここにロープをかけて反対側まで引っ張っておいたとすると、どうなるでしょうね？」

「走ってくれば当然、足を取られて……！」薫も気付いたようだ。

「殺人の可能性が出てきましたね」

右京のメタルフレームの奥の瞳が光った。

四

ふたりはその足で咲江の会社を訪ねた。受付嬢に案内されてオフィスに入った右京が、パソコンのディスプレイを一心に見ている咲江に声をかけた。

「株式市場が閉じているお昼休みでもお仕事をなさってるんですねえ」

「ごめんなさい。この時間は投資家さんへのリポートや後場に向けての情報収集にあてているんです」

「これ、いつも流しっぱなしなんですか？」

薫が指したのはまるでテレビ局のように壁にはめ込まれたいくつもの大きなテレビのモニターだった。

「株価に影響するニュースがいつ流れるかわかりませんから。ちょっとうるさくても勘弁してくださいね」

「それはいいんですけど、同時に流れてて、内容とかわかるんですか？」

薫にはそれが不思議な能力に思えた。

「慣れです。こうしておふたりと話していても、必要なニュースは決して見逃しません」

「さすがですねえ」右京も感心する。

「大きなニュースは放っておいても目に入りますが、本当に価値のある情報は、普通の人がなにげなく見過ごしてしまうようなところに隠れているんです」

「たとえば？」薫が訊ねる。

「ある企業の創業者のご葬儀のときに、まったく取引のない、業種も違う企業の社長さんが弔問されているのを、たまたまお見かけしました。もちろん同窓でもなく、出身地が同じでないということは調べてすぐにわかりました。結果、数日後、ふたつの企業は業務提携を発表した」

「で、株が上がったわけですか」と薫。

「そのときはかなりの利益を出しました」

「一見なんの関係もなさそうなものが、実は繋がっている。興味深いですねえ。たとえば、なんの接点もなさそうな瀬口さんが、あなたのストーカーになったように」

「は？」右京の唐突な物言いに咲江は呆れた声を出した。

「瀬口さんがどうしてあなたにつきまとうようになったのか、そのきっかけとか、なにかお心当たりはありませんか？」

「雑誌かテレビにでも出てるのを見たんじゃないですか？」

「しかし、それだけではあなたのお住まいになっているマンションの場所や、まして電話番号まで突き止めるのは難しいとは思いませんか？」

咲江はそろそろ、この刑事の慇懃無礼な物腰にしびれを切らしてきた。「なにがお訊きになりたいんですか？　はっきりおっしゃってください」

「では、お言葉に甘えて。昨日のこの時間、どちらにいらっしゃいました？」

「この部屋にいました。今日と同じようにリポートを書いたり情報をチェックしたり」

「おひとりで？」今度は薫が訊ねた。

「ええ。この部屋にはスタッフは入ってきませんし、集中したいので電話も取り次がないように言ってありますから」

後場の準備があるからと咲江に言われた右京と薫はオフィスを後にした。代わりに昼休みから戻ってきた男性社員と受付嬢に咲江の昨日のアリバイを訊ねた。

スタッフは皆基本的に外食なので咲江の動向は分からないということだったが、ひとつ、受付嬢から面白い情報を得た。咲江の部屋からは裏口を通れば直接エレベーターホールや階段に出られるということだった。つまりそのルートなら誰にも見られずに外出ができるということだ。ふたりは礼を述べて社を出た。

次に瀬口の勤めていた印刷会社を訪れ、上司に話を訊いた。校正課という瀬口の仕事は、会社が請け負っている印刷物のすべてに目を通し、誤字や表記漏れがないかをチェックすることだそうである。薫が仕事以外の生活態度を訊ねたが、酒好きであることを除けばごく真面目、ギャンブルにも手を染めた気配はないとのことだった。薫は棚にずらりと並んだナポレオンのボトルを思い出した。

「株などはいかがでしょう?」

右京が訊ねると、それは職務上禁止されているとのことだった。上場企業が株主総会の前に送る資料や決算発表の財務諸表などの印刷も扱っている関係上、インサイダー取引を防ぐという意味でも株は御法度らしかった。

「これが〈紫藤コンサルティング〉が主に売買しているセクターのリストです」

右京と薫は喫茶店で美和子に会い、頼んでいたものを受け取った。セクターというのは株の銘柄を企業の業種ごとに分けたものである。ファンドマネージャーといえどもすべての銘柄を扱うことは現実的に難しい。それぞれに得意なセクターがあるのだ。

美和子のリストを見ると、咲江が主に取り扱っているのは建設、化学、繊維などのセクターのようだ。最初に会ったときに株が急騰した〈大崎ケミカル〉はさしずめ化学セクターに入るのであろう。

右京は上着の内ポケットから別のリストを取り出した。それは大東京印刷に発注している企業のリストだった。見比べてみると、明らかに企業名が重なった。

「どうやら繋がったようですね」右京と薫は目を見合わせた。

「美和子さん。お願いついでに、もうひとつ頼みを聞いていただけませんか？」

美和子は黙ってうなずいた。


「陣川さん、またまた、なにやってんですか？」

ふたりが警視庁に戻ると特命係の小部屋に陣川が来ていた。

「いや、あの、おふたりがまだなにか調べているようなので、気になりまして」陣川はもじもじしていた。

「気になっているということは、きみにもなにか心当たりがあるのではありませんか？」右京の指摘は図星らしかった。

「ななな、なんですか？　心当たりって？」

「紫藤咲江さんが、瀬口さんを事故に見せかけて殺すために、自分を利用したのではないか。きみは心のどこかでそう思っているのではありませんか？」

「どうして紫藤さんがストーカーを殺す必要があるんです？」

「瀬口さんはストーカーではありませんよ」

右京の言葉に陣川は耳を疑った。

「瀬口さんの携帯電話の発信履歴は、いずれも深夜でした。それは紫藤咲江さんの証言とも一致します。しかしストーカーの無言電話ならば、何度も何度もかけてきそうなものですよねえ。それが一晩に一度だけというのは妙じゃありませんか？」

「妙ですね」陣川も首を捻った。

「ならば、こうは考えられませんか？　彼女は仕事柄、深夜に帰宅することが多い。自宅の電話で連絡を取ろうと思えば深夜にかけるのは当然ですし、一度かけて用件を済ませれば、それ以上かける必要はない。つまり、一見瀬口さんがストーカーであることを示していた証拠も、見方を変えれば、ふたりが知り合いである可能性に変わるんです」

「そんな！　だって現に郵便受けには……」

可能性はあるにせよ陣川には咲江を疑うことは出来なかった。

「すべては、自作自演が可能です。本人ならば、きみを連れてくる前に、あらかじめ郵便受けに細工をしておくことは容易でしょう。部屋の窓から見えたという人影も、急ぎ足で歩いている人物を見つけて、その背中を指せばいいだけの話です。その直後にかかってきた電話が瀬口さんからだったとしても、いきなり見ず知らずの男が出れば、無言で切るのは当然でしょう」

「瀬口はね、上場企業の株価の変化に直結する情報を手に入れられる仕事をしてたんですよ。しかも、銀行口座には出所不明の高額の入金がありました」

　嚙んで含めるように薫が説明すると、右京がダメを押した。

「瀬口さんと紫藤社長は、ストーカーとその被害者ではなく、インサイダー情報を売る人間と買う側の人間だった。そう考えれば、すべてが繋がりませんか？」

「だけど、それなら余計に殺す必要なんかないでしょう？」

「ここ半年ほど前から、瀬口さんの口座に入金される金額が桁違いに増えています。情報の取引が恐喝に変わったと考えれば、十分殺人の動機にはなり得ます」

「彼女はそんなことをする人じゃありません！」

　この期に及んでも咲江をつゆほども疑わない陣川に、薫は大きなため息を吐いた。

五

　翌朝早く、ふたりは咲江のマンション前で彼女が出てくるのを待っていた。

「こんな朝早くから、なんの用でしょう？」咲江は冷たくあしらった。

「ひとつ、ご報告があります。瀬口さんの死亡に関して、警視庁は事故だと正式に発表しました」

「そうですか」

「あれ？　ほっとされないんですか？」薫が不思議がる。

「ほっとするもなにも、わたしはその人とは無関係です」

「そうではなく、陣川くんの無実が証明されたんですよ？　妙ですねえ。最初お会いしたときも昨日も、あなたはまるで陣川くんのことを気にされていない」それが右京には不思議でならなかったのだった。

「そんな……わたしは彼にはとても迷惑をかけたって」咲江はわずかに狼狽した。

「いいえ。ぼくが妙だと言ったのは、陣川くんが瀬口さんを誤って殺してしまったかもしれないという可能性を、あなたがまるで考えようとしなかった点です」

「陣川さんには被害者を突き落とす理由もメリットもありません。わたしは最初から事故だと信じていただけですから」

冷静に答える咲江に、右京は芝居がかったせりふ回しで揺さぶりをかけた。

「ああ！　ひょっとして、陣川くんは突き落としていないという確証があったんじゃありませんか？　たとえば瀬口さんが転落するようにあらかじめ細工がされていたとか」

「なにを言いたいのか、まるでわかりません」

「誤解しないでください。われわれはただ瀬口さんの周辺を調べるうちに、誠に興味深い情報を手に入れたものですから、それをお伝えしようと思ってうかがっただけなんです」

「でも、もう八時半ですよ？　市場が開く九時までには出社しないとまずいんでしたよね？」

薫も芝居はうまい。そう言われると咲江も話を最後まで聞かないとすまなくなった。

「まだ少しなら大丈夫です。タクシーを飛ばせば十分で着きますから」

そのひと言を右京は聞き漏らさない。

「ということは、昼休みの間に会社を抜け出して、ここまで往復することも可能なわけですね？」

そこへ陣川がやってきて、場を台無しにした。

「ふたりとも、やめてください！　紫藤さん、この人たちはあなたが瀬口を殺したと誤解してるんです」

「おやおや」

右京はおどけてみせ、薫は頭を抱えた。

「どうしてわたしがそんなことを？」咲江はキツネにつままれたような顔をした。

「瀬口って男は、あなたに不正なインサイダー情報を流した挙げ句、恐喝までしたせいで殺されたって」

「陣川！　あんたいい加減にしろよ！」

それまではまがりなりにも警部補だからと使っていた陣川に対する敬語も、一瞬にして薫からふっとんでしまった。

「そんなふうに思ってたんですか」咲江は呆れ顔でふたりを見た。

「本来ならば動機は追及の切り札にするつもりでしたが、仕方ありませんねえ」

さすがの右京も、陣川のこの行動までは読めなかったようだ。

「杉下さん。あれから考えたんですけど、瀬口はやっぱりストーカーだったんです。間違いないですよ」

「はい？」

「だってぼくが見たとき、あいつはたしかに郵便受けにいたずらをしていました！」

この短絡的思考は度し難い。

「瀬口さんの受け取った報酬は銀行などの口座を経由していません。現金を手渡すにしても人目を気にしなければならない。なにしろ彼女は有名人ですからね。だとすれば、こんな方法はどうでしょう？」

右京は咲江のほうを向いて言った。

「あなたは現金をコインロッカーに預ける。そして、その鍵をマンションの郵便受けの内側に張り付け、瀬口さんに取りにくるように連絡をする。鍵ひとつならば、差し込み口から手を入れて取り出すことも簡単でしょう。そして、あの日も瀬口さんはコインロッカーの鍵を取りに、ここに姿を見せた。そこで、陣川くんに見つかった。インサイダー情報の横流しに加え、恐喝まで行っていた瀬口さんです。相手が何者であれ、当然必死になって抵抗する。逃げ出してきた瀬口さんを、あなたは階段で待ち伏せしていた。細工しておいたロープを引っ張ると、瀬口さんは足を取られて転落。そして、あなたは素早くロープを回収する。いかがでしょう？」

「ちょっと待ってください。あの男が階段を使うかどうかなんて、誰にもわかるわけないじゃないですか」咲江は慌てて抗議する。

「あなたが、あらかじめ瀬口さんに階段を使うように指示しておけば済むことじゃありませんか」

「実際、瀬口の車は階段の下に停まってましたからね」薫が付け足す。

「残念ですけど、刑事さんは肝心なことを忘れていますわ。おとといの昼、わたしはずっとオフィスにいました」

「社員のみなさんにうかがったのですが、どなたもそれを証明できませんでした」

右京の言葉を受けて、咲江は切り札を切るように言い放った。

「オフィスを抜け出したということも証明できないんじゃありません？」

確かに、そこを突かれるとなんとも言えなかった。

「手順を誤ったみたいですね。株だって売買の手順をひとつ間違えれば、大儲けが大損になる。あなたがどうしてもわたしを犯人にしたいのなら、もっと緻密な手順が必要だったはずですわ。失礼」

咲江は勝ち誇ったように背を向けて歩み去った。

その日の昼休み、陣川は「大事な話があるから」と携帯で咲江をランチに呼び出した。以前にお礼だと言って咲江から招待されたお店だった。

「大事な話ってなにかしら？」

挨拶もそこそこに、咲江はいきなり本題に入った。

「杉下警部は変わり者ですけど、刑事としては優秀です。この先どんな証拠を見つけるかわかりません。そうなれば本当に犯人にされてしまうかもしれません」

「そんなこと……」

そんなことがあるはずはないということと同時に、そんなことを言うためにわざわざ呼び出したのか、という意味を込めて咲江は呟いた。

「その前に手を打つ必要があると思うんです。実は、警視庁内でも特命係は刑事部長に睨まれてまして、ですから紫藤さんのほうから正式に抗議すれば、捜査をやめさせることもできるんじゃないかって」

その陣川の言葉を咲江は上の空で聞いていた。なぜなら陣川の頭越しに見えるテレビモニターに流れているニュースのほうが陣川の話の数倍重要だったからだ。

「ごめんなさい。もう戻らないと」

それでですね……と言いかけた陣川を遮って咲江は席を立った。

「後場は?」

社に戻った咲江は真っ先にオフィスに向かい社員に訊ねた。

「いま開きました」

「〈大崎ケミカル〉一万二千株買い!」

咲江がビシッと指示を出したそのとき、右京がオフィスに現れた。

「お待ちください」

「場が開いたのよ。邪魔しないで」咲江は明らかに殺気立っていた。

「〈大崎ケミカル〉は今日は買いではないと思いますよ」

「え?」咲江は一瞬なにを言われているか分からないようすだった。

「ついいましがた、あなたがカフェレストランでご覧になったニュース、実は一昨日の昼に放送されたものなんです」

「なんですって?」

薫がDVDをオフィスに備え付けのプレーヤーに入れて、再生ボタンを押した。アメリカのニュース番組が映った。

「亀山くんの奥さんに頼んで集めてもらったニュースの中から、ようやく見つけることができました」

それが美和子に依頼した「もうひとつの頼み」だった。映像ではNASAのエンジニアが日本人のビジネスマンと話している。

「ここに会社のロゴマークが見えます」ビジネスマンが持っている封筒にある〈大崎ケミカル〉というロゴを、右京は指さした。

「調べたところこの方は開発部門の責任者でした。〈大崎ケミカル〉は企業規模は小さいですが開発力には定評があり、特に高分子接着剤での技術は世界レベルだそうです。その技術がアメリカの宇宙開発で採用されれば株価は大きく上がる。株価に関する情報なら、どんな些細なことも見逃さないあなただからこそ見つけることができた。さすがです。ですが、あなたは一昨日このニュースが流れた時刻に、ご自分のオフィスにいたとおっしゃいました。だとするならば、当然その時点でこの情報を知っているはずです。しかし、あなたはあの日の午後、〈大崎ケミカル〉を買うような指示は一切出していない。そうなんです。それこそが、このニュースが流れた時刻、つまり瀬口さんが殺害された時刻に、あなたがオフィスにいなかったというなによりの証拠なんです」

咲江は唇を強く嚙みしめていた。

「悔しいわ。わたしと同じくらい目の利く人間が他にもいたのね」

「優秀なファンドマネージャーのあなたが、どうしてインサイダー情報という禁断の果実に手を出してしまわれたのでしょう?」

すべてが白日の下にさらされたことで、咲江は却って肩の力が抜けたようだった。

「怖かったの。自分の資産を扱っているときにはまるで感じなかった。でも、顧客の数や運用する金額の桁が百倍、千倍と増えるに従って、失敗したら……という不安もどんどん膨らんでいった。抱え切れないほどに」

「そして、印刷物を発注した先で出会った瀬口さんに声をかけた。瀬口さんなら入手可能なインサイダー情報をめぐって、あなたは取り引きをした」右京が言った。

「一度だけのつもりだった。でも、あの男はそれを許さなかった」

「やっぱり脅迫されてたんですね」薫が哀れみの目を咲江に向けた。

「もうひとつ、よろしいですか? このニュースをオフィスにいて見ていた、見ていたけれども気づかなかった。そう反論することもできたはずです。どうして、そうされなかったのでしょう?」

「最後の意地みたいなものかしら。だって、プロのファンドマネージャーとして、それだけは絶対に認めるわけにはいかないから」咲江は心持ち胸を張って答えた。

「なるほど」右京が深く頷いた。

ふたりが咲江を挟んで会社を出ようとすると、受付の前に陣川が立っていた。

「少しだけいいですか？」

陣川を見た咲江が右京に許しを求めた。

「どうぞ」

咲江と真正面から向き合った陣川は戸惑っていた。

「あなたを騙すような真似をして、あの、なんて言うか……」

ようやく言いかけたとき、それを遮るように咲江が深々と頭を下げた。

「ごめんなさい」

「紫藤さん」陣川は今度こそ返す言葉がなかった。

「あなたには本当に申し訳ないことをしたと思っています」

頭を上げた咲江が陣川をじっと見つめて言った。

六

その夜〈花の里〉ではひとりの酔客が呂律も怪しくクダを巻いていた。

「どうです〜。自分も犯人逮捕に今回はしっかり貢献できたでしょ？」

「そうそう、よくやった。陣川警部補殿！」

あまたある陣川の癖のひとつには「酒癖」も入っていた。罪がないといえばないが、傍で付き合うにはちょっと辛い。今夜も宥《なだ》めすかしてどうにか切り上げさせようとしている薫だった。

「よーしっ！　ぼくだって電卓叩きながら日々成長してんですからぁ」

「捜査対象に惚れちゃうのは変わってないけどね」

聞こえないように言ったつもりだったのだが。

「亀ちゃん、それ、言う？」

「あ、聞こえちゃいました？　ごめんなさいね」

「はー。別に自分はあの人に惚れたりなんかしてないし、だから、傷ついたりもしてないわけで……ねぇ」

カウンターに突っ伏した陣川は半泣き状態である。

「言葉と態度がバラバラだもんねぇ」と薫。

「これが陣川くんなんだ」

美和子の興味には十分すぎるほど応えていた。

「顔はイケてるのに残念なタイプだねぇ」美和子はカウンターに頬を擦り付けるようにしている陣川をのぞき込んだ。

「でもさ、紫藤咲江のことをそんなに好きだったのに、よく彼女を落とす計画に乗ってくれましたよね」

「そっちに話を振るなって」

せっかく宥めすかしていた薫が美和子を止めにかかったが、美和子は「だって気になるんだもん」と陣川の肩に手をかけてゆすり起こしながら「ねえ、どうしてですか？」と訊ねた。

「それは、彼女が犯人だと信じたからです。自分も、特命係の一員ですから」そして陣川は一瞬正気に戻ったかのように体を起こし、頭右《かしらみぎ》をした。

「プッ」とおくびを吐いた。

「いいぞ、陣川！」

美和子が笑いを堪えながらエールを送ると、手を上げて応えた陣川がジロリと右京を見た。

「杉下警部～」

「はい？」

「あんたはよくやる！　えらい！　テヘヘ～」

「どうもありがとう」

そのやりとりにふたりを除いた皆は爆笑した。

年にそう何度もあるわけでない、賑やかな〈花の里〉の夜だった。

第三話

「蟷螂たちの幸福」

一

ある朝、都内のマンションの一室で男性の遺体が発見された。白いシャツにスラックスという出立ちの壮年の男性で、シャツの左胸がどす黒い血で染まっている。死亡推定時刻は前夜の九時から十時までの間。左胸には明らかな銃創が見られる。

男の名前は田橋不二夫。この部屋の住人である。住人といっても正確に言えばここは事務所として契約されており、田橋はその経営者だった。

〈オフィス蓬城《よもぎ》〉というのが事務所の名前で、作家の蓬城静流《しずる》の個人事務所であった。

「誰だ？　それ」

鑑識課の米沢守からその作家の名前を聞いた捜査一課の伊丹憲一は、顔を顰めた。

「有名なミステリ小説家ですが、ご存じない？」誰もが知っているものとして口にした米沢は、伊丹の反応が意外だった。

「本読まないっすから」

後ろから口を挟む捜査一課の後輩、芹沢慶二を伊丹は「なんだと？」と睨みつけたが、まあ当たらずといえども遠からずと思い直し、再び捜査に集中した。凶器は田橋の右手に握られていた拳銃だった。そこには田橋の指紋のみがあり、右手からは硝煙反応も検出されている。誰かが部屋に侵入した形跡もないし、部屋の中を物色された跡もなく、自殺と見るのが順当だった。

――ってことは、お昼前にここに来て田橋さんの死体を見つけたわけですね？

――はい。びっくりしました。

――そのとき玄関の鍵は？

――かかってました。合い鍵で開けて中に入ったら田橋さんがあんなことに。

別室から宿敵の声が流れてきて、伊丹の脳天は熱くなった。またあいつ……部屋を覗くと案の定、亀山薫がいた。

「コラ！　特命係がなにやってんだっつーの」

伊丹が詰め寄ると、隣にいた杉下右京がしれっと答えた。

「こちらの加瀬さんから状況をうかがっていたところです。遺体発見時、玄関は施錠されていたそうですよ」

ふたりが話を聞いていたのはこのオフィスでアルバイトをしている加瀬信行という若者だった。

「じゃあ、やっぱ自殺ですかね？」

伊丹に囁く芹沢の声を、右京は聞き漏らさなかった。

「どうして自殺だと思われるのですか？」

「だって指紋のついた拳銃に硝煙反応、なにより遺書まで残ってたんですから」

「おい！」いつもながらぺらぺらと喋りすぎる芹沢の頭を伊丹が小突く。

「遺書？　亀山くん、見せていただきましょう」

「おいおいおい、勝手に歩き回るんじゃ……ちょっと警部！」

止めにかかる伊丹の手をすり抜けて、田橋のデスクの前に立った右京と薫は電源が入ったままのノートパソコンの画面を覗いた。

《故あって、自ら命を絶つこととあいなりました。皆さまにはご迷惑をおかけしますが、何卒お許しください。田橋不二夫拝》

これはどう見ても遺書の文面だった。

右京は目を転じて傍らにいた米沢に凶器の拳銃を見せてもらった。弾倉を開けると、妙なことに使用済みの薬莢の隣が空になっている。つまり、次に撃つべき弾が最初から入っていなかったことになるのだ。拳銃を米沢に戻した右京は先ほどの加瀬を呼び、この部屋で以前と変わったところはないかと訊ねた。

「そういえば、ソファのとこにクッションがあったはずですけど……古いやつなので、田橋さんが捨てちゃったのかな」

後ろ手を組んで部屋を歩きながら加瀬の答えを聞いていた右京は、本棚の前を通り過ぎようとしてふと足を止めた。そして再び加瀬に訊いた。

「ここだけ一冊なくなっていますが、いつからないのかおわかりですか?」

右京が指さしているのは百科事典が並んでいる棚だった。きれいに全巻揃いで並んでいるなか、一冊分だけ歯の抜けたように空いていた。

「さあ、全然気づきませんでしたけど」

加瀬は首を傾げた。そこへ芹沢が新たな人物の到着を告げた。

「あの、被害者《ホトケ》の奥さん……あ、蓬城静流さんがお見えです」

ベイビーフェイスのため若く見えるが、五十をちょっと越えているだろうか。作家、蓬城静流は年齢にしては十分な美貌を具《そな》えた女性だった。そしてまた小柄な体軀からはえもいわれぬ存在感がにじんでいた。

「このたびは……」おくやみを述べようと頭を下げる伊丹を遮って、

「主人は?」低いながらドスの利いた声で静流が訊いた。

「いま司法解剖に回してます」と伊丹。

「拳銃で撃たれたって聞いたんだけど、本当なの?」

「はい。状況から見て自殺の可能性が高いかと」

「そう」

さすがの伊丹も静流の貫禄には気圧されがちである。

「驚かれないのですか?」

そこにいきなり発せられた、口調こそ丁寧であるが本質に食い込んでくる声の主を、静流は振り返って睨んだ。

「どういう意味?」

「ご主人が自殺されたこと、あるいは拳銃を所持していたこと。奥様ならば驚かれて当然の出来事ばかりです。ですが少しも取り乱したりされていない。ひょっとしてなにかお心当たりがあるのではと思ったものですから」

声の主、右京の物言いは有名作家の貫禄にも怖じずきわめて率直である。

「別に心当たりがあったわけじゃないわ。ただ夫婦だからといって相手がなにを思いどんなことを企んでるか、すべて見通せるわけじゃないでしょ?」

「なるほど。不躾な質問を、失礼いたしました」

右京は静流の的確な答え方にある種の心地よさを感じたのか、にんまりと微笑んだ。

「ねえ、水をちょうだい」

傍らに立つ加瀬に、静流は物憂げに言いつける。素早い動作でコップに水を満たし持ってきた加瀬からそれを受け取った静流は、面倒くさそうな手つきで白い紙袋から錠剤を出して飲み込んだ。そんな所作を興味深げに見ていた右京が「不躾ついでに、もうひとつよろしいでしょうか?」と訊いた。「昨夜九時から十時、どちらにいらっしゃいました？」

不躾どころではない右京の言葉に、一瞬周囲は凍りついた。

「杉下警部！」伊丹がたしなめる。

「あなた方もいずれお訊ねになるだろうと思いましてね。それとも訊くつもりはありませんでしたか？」

そう言われると二の句が継げない伊丹は、仕方なく引き下がった。

「その時間なら、自宅のほうで仕事していたわ。アリバイなら証明する人間も必要でしょう？　だったら春陽出版の猪野って人に確かめるといいわ」

静流の抑揚のない口調は聞く者に却って威圧感を与える。

「さすがはミステリ作家でいらっしゃる。的確なお答えをありがとうございます」

慇懃に頭を下げる右京を、静流はまじまじと見つめた。

「あなた、お名前は？」

「警視庁特命係の杉下と申します」

「そう。覚えておくわ」

「恐縮です」

ふたりのやりとりには、第三者の介入を許さない緊張が漲っていた。

二

　その日の午後、右京と薫は鑑識課を訪ねた。銃弾は田橋の心臓を直撃していて、ほぼ即死といってよかった。銃弾も体内から見つかり、着衣に付着していた未燃焼火薬から見て発射されたのはかなりの至近距離からだと思われた。

　死体検案書を見ていた右京が変わった点に着目した。

「『被害者の口の周辺に付着物』とありますが？」

「微量ですが、水飴のようなものが付いていました。念のため科警研に分析を依頼しておきましたが」そこで言葉を切った米沢はおもむろに目を中空に据えて、先ほどの蓬城静流のことを思い浮かべた。「しかし、ご主人が亡くなられたというのに取り乱す様子もなく、作風同様、骨太というか肝の据わった女傑という感じでしたなあ」

「蓬城静流ってそういう作風なんですか？」

　薫の質問を受けて米沢はデスクの引き出しを開けた。

「未読ならお貸ししますよ。この『殺意の色』シリーズなどは、いま読んでもガツーンと来るものがありますよ」

　引き出しから次々と取り出した静流の単行本を、米沢は机に並べた。

「ファンだったんですか？」薫が問う。

「一時は『ヲタ』と呼ばれても過言ではないほどに」

にやっと笑った米沢の言葉尻を右京が捉えた。

「一時ということは、以前ほどではないということですか？」

「もともと量産するタイプの作家ではなかったですし、ここ五年ほどは新刊は出ていませんでした。長いスランプではないかという噂を耳にしたことがあります」

右京は興味深げに聞いていた。


春陽出版は主に文芸系の単行本と雑誌を出している中堅どころの出版社だった。ふたりが訪ねると静流の担当という猪野昭文が応対した。

「最近、先生はエッセイの連載を続けてましたよ。ゆうべも先生の原稿をもらいにうかがいました」

壁には手書きで〈目指せ一〇〇万部突破！〉とデカデカと書かれた紙が貼ってある。乱雑な机が並んだ奥の接客スペースに導かれた右京が、「おうかがいになったのは何時頃でしょう？」と訊ねた。

「先生が仕事場に入られたのは八時半です。で、書き上がったのは十一時半すぎでした」猪野は昨夜のことを思い出して答えた。

「その間、先生の姿をご覧になったり声をかけたりはされなかったんですか？」

「先生は集中するタイプですし」

「じゃあ部屋の中でずっと執筆を？」

訊ねる薫に、猪野はうなずいた。


「ああ、忙しい忙しい」

警視庁に戻った右京と薫が特命係の小部屋でお茶を飲んでいると、組織犯罪対策五課長の角田《かくた》六郎が、珍しく暇でなさそうなようすでやってきた。

「忙しいなら来なくてもいいんですよ～」

角田は薫の皮肉も他所に自分のコーヒーカップを用意している。

「ひょっとして拳銃の出所に関して、なにか情報でも？」

右京の問いかけにうなずく角田に、薫の態度が豹変した。

「入れましょ、入れましょう」

角田のカップに薫は気前よくコーヒーを注いだ。

角田によると、凶器の拳銃を売ったのは暴力団東州会の下っ端で、ネットを通じて受注したがモノがモノだけに取引は直接手渡した。売ったのは半年前で、相手は確かに田橋不二夫だったという。

これで自殺の線はより確実になった。

「ということは、ご遺体はじきにご遺族のもとへ返されるでしょうねえ」右京が訊ねる。

「うん。今夜にも通夜をやるとか聞いたけど」

右京は腕時計を見た。通夜には余裕で間に合いそうだ。


死因が死因だからか、人気作家の配偶者にしては通夜は小規模なものだった。祭壇には田橋の遺影が飾られ、その左右を出版社から贈られた生花が埋めていた。向かって右手に故人の親族関係が並び、最前列先頭に喪服姿の静流が俯いて座っている。向かって左手は来賓席だったが、そのほとんどは葬式の手伝いもかねた出版社各社の社員が埋めていて、最前列には春陽出版の猪野と〈オフィス蓬城〉の加瀬が座っていた。

しめやかに読経が流れるなか、静流の斜め後ろに座っていた女が険しい顔で静流の耳元でなにかを囁いている。女が声を発する度に前を向いたままの静流の表情が歪んでいくのがわかる。聞き耳を立てると、なにやら「あんたが殺した」だの「わたしはあんたを絶対に許さない」だの、物騒な言葉を連ねている。その囁きがエスカレートして周囲が振り向くほど大きくなったのを見かねた猪野と加瀬が女を外に連れ出した。

右京と薫も出てみると、憤慨した女が猪野の押さえる手を振りきって斎場の門を出て行くところだった。すかさずふたりは後を追いかけた。

「すいません。ちょっとお話うかがえますでしょうか？　怪しい者じゃないですよ。警察です」

追いついた薫が警察手帳を示すと、女は瞬時に事情を理解したようだった。

「田橋不二夫さんの妹さんでしたか」

近くの喫茶店に誘った薫が納得顔でうなずいた。

「ええ。何年も兄には会ってませんでしたけど」

「疎遠になったのには、なにか理由があったのですか？」

右京が訊ねると、田橋不二夫の妹、田橋美津代は一転して目を吊り上げた。

「あの女のせいよ！　人気作家でいくら稼ぎがあるか知らないけど、兄さんだってちゃんとした勤め人だったのに、それを辞めさせて、こき使いだしたのよ」美津代は語気も荒く罵った。

「お兄様は事務所の共同経営者として、蓬城静流の執筆活動をサポートしていたとうかがっていますが」

美津代は右京の言葉を鼻で笑った。

「そんなの嘘っぱちよ。前に事務所のバイトの子に聞いたことがあるわ。機嫌が悪いと怒鳴り散らして、兄さんが作った食事も引っくり返してたって。あの女は兄さんのことよりも自分の小説や作家としての評判が大事なだけよ。出版社の人もこう言ってたわ。あのふたりは、まるでカマキリの夫婦だって」

「カマキリって、あの……雌が交尾の後、用済みの雄を食べちゃうって、そういう?」

薫は恐る恐る訊いた。

「そのとおりよ。兄さんはあの女に食い殺されたのよ」

美津代は怒りの涙をハンカチで押さえた。


その夜、小料理屋〈花の里〉では常連の右京と薫が女将の宮部たまきと薫の妻美和子を交えて蓬城静流と田橋不二夫の夫婦関係を俎上に載せていた。

「なるほどねえ。奥さんのほうが有名で稼ぎが良すぎると、男は辛いもんなのかもね」

美和子が感想を述べると薫が切り返した。

「その点、うちは安心だけどな」

「そうかぁ? わたしだって、いつか作家デビューしてベストセラー作家になっちゃうかもよ?」

「へっ、馬鹿馬鹿しぃ」

と言いつつ、薫の頰はわずかに引き攣っていた。

「はい、あん肝です」

そんなふたりの会話をほほ笑ましく聞いていたたまきが小鉢を出すと、右京が意外なことを言った。

「見事に話題にあった料理ですねえ」

「はい？」たまきが怪訝な顔で訊ねる。

「アンコウの中には、雄が雌に比べて極端に小さく、雌の体に嚙み付いて寄生する種類がいるそうです」

「あら、そうなんですか。知りませんでした」

「雌の巨体に寄生するうちに雄は退化して、やがては雌の体に吸収されるらしいですよ」

「ええっ？　それも嫌ですねえ」

過剰な反応をした薫の腕に美和子が、ピタッとへばりついた。右京とたまきが顔を見合わせた。この店でふたりがじゃれつくのは珍しかった。

「ん？　やめろよ、おまえ！」

薫は半分照れ臭く半分嬉しそうに美和子の腕を振りきる。

「でも、意外だったな。蓬城静流ってカマキリどころか、おしどり夫婦って印象だったから」体を離して美和子が呟いた。

「どうして？」薫が訊ねる。

「『帝都ウォーカー』だったかな、前にグラビア記事に出てたんだよ。毎年、結婚記念日には老舗の温泉旅館に旦那とふたり水入らずで泊まりに行くんだって」

「まあ。いいわねえ」とたまきが羨ましそうに右京を見た。

「たしか紅葉が見頃って書いてあったから、いまぐらいの季節じゃなかったかなあ」

美和子の言葉がなにかレーダーに引っかかったらしい。右京は虚空を見つめて杯を飲み干した。

三

「自殺と断定?」

翌日、自宅に訪ねてきた伊丹と芹沢を接客用のリビングに通した静流は、相変わらずのハスキーな声で復唱した。

「ええ。拳銃の入手先もわかりました」

伊丹が苦み走った表情を作る。

「そう。警察は自殺の動機をどう見てるのかしら?」

「遺書の文面からは具体的な内容はわかりかねまして」

芹沢が言うとなぜか言い訳めいて聞こえる。

「改めて奥さんに心当たりはないか、おうかがいしたくて参った次第です」

頭を下げる伊丹に、静流は抑揚のない声でボソリと言った。

「こんな結末じゃ、あの人も浮かばれないでしょうね」

そこへ加瀬が新たな来客を告げに来た。

「失礼します。突然おうかがいして申し訳ありません。お見受けしたところ、ご主人の死が自殺と断定されたとお聞きになったばかりでしょうか」

取り次ぐいとまももどかしげに右京が、そしてその後ろから薫がリビングに入ってきた。

「ええ。いまこの刑事さんたちから」

「ですが、ぼくにはどうしてもそうは思えません」

右京は後付けで深々と腰を折り、挨拶の代わりのように言った。

「杉下さん、だったわよね？　だったら、その根拠を聞かせてちょうだい」

クールな対応をしていた静流が、心なしか身を乗り出したように見えた。

「なにより気になるのは拳銃の銃弾です」

右京の指示を受けて薫が拳銃の写真を差し出す。

「凶器は回転式の拳銃です。弾倉には五発装塡できますが、実際に残っていたのは三発の未使用の銃弾と、一発の使用済みの薬莢でした。不自然だと思われませんか？」

「最初から四発しか入ってなかったんじゃなくて？」

ミステリ作家は右京の説明をつぶさに理解してすかさず答えた。

「ですが、問題は入っていなかった場所です。使用された銃弾の隣、つまり次に発射されるべき銃弾が抜かれていました」

「『抜かれた』？　『入ってなかった』の間違いじゃなくて？」

右京はその反応が十分に満足だったらしく、にんまりと微笑んだ。

「さすがに言葉には敏感でいらっしゃる。仮に抜き取られていたとした場合、どんな理由が考えられるか、ミステリ作家としてのご意見をお聞きしたいと思いまして」

そこで右京は改めて頭を下げた。

「さあ。わたしには皆目見当がつかないけど」

「こんな仮説はどうでしょう？」右京は左手の人さし指をぴんと立てた。「あの夜、ご主人を射殺した後、それが自殺であるように見せかけるために偽装工作を行った。ご主人の手に硝煙反応を残すために、拳銃を握らせて、クッションと百科事典を重ねたところに撃つ。当然、二発めの薬莢を残しておくわけにはいきません。発射残渣をきれいに拭き取り、最初から銃弾が入っていなかったかのように細工をした。これならば銃弾の数が合わないという不自然な点も、現場《ゲンジョウ》からクッションと百科事典がなくなっていた理由も、すべて説明がつきます。いかがでしょう？」

じっと右京の推理を聞いていた静流が、シニカルに微笑んだ。

「面白いわね。だったらついでに、その何者かがどこの誰なのかも説明してもらえるかしら」

「マンションの部屋の玄関は施錠されていました。したがって、犯行が可能なのは合い鍵を持つ人間に限られます」

「バイトの加瀬さんは、その時刻のアリバイが証明されています」

薫の補足を聞いて初めて疑いが自分に向けられていることに気付いたように、静流はおどけた声を出した。

「あらあら。アリバイならわたしだって」

「ここに来る前に、お宅の周りをひと回りさせていただきました。二階の仕事部屋からは、玄関を通らずに裏口から表へ抜け出すことが可能とお見受けしました」

「アリバイにはならないってわけね。だとしたら、いまの時点でわたしは最重要容疑者ってことになるわね。どうやら杉下さんは優秀な刑事さんのようね。少なくともこちらの凡庸なおふたりよりは」静流は不貞腐れた伊丹と芹沢を一瞥して右京に向き直り、「参考までに聞かせて。次はどんな手に出るの？」と言った。

「セオリーからいえば動機探しでしょうか」

「なるほど。それが見つかったらすぐに知らせに来てちょうだい。わたしには時間がないの。失礼」

そう言い置くと静流は「タイム・イズ・オーバー」とでも言いたげに険しい形相に戻って、さっさと奥に入っていった。

静流の自宅を出たふたりは伊丹と芹沢とも別れて〈オフィス蓬城〉のあるマンションに行ってみた。

「しかし、さっきのあの態度、怪しすぎますよね？」と薫。

「たしかに挑発的すぎる気がしますが、彼女がなにかを隠しているのは間違いないでしょうねえ」

薫がエントランスへ向かおうとすると右京は別の方向へ歩みを進めた。

「あれ？　こっちじゃないですか？」

右京についていくと、マンションの裏手に出た。

「エレベーターの防犯ビデオには死亡推定時刻の前後、住人以外の不審な人物は映っていませんでしたからねえ」

「ああ、そうか。じゃあ非常階段」

非常階段の入り口は高い金網のフェンスで覆われており、それは内側から施錠されていた。薫がよじ登ろうとするが、歯が立たない。

「これ、女性には無理っぽいですね」

「亀山くん」

右京のもとに駆けつけると、「あれが見えますか？」と駐車場に停められたステーシヨンワゴンタイプの高級車の中を指している。

「あっ！」確かにそこには脚立が積んである。

ちょうどそこに通りかかった管理人に確かめたところ、その車の持ち主は田橋だった。

「亀山くん。オフィスに鍵が残っているはずです」

鍵をとってきてドアを開け、脚立を非常階段のフェンスに立て掛けてみると、高さもピッタリ合う。

「これなら楽勝です。蓬城静流でも越えられますよ。彼女が用意したに違いありませんよ」

さらに後部座席と荷台を調べると、新品のスコップとブルーシートにロープ、そしてそれらを買ったときのレシートも出てきた。右京がそのレシートに目を通す。

「クレジットカードで買い物をしたようですねえ。

「えっ？　死んだ旦那のほうがこんなもの買ってるって、どういうことなんですか？」

薫の頭は混乱した。

「どうやら見えてきたようですねえ」一方の右京は静かに呟いた。

「え？　なにがですか？」

「動機です」

四

右京と薫はその足で静流の自宅にとって返した。

「動機が見つかったのかしら？」

静流は相変わらずのシニックな物腰でふたりを迎えた。

「ええ。ようやく」右京が慇懃に礼をする。

「だったら聞かせて」

「では早速」余計な前置きは不要だと言わんばかりの静流に、右京は自説を披瀝し始めた。

「亡くなられたご主人は、あなたの執筆活動をサポートするために常日頃から公私にわたり、献身的にあなたを支えてこられた。ですが仮に、ご主人が長年にわたって溜め込んだ鬱屈が、自分が虐げられているという被害者意識に変わり、やがてはあなたへの殺意に変わったとします。そして、ご主人はあなたを殺害する計画を立てた。脚立、そしてロープやスコップ、ブルーシートなどをあらかじめ用意しておき、人目につかないように仕事場から抜け出して自分のところまで来るように、あなたに告げる」

ここで右京は静流の表情をちらと盗み見た。静流は何食わぬ顔で耳を傾けていた。右京は続けた。

「マンションであなたを射殺し、翌朝までに死体をブルーシートとロープでくるみ、山中に運んで埋めてしまう。あなたが行方不明となれば、ご主人は当然、失踪届を出すことになるでしょう。ですが、警察が乗り込んで調べてみても、あの夜あなたがマンションを訪ねたという証拠はない。死体が見つからない限り殺人を立証するのは困難に近い」

「でも、わたしが失踪したらマスコミがさぞや騒ぎ立てるはずじゃないの？」

すかさず静流が反論する。

「誠に言いにくいのですが……」

右京が言葉を濁すと、静流はそれも計算済みと言わんばかりに笑い出した。

「ふふふふふ。何年もミステリを書けずスランプに陥った挙げ句の失踪。ちゃんと理由も用意していた、そうおっしゃりたいのね？」

「おっしゃるとおり」

「七年間生死が不明の場合、失踪宣告の申し立てが可能になります。死亡が確定すれば、あなたの財産や著作権はすべて夫の不二夫さんが相続できます」

そう続けるもうひとりの刑事を静流は睨んで、

「金の卵を産まなくなったアヒルなら、殺したほうが得ってわけね」とシニカルに呟いた。

「ですが、この計画にはひとつ大きな穴がありました。どんな理由をでっち上げようとも、自分の妻を人目につかないようにと部屋まで呼びつけるのは不自然極まりない。普通の人でも怪しいと疑うに違いないのに、ミステリ作家のあなたがすんなりと従うとは思えません。しかし、あなたはあえてその計画に従ったのです」

「なんのために？」

自らの心中を他人に聞き返す愚を内心で嘲笑いながら静流が訊ねる。

「計画を逆手に取り、ご主人を亡き者にするためです。なにかのきっかけでご主人の計画を事前に見抜いたあなたは、自分を殺そうと考えたご主人に逆に殺意を抱いた。ご主人の計画をそのまま利用し、自らのアリバイを作ったあなたは、まんまとご主人を射殺する。拳銃はご主人が用意したものですから、自殺に見せかけるのがベストの選択だと判断されたのでしょう。これが、あなたがご主人を殺す動機です」

「よくできてるわね。でも、ちょっと物足りないかしら」

追い詰められているはずの静流は、余裕さえ滲ませて応えた。

「言い逃れはやめましょうよ。家宅捜索すれば……」

さらに追及する薫を、右京が意外な言葉で押しとどめた。

「いいえ。ぼくもそう思います」

「え？」

「どこがというのではありませんが、推理をしていてなにか詰めが甘い。亀山くん、お暇しましょう」

「いいんですか？　このまま帰っちゃって」

思わぬ展開に薫の頭は付いていけないでいた。

「どうやらわれわれは、まだ真相にはたどり着いていないようです」

「えっ、あっ、ちょっ……」

なにがなんだかさっぱり分からないまま、薫は上司に従うしかなかった。

玄関先でふたりは捜査一課の伊丹と芹沢に出くわした。

「なんでいんだよ？」薫の顔を見た伊丹が突っかかる。

「そっちこそなにしに来たんだよ？」

「うるせえ！」

まるで挨拶がわりになってしまったようなやりとりのあと、伊丹は部屋に上がって静流に告げた。

「事件当夜、蓬城静流を自宅近くから現場《ゲンジョウ》のマンションまで乗せたっていうタクシーの運転手が見つかったんですよ」

「自宅とマンションは三十分足らずの距離です。こっそり抜け出せば犯行は可能です」

芹沢が続ける。

「ご主人殺害の参考人としてご同行願えますか?」

「仕方ないわね。早く済ませましょ」

凄む伊丹が拍子抜けするくらいあっさりとうべない、静流はさっさと外出の用意を始めた。

静流を取調室に入れた伊丹と芹沢は、なにを聞いても一向に動じないミステリ作家を前に困惑していた。

「死んだ田橋さんは、あんたを殺そうと計画してた」

「それに感づいたあなたは、計画に乗ったふりをして逆に田橋さんを殺したんですね?」

伊丹と芹沢が交代で詰め寄ると、静流はつまらなそうにそっぽを向いた。

「それで終わり?」

「ええ、まあ……」

そう言われると、伊丹も継ぐ言葉が見つからない。

「同じ話を二度聞くのは本当に退屈ね」

「なに?」

凄む伊丹を逆にジロリと睨んだ静流が、有無を言わせぬ口調で言い捨てた。

「凡庸な人間に付き合う時間はないって言ってるの」

一方、特命係の小部屋では右京が椅子に凭れて美和子が言っていた雑誌のインタビュー記事を読んでいた。

——個人の頭の中だけでは、大勢の読者の心を揺さぶるものは書けない。経験に勝る取材はない……。

静流が執筆の苦労話に触れているところを、右京が読み上げた。

「要するに、やったことじゃないと書けないってことですか？」

コーヒーカップを片手に、薫が聞き返す。

「それに続いて、もちろん冗談めかしの口調ではありますが、こうも言っています」

——殺人犯の心理を百パーセント理解しようと突き詰めれば、最後は実際に自分の手でやってみるしかなくなるかもしれない。

「まさか、それが動機で自分の旦那を？」

問われた右京は無言のまま雑誌を閉じた。

五

蓬城静流の取り調べをただちに終了して身柄を釈放するようにとの要求を弁護士が突

きつけたことにより、事態は思わぬ展開を見せた。その弁護士は春陽出版の顧問弁護士も務めるやり手のようで、法の盾を前に指をくわえて見ているしかない捜査一課の面々をよそ目に、用意した車に静流を乗せて警視庁を後にした。

「猪野さん。ちょっとよろしいですか？」

駐車場に残って携帯で会社に報告している猪野を見つけた右京が声をかけた。

「弁護士を手配されたのはあなたですね？」

「ええまあ。それがなにか？」猪野は少々異議を唱えたそうな顔で応えた。

「とても素早い対応ですねえ。蓬城先生がこちらに呼ばれてから、まだ一時間も経っていません」

「それは……先生からの指示があったから」

「指示？」薫が怪訝な顔をする。

「指示をされたのはいつのことでしょう？」

「おとといの夜ですよ。エッセイの原稿を受け取ったときです。うちに顧問弁護士がいるかどうかを聞いて、もし自分が警察に連れて行かれるようなことがあったら、すぐにその弁護士に動いてもらって出られるようにしてくれって。社長に直談判してくれとまで言われました。その代わりに新作の長編をうちで出させてくれるって。五年ぶりの新作、どうしても書き上げたいって、かなり真剣でしたよ」

　猪野の言葉を聞いて右京と薫は顔を見合わせた。

「だけど、いくら言いなりになる編集者だからって、まるで自分が怪しいって白状するような真似しますか？」

　ふたりは〈オフィス蓬城〉のあるマンションに車で向かっていた。もう日が暮れている。ハンドルを握りながら薫が右京に漏らすと、助手席の右京は自分に言い聞かせるように呟いた。

「われわれは巧みに誘導されているような気がしてなりません」

「蓬城静流にですか？」

「彼女が作った物語にです。ひとつたしかなのは、彼女が勾留され時間を長く取られるということを、ひどく嫌がっているということです」

「そういえば、前も『わたしには時間がない』って言ってましたね？」

　その言葉には薫もずっと引っ掛かりを感じていたのだった。

　部屋に入って探し物を発見したのは薫だった。

「右京さん！　ありました。診察券と薬です」

　右京が駆け寄り薫の手元をのぞき込む。診察券には〈田橋静枝〉と記されていた。

「蓬城静流の本名ですねえ。おそらく彼女の代わりに田橋さんが薬を受け取るために持っていたのでしょう」

薬は鎮痛剤だった。かなり強力なタイプでごく限られた患者にしか処方されないものだ。

「それって……」薫が呟きかけたとき、右京の携帯が鳴った。米沢からだった。田橋の口の周辺の付着物の分析結果が科警研から届けられたとのことだった。やはり水飴だったが、おかしなことに口紅に含まれる顔料も検出されたという。

「和化粧の紅ではありませんか？」

――心当たりがおありですか？

「以前聞いたことがあります。荒れた唇に紅を差すとき、つやを出すために水飴を混ぜることがあると」

――蓬城静流の作品には京都の花街を舞台にしたものもあります。そのときに仕入れた知識かもしれませんね。

電話を切った右京に、脇で聞いていた薫が訊ねた。

「紅って、どういうことなんですか？」

それに答える代わりに、右京は虚空に目を遣った。

「彼女の物語が、すべてわかりました」

白い光がレースのカーテン越しに差し込んでいる。翌朝、自宅の書斎のテーブルに置かれた厚い紙の束を指でなぞった静流は、抜け殻のような眼差しで壁に掛かった田橋の遺影を見上げた。そして鏡台の前にひとり静かに座り、唇に紅を差した。

「先生、刑事さんがお見えになりました」

加瀬が告げに来たときには、静流は身繕いをすべて終えていた。

「やっと……わかったようね」ふたりを迎え入れた静流はゆっくりと右京を見上げた。

「ええ。間に合ってよかったです」

すっと立ち上がった静流は窓際に移りレースのカーテン越しに外を見遣った。その背中に右京が語りかける。

「半年前、あなたは末期がんの告知を受けられた。当然ご主人もご存じだったはずです。ならば、あなたの余命がわずかだと知っていたご主人に、あなたを殺す動機はありません。したがって、自分を殺そうとしていたご主人を、あなたが返り討ちにしたという仮説も成立しません」

「だったら？」

おもむろに振り向いた静流が先を急《せ》くように訊ねた。

「ですが、ご主人が拳銃や殺人を連想させる品々を準備していたことは事実です。ここで矛盾が生じます。殺す気のない人間が殺人の準備をしていた。ご主人がそんな真似をした理由は、ただひとつ。あなたに最後の一作を書かせるためですね？」

「……さすがね」

右京の口元をじっと睨んで聞いていた静流が、一瞬目線を落とし擦れる声で呟いた。

「告知を受けた後、あなたはおそらく死力を振り絞って最後の作品に取りかかった。しかし、杳《よう》として筆の進まないあなたを見て、ご主人はある決意をされたのでしょう。そして立てたのが、あの計画です。拳銃を用意し、あなたにアリバイを作らせ、あの夜、誰にも見られないようにマンションまで呼び出したのもすべて……あなたに自分を殺させるためだったのです」

「あの人の、精いっぱいのプロットだった」

言われた通り猪野を自宅に残しアリバイの細工をして出てきた静流は、不機嫌さも隠さずに、田橋に訳を質した。田橋から計画を聞かされた静流は自分の耳を疑った。

――小説のアイディアのためなの？　そのために、わざわざここまでする？

冗談でないことは、長年連れ添った相手の目つきで分かった。

――きみの最後の一作のためなら命だって惜しくない！　前にも言ったじゃないか。最後は自分でやってみるしかないって。

――馬鹿なこと言わないで！　あなたを殺せるわけないでしょう！

――どうして？

田橋はそれこそが理解不能とでもいうようにキョトンと静流を見た。

——あなたには、わたしの分まで長く幸せに生きてほしいの。財産だって十分残るし、著作権だってみんなあなたのものなんだから。

静流の答えは心から田橋を救った。その気持ちさえあれば……。

——そんなものに意味なんてない！　きみが告知を受けたときからずっと考えてた。想像してみたんだ。きみがいないあの家を。きみがいない時を。きみがいないこの世界を。そこには、ぼくの居場所もない。

そこまで言いきると、田橋は撃鉄を起こして銃口を自らの心臓の上に当てた。そして静流が泣き叫ぶなか、

——きみが書き上げるのを、向こうで待ってる。

そう言い置いて引き金を引いた。

「自殺、だったんですね」薫は最後の銃声までもが聞こえるように思えた。

「正確には心中と呼んだほうがいいかもしれません」右京が付け加える。

「あとのことはもうわかってるんでしょ？」すべてを話し終えて虚脱した静流が震える声で訊ねる。

「ええ。ご主人の突然の行動にあなたはショックを受けながらも、その遺志を汲む決意をされたのでしょう。あたかも、ご主人が自殺ではなく、自殺に偽装して殺されたよう

に見せかけるために、撃った弾の隣の銃弾と百科事典、クッションを持ち去ったのです。ご主人の口のまわりに紅の成分が付いていたのは、別れの口づけをされたからでしょうか」

あのときと同じ紅を、今日も静流は唇に差していた。

その唇を噛みしめた静流はクローゼットにふたりを導いて中からハンカチに包んだ銃弾と百科事典とクッションを取り出して渡した。

「待ってください。どうしてこんな真似を？」

問いかける薫に、静流は声を荒げた。

「百パーセント自殺だって処理されたら、わたしは犯人じゃなくなっちゃうじゃない！」そしてわずかに間を置いて、涙まじりに続けた。「そんなこと、あの人が許さないわ。わたしは犯人として最後の時間を生きる必要があったの。なにに怯え、どう逃げようかと必死で頭を巡らせる。それを小説に残すの。そう決めたの。わたしとあの人で」

「それが故人の遺志だったわけですね？」

「あなたならわかってくれるわよね？」

静流はすがるように右京を見た。そのとき、堪りかねた相棒がきっぱりと言い放った。

「俺にはわかりません。ご主人のこと、愛してたんでしょ？　そのご主人が目の前で自殺して、どうしてそんな冷静でいられるんですか？」

「亀山くん」

右京の制止にもかかわらず、薫は続けた。

「ご主人だってどうかしてますよ！　自分が死ねばあなたがどれだけ悲しい思いをするか。それを考えたら、そんなこと絶対できるわけないじゃないですか！」

「もういいんです！」

右京の怒声が沈黙を用意した。それを自ら破るように、静流に語りかける。

「残念ですが、ぼくもご主人のしたことを認めるわけにはいきません」

「そう……」静流は魂の抜けた蠟人形のように蒼白な顔で呟いた。

「人が自らの命を絶つことで出せる答えなど、決してないのですから」

静かに諭す右京を見上げる静流の頰に、わずかに赤みがさした。

「もう少し早く、あなたのような刑事に出会えていたら、あと二、三作は書けたかもしれないわね」

「『あと』というと、ひょっとして？」

なにかに思い至った右京が訊ねると、静流はテーブルに置いた紙の束を手に取った。

「そう。ちょうどできたところよ」

「拝見します」

その手から受け取った右京は、原稿に斜めに目を落としていった。

しばし放心して窓の外を見るともなく見ていた静流は、意を決したように言った。

「さあ行きましょうか、警察に。主人の死が自殺だとしても証拠隠滅の罪には問われるでしょ」

「その前に」

原稿に最後まで目を通した右京が目を上げた。

「まだなにか?」

「まだ書くべきことが、ひとつだけ残っているような気がしたものですから」

そう言って右京は原稿の冒頭にある白い頁を開いてみせた。

「そう……そうね」

一瞬、キョトンとした静流は、右京の言葉が意味するところを悟って、涙を拭いた。

そして右京の差し出した万年筆を手に、机に向かった。

そのひと月後、全国の書店には蓬城静流の新刊が、著者近影のポスターとともに山のように平積みされた。新刊のタイトルは『蟷螂《かまきり》たちの幸福』。帯には大きく〈遺作〉の文字が刻まれている。さらにそこには、
──本格ミステリで描く、あるひとつの愛の形!

という惹句が躍っていた。

「蟷螂ですか」

都内の某書店に来ていた薫が、隣で本を手に取る右京に言った。

「気づいていたのでしょうねえ。自分たち夫婦への陰口さえも」

「でも、あえてそれをタイトルに残した」

「彼女の矜持でしょうか。周囲から見れば一方が他方を虐げたり、自分のいいように使っているように見えても、当人たちにとっては互いに欠くことのできない、そんな関係もある」

「だから〝幸福〟ですか」

薫も一冊手に取り、一頁目をめくった。そこには献辞として静流の直筆がそのまま印刷されていた。

――最愛の夫にして作家・蓬城静流の半分を生きてくれた田橋不二夫に捧ぐ
それはあのとき、右京が静流に手渡した万年筆で認《したた》められた文字だった。

第四話
「TAXI」

一

亀山薫は災難に遭遇する天賦の才に恵まれていたのだが、今回に限ってはそれほどひどい事態には至るまい、と最初は思っていたのだった。ところが……。

それは深夜のタクシーのなか、少々飲み過ぎたせいもあってうつらうつらとしたところを運転手に起こされた矢先だった。信号で止まった拍子にふと窓の外に目を遣ると、歩道脇の茂みから横たわった足が二本、ニュッと突き出ている。慌ててタクシーを降りて駆け寄ると、スーツ姿の中年男が倒れている。まさか死んでいる……と抱き起こしてみると、ただ単に泥酔して寝ていただけだった。待たせておいたタクシーに乗せ近くの交番に運んだのだが、本人はまったく記憶がない。けれどもポケットから財布が盗まれた形跡もないし、この物騒なご時世におめでたい御仁だと安心して帰宅し、それで済んだと思っていた。

翌朝、薫が登庁するとちょっと奇妙な事件が待っていた。都内の某所で無人のタクシーが停車しているのが見つかった。車両の走行記録を見ると昨夜零時二十五分ごろから現場付近に停車していたらしい。運転手は行方不明。売上金は盗まれておらず強盗ではなさそうだったが、停車場所には血の付いたナイフが落ちており、そこから遠からぬ橋まで血痕が点々と続いていた。そしてその血痕は橋の欄干を越えたところにまで付いていた。周辺への聞き込みの結果、河川敷にいたホームレスが昨夜零時半ごろなにかが川に落ちる大きな音を聞いたという。折り悪しくも先週から降り続いた雨で川は増水しており、もしここから運転手が落ちたとすれば、遺体はすでに海まで流されてしまっている可能性大だった。

この事件に興味を持った特命係の杉下右京と薫は、早速鑑識課の米沢守を呼んで詳しい事情を聞くことにした。

「被害に遭ったタクシー運転手は八嶋淳、四十五歳。凶器と思われるナイフは運転手の所持品でした。護身用に持っていたんでしょうか」

「じゃあ客となんらかのトラブルになり、ナイフで防衛したところ逆襲を受けて刺され、川に転落した？」薫がジェスチャーを交えて問い返した。

「おそらくそんなところかと」米沢が頷く。

「血痕はタクシードライバーのものと断定されたのでしょうか？」

米沢から受け取った資料に目を落としながら右京が訊いた。

「DNA鑑定の結果待ちですが、血液型は一致しておりますし、現場《ゲンジョウ》の状況から考えて運転手の血液であることはほぼ間違いないと思われます」

「犯人の手がかりは？」

「車内に落ちていた六本木のバーのライターから、すでに容疑者は特定されています。先ほど捜査一課が身柄の確保に向かいましたから、そろそろ……」

　薫の質問に米沢が答えているところに、天敵、捜査一課の伊丹憲一がやってきた。

「ハッハ～。誰かと思えば鑑識の米沢さんじゃありませんか。特命係になんのご用が？」

　そそくさと引き返す米沢を見送った伊丹がもたらしたのは、厄介事に巻き込まれる薫の才能をまさに裏付けるものだった。米沢が言っていた特定されつつある容疑者というのが、すなわち昨夜薫が遭遇した酔っ払いだったのだ。

　男はすでに取調室に入れられていた。名前は丸田和之。不動産会社の営業マンで、ライターから六本木のバーを当たったところ、昨夜零時前に店の前で被害者のタクシーに乗った。いや正確にいうと、酔っぱらっていたところをバーのホステスに「乗せられた」ということだった。

　薫が丸田を見つけたのは零時五十分頃で、その場所から現場の橋までは歩いて五分足らず。犯行は十分可能である。

「おい。なんか気づかなかったのかよ?」

マジックミラー室で顔を確認した薫に伊丹が詰め寄った。

「そういえば『俺、なんかやっちゃった?』って心配そうにしてたけど」

「それでおまえ、なにも訊かなかったのか?」

「相手はぐでんぐでんに酔って道端で寝てたんだぞ」

「はぁ。それでも刑事かよ」

伊丹にしてみればそれは薫をイビる格好のネタだった。

「なんだと?」

その口ぶりに憤る薫に、三浦が追い討ちをかけた。

「すぐに動いてりゃ、運転手も助かったかもしれないんだよ。もういい、帰っていいぞ」

捨てぜりふを残して伊丹と三浦はミラーの向こうに移った。

「知りませんよ、こんな人。見たこともない」八嶋の写真を見せられた丸田は首を振った。

「ナイフに付いてた指紋、あなたのものでしたよ」三浦が追い詰めると、

「あなたのズボンの裾に付いてた血も被害者の血液型と一致してます」芹沢が駄目押しをする。

「本当に身に覚えがないんですよ。ゆうべはバーを出てタクシーに乗った。そこまでは覚えてるんだけど」

「で、気がついたら路上に寝ていた」

「ええ」三浦に睨まれた丸田は、白髪交じりの頭を自らポンポンと叩いた。

「で、目の前にこの男の顔があった」

三浦は薫の顔写真を丸田の目の前に突きつける。

「ええ。そんなに飲んじゃいないはずなんだが……」

右京と薫はマジックミラー室に居残って丸田のようすを観察していた。

「でも、へべれけだったんですよ。あんなんで人を殺せるのかなあ」薫が不思議そうにあごに手を当てた。

「いささか食い違いがあるようですねえ。彼は昨夜それほど飲んでいないと言い、きみは泥酔していたと言う」右京が冷静に整理する。

「どういうことですかね？」

「ちょっと調べてみましょうか」

右京と薫はマジックミラー室を後にした。

二

ふたりは件《くだん》の店〈ＢＡＲ優〉に勤めるホステス、藤沢美紀に話を聞くことにした。丸田は美紀の上客で、昨夜酔った丸田をタクシーに乗せたのも彼女だった。

美紀はどうやらシングルマザーらしかった。自宅マンション前で待っていると、五つくらいの娘と語らいながら手をつないで歩いてきた。警察手帳を示して声をかけた薫を一瞥すると、「丸田さんのことなら今朝話しましたけど」とそっけなく目を逸らした。

細身の体にストレートの黒髪、大きな瞳が印象的な美紀は〈ＢＡＲ優〉では人気ナンバーワンのホステスと聞いたが、なるほどその清楚ではかなげな容貌が客を引きつけるのだろう、とても一児の母親とは見えなかった。

「これ、直せる？」

右京と薫が部屋に上げてもらい、キッチンでお茶の支度をしている美紀をソファで待っていると、娘が折り紙を手にやってきた。

「ん？　えーっと、これはなにかな？」子どもには好かれやすい薫が訊ねた。

「ほかけぶね」

「帆掛け舟……ああ、折り紙ね。直せると思うけど」

「麻衣。おじさんたちはお仕事なんだから」

キッチンから出てきた美紀が叱ると、右京が薫に目配せをした。

「ああ、麻衣ちゃん。あっちでやろう」薫は麻衣を連れて奥の部屋に行った。

「で、なんでしたっけ？」出勤時間が近いのか、鏡台に向かって化粧をしながら美紀が訊いた。

「あなたが丸田さんをタクシーに乗せたとき、彼は意識があった。そうでしたよね？」

「ええ。しっかりしてたと思います」

「しかし、相当飲まれていたのではありませんかねえ」

「どうでしょう。他のお客さんの相手もしてましたし。わたし、お客さんが泥酔するほど飲ませたりしませんから」

「なるほど。丸田さんにいつもと変わった様子などは？」

「さあ。これといって特には」

「そうですか」

同じことを捜査一課の三人にも話したのだろう、美紀は退屈そうに答えながら入念にマスカラを塗り始めた。そのとき美紀のポケットで携帯が鳴った。美紀は間髪容れず携帯を取り上げ、キッチンに向かいながら話した。

「もしもし、ママ？　……うん。いろいろ訊かれた……大丈夫よ。もうお化粧もしてるし」

リビングに戻ってきた麻衣が窓辺に走り寄り、ブラインドを開けた。手前には鉢植えのシクラメンが置かれていた。

「お日様の光を当ててあげるんですね？」右京が語りかけた。

「うん！」

「麻衣ちゃんはお花の育て方をよく知ってんだね」

さすが薫である。わずかな時間でもう麻衣と親しくなったようだ。

「約束したから」

「約束ですか？」右京が腰をかがめ、麻衣と目線を合わせて訊ねた。

「ブラインドを開けてお花にお日様を見せてあげてねって」

「ママと約束したんだ」

薫が言うと麻衣は意外な返答をした。

「違うよ。丸ちゃんとだよ」

「丸ちゃん？」

電話を終えて戻ってきた美紀に右京が訊ねる。

「お嬢さんのおっしゃる『丸ちゃん』とは丸田さんのことですか？」

「ええ。この花は丸田さんからのプレゼントです。麻衣の誕生日に」

「親しくお付き合いをされていたのですか？」

「一度食事をしただけです」

「こちらのお宅には？」

「一度も。残念ですけど、ご想像されているような仲じゃありませんから」

「失礼なことをお訊きしました」

右京は慇懃に頭を下げた。


その足で右京と薫は開店前の〈ＢＡＲ優〉を訪ねた。店は地下一階で、路上から降りる露天の階段を下ったところに入り口があった。

店にいるときの丸田のようすをママに訊くと、話し相手は美紀だけだった、と答えた。

「彼女、美人ですもんね」

薫が納得顔で応じると、ママは意外なことを口にした。

「っていうか丸田さん、美紀ちゃんの相談相手だったから」

ママによると、このところ美紀はストーカーに悩まされていたというのである。盗撮や脅迫電話のみならず、下着を盗まれたり部屋に侵入までされていた。その相談相手になっていたのが丸田だった。なんでも美紀は以前の経験から警察に対して相当な不信感を抱いており、その美紀に代わって、送り付けられてきた盗撮写真を持って丸田が警察に怒鳴り込んだこともあったというのだ。

「あんな正義感の強い人が人殺しなんてねえ」それこそ意外だと、ママはため息を吐いた。

「いまもストーカー行為は続いているのですか？」右京が訊ねた。

「昨日も、あの子の携帯に非通知の電話が来たわよ。あの子は嫌がって出ないし、しょうがないからわたしが取ったのよ。そしたら機械で変えた声で『おまえには用はない』って」

「そうでしたか。よろしければこれからはわれわれが美紀さんの相談に乗りましょう」

その申し出に諸手を上げて喜んだママから、右京は美紀の携帯の番号を聞き出した。

「警察不信か。どうりでつっけんどんなわけですね」

店を出て車を発進させた薫がハンドルを切りながら言った。

右京の指示で丸田が怒鳴り込んだ駒沢署に行ってみることにした。

「できる限りの対応はしたんですがね。いかんせん、どこの誰か見当もつかないし、お手上げで」

担当刑事は資料と一緒に問題の盗撮写真を持ってきて、机に広げた。中には丸田自身が写っているものもあった。

「お店の前のようですねえ」右京はその写真を手に取った。

「丸田を送り出したところを盗撮されたんですね」

薫の言う通り、丸田の横にはドアノブに手をかけた美紀が写っていた。

「その男ですよ。えらい剣幕で怒鳴り込んできて、この写真を叩きつけたんです」

刑事が丸田を指さした。


その夜、帰りがけに小料理屋〈花の里〉で右京と杯を交わした薫は、合流した妻の美和子と女将の宮部たまきにふたつの事件のあらましを説明していた。

「殺人事件にストーカー？　そのふたつに関連性があるとか？」

美和子があてずっぽうに訊ねると、

「そうなんですか？　右京さん」

薫は他人事のように右京に質問を振った。訊かれた当の本人は、先ほどよりなにやら考えにふけっているようだ。

「なにをそんなに気になさってるんですか？」たまきが徳利を傾けた。

「電話です。美紀さんは今日、携帯電話の表示画面も見ずに電話に出ました」

「たしかお店のママからでしたよね？」と薫。

「携帯が鳴った時点では誰からだかわかりませんよ。ストーカーからだったかもしれなかった」

「刑事が目の前にいたから安心してたんですかね」

「その可能性はありますね。しかしバーのママによると、昨夜彼女は非通知の電話には出なかった。ストーカーに怯えている女性が、相手も確認せずに電話に出るものでしょうかねえ」

「試してみたらいかがです？」たまきが大胆な提案をした。

「そうだよ。薫ちゃんがかけてみなよ」美和子も同調する。

「あのね。そういうことは上司の確認を取らなきゃできないんです。ね？ 右京さん……」

と薫が振り返ると、右京はもう携帯を耳に当てていた。

「警視庁の杉下です。今日は大変失礼いたしました……いえ、特に用というわけではないのですが、ストーカー被害の件、改めて捜査いたしますとお伝えしようと思い、電話しました。ごめんください」電話を切った右京は大きな発見をしたように「彼女はいま、ぼくの非通知の電話にツーコールで出ました」と言った。

「そうっすか……で、どういうことですか？」

薫は右京がなににこだわっているのかまだわからない。

「ストーカーに怯えなくなったということですよ。タクシードライバーの事件を境に。このタイミングは偶然でしょうかねえ」

「たしかに」

「事件によって彼女の前から姿を消した人物がふたりいます。逮捕された丸田と被害者の八嶋運転手……ストーカーの件、調べてみる価値はあると思いますよ」

思い立ったらすぐに行動に移す。それが特命係である。右京はまだ飲み足りないという顔でカウンターに居座ろうとする薫を引っ張って八嶋の勤めるタクシー会社〈日生交通〉に向かった。

「八嶋はとにかく付き合いの悪い奴でしたよ」上司の管理部長が開口一番に言った。「元ＩＴ会社の社長だかなんだか知らないけど、なんか世間を見くだしたような感じで。最近は赤坂や六本木方面を中心に流してたようですね」

「あの店も六本木ですね」薫が右京に耳打ちする。

「ところで、最近のタクシー会社では車両の位置が把握できるＧＰＳ機能のついたシステムがあると聞きましたが」

よく知っている、という顔で右京を見た部長は、「景気が悪くてね、設備投資どころじゃないんですよ」と頭を掻いた。

「あ、でもタコグラフがあるでしょ？」すかさず薫が訊いた。「車のタコメーターの数値変動を記録するチャート紙なんですけども」

「ああ、それなら……」と言いながら部長は奥からそのタコグラフを持ってきた。

「これで、何時何分に時速何キロで走ってたかがわかっちゃうんです。おまけに時間とスピードから走行距離も割り出せるんです」薫はそれを右京に見せながら説明した。

「詳しいですね」

「運転免許試験場にいたことがありましたから」

「そうでした」

ある時期、薫がそこに左遷されていたことはすでにもう遠い過去である。

右京は部長に頼んで八嶋が乗務していた車両のタコグラフを借りると同時に、あることを依頼した。

「今夜、捜査にご協力いただけると助かるのですが」

「捜査に協力ですか！　ええ、別に構いませんけど」

捜査と聞いて、部長は少々興奮気味に応じた。

三

翌日、右京と薫は美紀のマンションを訪れた。実は昨夜ある〈実験〉を試み、その結果をもって美紀に改めて訊ねるためである。

「尾行したわけですか？　ゆうべ、わたしのことを」

ふたりから話を聞いて、まず美紀は不快感を露わにした。というのも、その〈実験〉

とはタクシーに乗って美紀の後をついて回り、その走行結果をタコグラフに刻むということだったから。

「申し訳ありませんでした」右京は素直に頭を下げ、「けれどもおかげで思わぬ収穫が得られました」と告げた。

　薫がタコグラフを取り出して説明した。

「ゆうべ帰宅するあなたのタクシーを、われわれが尾行した際に使ったタクシーのタコグラフです。あ、タコグラフってのはタクシーの一日の走行記録をグラフにしたものなんですけどね。ここ、ちょっと細かいんですけど」

「すなわち、あなたが帰宅するために乗ったタクシーの走行記録と、ほぼ同じものだと言えます」右京が説明を引き継いだ。「昨夜あなたを乗せたタクシーは午前零時十五分、〈ＢＡＲ優〉の前を出ました。約二十分後の零時三十五分、保育所の前で停車。そして十分後、保育所を出発したタクシーは、約五分後にあなたのご自宅であるマンションに到着しました。時刻は午前零時五十分」

「刑事さん、ストーカーみたい」美紀は呆れて開いた口が塞がらないというようすだった。

「おっしゃるとおり。ストーカーの立場に立ってみたんです。すると、あるストーリーが見えてきました」

「ストーリー？」美紀は首を傾げた。

「これと同じ形のタコグラフが出てきたんですよ。零時十五分前後から約三十五分間の針の振れ方が、ほとんど同じグラフが出てきたんです。それも今回の事件の被害者、八嶋運転手が乗務する車両から四枚も。偶然にしては、偶然すぎませんか？」

薫がその四枚を示しながら言った。

「それがわたしとなんの関係があるんですか？」

「このグラフは、同じ道のりを同じ時間帯に同じ速度で走った、という可能性が極めて高いことを示しています。そこで、あなたが仕事帰りに四回、八嶋さんの運転するタクシーを利用したのではないかと考えました」

「まさか。いくらなんでも四回も同じタクシーに乗ったら気づくでしょう？ 覚えてますよ」

美紀はあらぬ言いがかりをつけられているようで不快だった。薫が噛んで含めるように説明を続ける。

「八嶋運転手の運行日誌を調べてみたんですけどね、四回中〝実車〟、つまり客を乗せてたのは十一月五日の一回だけだったんです。残りの三回は空車でした。誰も乗せずに、あなたの乗ったタクシーと同じ道のりを同じ時間帯に同じ速度で走ったということですね」

「その運転手がストーカーだって言うんですか？」

「われわれはそう考えてます」と薫が答える。

「ところで、あなたは昨夜ぼくからの非通知の電話にツーコールで出ましたね？」右京からまた意外な質問を浴びせられ、美紀はキョトンとした。「昼間、店のママからの電話にも表示画面を見ずに出ました」

「そうでしたっけ？」

軽くあしらう美紀に、右京はストレートに疑問をぶつけてみる。

「あなたは事件発生前からストーカーの正体をご存じだったんじゃありませんか？」

「どうして？」

「そう仮定すると、事件以降あなたが非通知電話に怯えなくなったことにも納得がいくんですよ」

薫がさらに具体的に言う。

「たとえば、あなたは八嶋運転手のストーカー行為をやめさせるよう常連客の丸田さんに頼んだ。それを引き受けた丸田さんは勢い、八嶋運転手を刺してしまった」

「なに言ってるの？　作り話もいいとこです！」美紀は怒りを露わにした。

「いまお話ししたのは、われわれの勝手な推理なんです」右京が言い訳めいたフォローをするが、美紀は「もう帰ってください！」と取りつく島がなかった。

「申し訳ない。最後にもうひとつだけ。ストーキングはまだ続いていますか?」

立ち去り際右京が訊くと、美紀は「続いてます」と言ってドアを閉めた。

ふたりは、まだ続いているというストーカー行為を暴くため美紀をガッチリ警護するふりをすることにした。たとえそれが嘘だとしても、あえて美紀の嘘に付き合うことでなにかが見えてくるかもしれなかったからである。美紀の仕事中、右京は店内を監視し、薫は店の外を張り込むという態勢である。

「犯人はおふたりに気づいてるんじゃないかしら?」

美紀はカウンターに座る右京に紅茶を出しながら呟いた。

「かもしれませんねえ。昨日からずっと張り込んでいるにもかかわらず、いたずら電話一本かかってきませんからねえ」

「なにかあったらすぐに電話しますから、一旦お引き揚げになられてはいかがですか?」

言い方こそソフトだが、要するに美紀は煙たくて仕方がないと言いたかったのだろう。

「実は、ぼくもそう言ったんですよ」しれっと応える右京に、「え?」と美紀は問い返した。「亀山くんにです。しかし、彼はこう言いました。是が非でも警察の信頼を回復したい、と。彼なりに償いのつもりなんですよ」

「償い？」

「警察不信を払拭するどころか、被害者であるあなたを疑ってかかってしまった彼はいま、自己嫌悪に陥っています」

「なにも亀山さんが自己嫌悪に陥らなくても」

「もちろん、ぼくもそうです。しかし、彼はぼくと違って執念深い。ストーカーを捕まえるまでは引き下がらないでしょうねえ。うーん」

　右京のもの言いは少々芝居じみて響いた。

「では、くれぐれも無理なさらないようにと」

　ようやく店を出ていこうとする右京を扉まで見送って、美紀が言った。

「伝えます。なにかありましたら必ず連絡を」

「ありがとうございます」

　美紀は扉を閉めて仕事に戻った。一方の右京は階段を登ろうとしてなにかに気付き、ハタと立ち止まった。そして内ポケットから件の丸田が店の前で写っている盗撮写真を取り出して階段の上に立って見比べてみた。

「どうしたんですか？」薫が駆け寄ってくる。

「ぼくとしたことが迂闊でした！　どうしてもっと早く気がつかなかったのでしょう」

「えっ？」

「どうやらもう一度、仮説を立て直す必要がありそうですねえ」

訝る薫を駆り立てて、右京は店を後にした。

四

「この写真、変なんですよ」

丸田を取調室に呼んで、盗撮写真を見せながら右京が言った。写真には露天の階段の下にある〈BAR優〉の扉の前で丸田を見送る美紀が写っているのだが、その角度から考えるとカメラは階段の最上部に、しかも壁に設《しつら》えた郵便受けの位置にあったとしか考えられない。つまりストーカーは郵便受けの中にカメラを置き、その小さな穴からリモコンを使って撮ったということになる。

「その推理にはちょっと無理があるな」丸田が異を唱えた。「だって、そんな危険を冒さなくても盗撮するならもっと安全な場所があるでしょ?」

その瞬間、右京はバシッと机を叩いた。

「ぼくもそう思いました。そこで考えてみました。ストーカーはなぜ、そのような危険を冒す必要があったのだろうか? その目的が見えてきました。それは、自分自身を写すこと」

「……なんで?」

首を傾げた丸田に薫が言った。

「アリバイ工作だね」

「ストーカーから送りつけられてきた写真の中に写っている人物がストーカー本人だと普通は思いませんからねえ。犯人はその盲点を突いたんですよ」

「ちょっと待ってください。それじゃ、まるで私が……」

すべてのベクトルは丸田を向いていた。

「写真の中のあなたの右手。リモコンを持っているようにぼくには見えるのですが、気のせいでしょうかねえ？」

わなわなと震える丸田に駄目押しをしたのは薫だった。

「鑑識に行って写真を解析してこようか？」

それで丸田は落ちた。

「俺は変態じゃないぞ。愛が欲しかっただけだ。彼女の愛が！」

「そのためにストーカーをして、その恐怖に怯える美紀さんを助ける役割を演じることで彼女の心を捉えようとした。そういうことですね？」

右京が確認すると丸田はコクリとうなずき、机に突っ伏して泣き出した。

白状した丸田を捜査一課に委ねて小部屋に戻ったふたりは、さらに考察を重ねた。

「丸田がストーカーだと判明したいま、タクシードライバーの八嶋さんが美紀さんを尾行していたとは考えにくい。お店から美紀さんの自宅まで空車で走ったと思われるあの三回、実は美紀さんを乗せていたと考えるのが自然でしょうね。つまり、美紀さんと八嶋さんにはなんらかの繋がりがあった」

右京の言葉を聞くうちに、薫にもある考えが浮かんできた。

「だとすると、美紀さんは丸田のストーカーを止めるために八嶋さんに頼んだっていう正反対の推理が成り立ちますよ」

「ええ。ただし、その場合、美紀さんがあらかじめ丸田の正体に気づいていたということが前提になりますね」

「彼女は丸田の正体を一体いつどこでどうやって知ったのか……」

宙を睨んで必死に知恵を巡らしていた薫の視界の片隅に、ガラスの仕切り窓から特命係のようすを覗き見している組織犯罪対策五課の大木と小松が映った。

「ああ、もう！」

鬱陶しそうに薫は小窓のロールカーテンを引き下ろす。それを見て右京が意味不明の行動に出た。薫の閉めたロールカーテンを開け閉めしたのち、もう一方の窓際に行ってブラインドを引き上げたり下ろしたりし始めた。

「なにやってんですか？」薫が問いただす。

「なるほど。そうでしたか」右京はにんまりとひとりうなずき、さっと小部屋を後にした。

「ノックぐらいしてもらえませんかね。警部殿」

三浦が眉をひそめる。慌てて薫も後を追ったところ、右京はまた取調室に向かったのだった。

「これは失礼」形だけの詫びを入れた右京は丸田に向き直り、「ところで、あなたは以前、麻衣ちゃんにシクラメンの鉢植えをプレゼントしましたね？」

「彼女の誕生日にね」休む暇なく行われる取り調べに自律神経を失調したようなニタニタ笑いを浮かべて丸田は答えた。「それが？」

「あなたは麻衣ちゃんにシクラメンの育て方を教えてあげた。なんと言ったか覚えてますか？」

――ブラインドを開けてお花にお日様を見せてあげてね。

翌朝、ふたりは美紀のマンションを訪れ、丸田から聞いたせりふをそのまま薫が口にした。

「丸田は麻衣ちゃんにそう言った。ご存じですよね？」

「ええ」美紀は訝しげに薫を見る。

「しかし、なぜカーテンと言わず丸田はブラインドと言ったのでしょう？　彼はたしか一度もこの部屋に入ったことはなかったはずです。先日あなたはそうおっしゃいました。道に面していないこの窓は外からは見えません。にもかかわらず彼はブラインドと言った。まるで部屋の中を知っているかのように。なぜでしょう？」

「それは……」右京の指摘に、美紀は言葉を詰まらせた。

「美紀さん。あなたは丸田のその言葉で気づいたのではありませんか？　丸田こそが、あなたの留守中にこの部屋に忍び込んでいたストーカーであることに」

「ストーカー？　あの人が？」

まだ白を切ろうとした美紀だったが、薫のひと言で顔色が変わった。

「すべて吐きましたよ、奴は」

「話していただけませんか、本当のことを。今度こそ」

右京に促されて覚悟を決めた美紀は、顔を顰めて話し始めた。

「思い出すだけで鳥肌が立つのよ。ある日、店に来た丸田がシクラメンのことを訊いてきたの。そして、麻衣と毎日ブラインドを開けるよう約束したって。それで気づいたわ。それまでのいろんなストーカー行為を丸田がやってたんだって思うと恐ろしかった。八嶋さんに出会ったのは偶然にもその日でした」

その夜、帰宅しようとタクシーに乗ったはいいが、思い出すだに込み上げる寒気に、美紀の顔は蒼白になっていた。

――大丈夫ですか？　ずいぶん顔色が悪いみたいですけど。

そのとき、声をかけてきた運転手が八嶋だった。

――聞きますよ。私でよければ。しゃべって楽になることもあるでしょう？

八嶋の声はただの興味本位ではない、そして下心もない、苦境に陥っているもの同士だけに通ずる、真摯な響きを含んでいた。

――大丈夫です。ありがとう。

固辞はしたものの、家に着く頃にはすっかり眠りに落ちてしまった麻衣は、美紀がひとりで運ぶには手に余った。

――無理に起こしたらかわいそうですよ。

そう言われてつい甘えてしまった。マンションのエレベーターを待つ間、麻衣を抱きかかえてくれていた八嶋に漏らしてしまったのだ。

――ストーカーに悩まされてるの。警察は当てにならないし、心細いし。そんなとき優しく声をかけてくれる人がいたの。お店の常連さんで話を聞いてくれた。唯一信頼できる、心から頼れる人だと思った。その人が……そいつがストーカーだったのよ。

――一緒に警察に行きましょうか？

――証拠ないもの。でも、少し落ち着きました。ありがとう。

話しただけで楽になったことは確かだった。けれども翌日も店を出ると八嶋のタクシーが停まっているのを見たときには驚いた。正直なところ、別の意図も感じないではなかった。けれどもそのとき、藁をも摑む気持ちになっていた美紀は、「あなたの力になりたい。娘さんのためにも。それだけです。信じてください」と真顔で言う八嶋の計画に乗ってしまった。八嶋から渡された薬を丸田の飲み物に混ぜて、意識が朦朧としたところを偶然を装って店につけた八嶋のタクシーまで誘導する……美紀の役目はこれだけでよかった。あとは八嶋がしっかり話をつける。そう説得されて美紀はその通りにした。

「ところが、予想もしない事態になった」薫が後を引き取った。

「信じられませんでした。彼が殺されたなんて」

「あなたはなにが起きたのかを想像したんですね？」右京をじっと見返して、美紀は頷いた。

「丸田が彼を殺すところが嫌でも目に浮かんで……」

「どうして初めからそう証言しなかったんですか？」

「わたしがはめた男が人を殺したのよ？　わたしはどんな罪に問われるの？　麻衣はどうなるの？　怖かったのよ。それを考えたら怖くて……」美紀は薫にすがるような目で訴えた。

「あなたは少し方法を間違えただけです」

静かに諭された美紀はしばらく涙を浮かべて唇を嚙んでいたが、くずおれるように腰を折り、「すみませんでした」と素直に頭を下げた。

そのとき右京の携帯が振動音を立てた。米沢からだった。

――タクシードライバー殺しの事件に新たな進展が見られました。第二の逮捕者が出ました。広域指定暴力団、銀雄会の山内幹夫という男です。

五

警視庁の取調室では捜査一課の三人が山内を問い詰めていた。山内は血の臭いをまとった筋金入りのやくざだった。

「喉が、渇いたな」

どすの利いた声で要求され、身震いした芹沢が飲み物を取りに取調室から出てきたところを、薫が捕まえた。

山内は昨夜、八嶋の部屋に空き巣に入ったところを近隣の住人の通報で現行犯逮捕された。しかしそれだけではなく、事件当夜、山内はタクシー会社で八嶋の居場所を訊ねていたというのだ。

「どうもあの男、数日前から八嶋さんの身辺を探ってたようなんですよ。かつての会社の社員とか、別れた奥さんのところにも行ってたらしくて」

マジックミラー越しに山内を覗き見ながら、芹沢は恐る恐る情報を漏らした。

「ありゃ相当なワルだよ。城南地区の闇金を一手に取り仕切る銀雄会の裏金庫番」

小部屋に戻ると角田《かくた》が勝手にコーヒーを淹れて飲んでいた。

「裏金庫番が八嶋さんを追いかけていたわけですねえ」

ティーカップを手に、右京が確かめるように言った。そこに鑑識課に行っていた薫が戻ってきた。

「借りてまいりました。実況見分とDNA鑑定」

資料を右京に渡した薫は、「裏金庫番って山内の話ですか？」耳に挟んだ話を角田に問うた。

「おう。十日前に東京湾で税理士の水死体が発見されたって事件があったろう？　それに絡んでたのが銀雄会だよ。山内も取り調べを受けたらしいけど、例によって尻尾は出さなかった」それから資料を熟読している右京に向かって「あのタクシー事件の資料か？　なんでまた、いまごろ？」

「なんでも自分の目で見ないと納得できないタチですから」

薫が苦笑いをした矢先に右京が叫んだ。

「亀山くん！　冷蔵庫です！」

右京が指した箇所には、八嶋の血液が冷蔵庫の内側についていたという記述があった。

六

都心にあるホテルの一室。男が窓辺に立ちすくみ、向かいにそびえる大きなビルを見るともなく眺めている。つけっぱなしのテレビからニュースが流れてきた。

——秦野《はたの》税理士が水死体で発見された事件で、警視庁は今日、広域指定暴力団銀雄会所属、山内幹夫幹部を殺人死体遺棄の容疑で逮捕しました。山内容疑者は先日起きたタクシー運転手失踪事件においても……。

ノックの音がし、ドアのバーを掛けたまま開けるとアメニティを交換にきた客室清掃係が顔をのぞかせた。バーを外して中に招じ入れようとすると、後ろから男の手が伸びてグッとドアを押し開いた。

「八嶋淳さんですね？」薫が訊ねた。

「誰だ？　八嶋って……」白を切る男の前に右京が出た。

「ご自分の名前をお忘れですか？」

「警察だよ！」その瞬間逃げようとした八嶋に薫が背負い投げをかけた。

「俺がなにしたって言うんですか？」

薫に取り押さえられた八嶋が抗議する。

「これはなんでしょう?」右京が旅行トランクのフタを開けるとぎっしりと札束が並んでいた。

「逃亡資金か?」薫が凄む。

右京は八嶋の左腕を摑んでシャツの袖をまくり上げた。そこには二、三カ所にわたって注射痕があった。

「ご自分で採血した痕ですね? 偽装殺人とは考えましたねえ。あなたは採血した自分の血液を低温保存したうえで、藤沢美紀さんを利用して丸田をタクシー運転手殺し、すなわち八嶋淳殺しの犯人に仕立て上げ、犯行現場に見せかけるために保存しておいた血液を撒いて殺人事件を偽装した。海外にでも逃亡するつもりでしたか?」

「やくざに追われてたんだ」八嶋は吐き捨てるように言った。

「自業自得だろ。大体、山内が追ってたのはあんたじゃない。暴力団から掠めとったこの金だ。奴もまんまとあんたに騙されて、金を捜してあんたの身辺を嗅ぎ回った挙げ句、捕まったよ」

すべてが明るみに出たことが分かり、八嶋は観念したように経緯を語り始めた。

あの日、タクシーで街を流していたところゴルフバッグを提げたスーツ姿の男が乗ってきた。指示どおり港の倉庫街まで行くと、男は一時間で戻るから待っていてくれ、と言って八嶋に五万円を渡した。そしてゴルフバッグは預けておくから携帯番号を教えろ、と言うので名刺を渡した。男は車を降り倉庫のほうへと歩いていった。

しかし男は戻ってこなかった。ゴルフバッグの中身を確かめた八嶋は腰を抜かしそうになった。そこにはざっと二億ほどの札束がぎっしりと詰まっていたのだった。

「行方は次の日になってわかったよ」

自室でコンビニ弁当を食べながらテレビのニュースを何気なく見ていると、東京湾で死体で見つかったという男の顔写真が出てびっくりした。それは秦野という税理士で、昨日乗せた男だった。そしてその夜、税理士を殺したという男から電話があった。

――東京湾に浮かびたくなかったら会って話そう。

男はそう言った。

「その電話で、この金がどんな金なんだかわかったよ」

「やくざの顧問税理士が組の闇金業者から横領した金。そんな危険な金にあんたは手を出した。自分を殺してまでね」薫はフライトジャケットのポケットから折り紙を出した。

「これは、あんたが麻衣ちゃんに折ってあげた帆掛け舟。もとは、ここのパンフレットだった」

「ホテルのパンフレットがどうして彼女の部屋にあったのか気になっていました。あなたが麻衣ちゃんのために折ってくれたものだと、美紀さんが教えてくれました。昔、娘さんから教わったそうですね」

右京の言葉に、わずかに八嶋の顔が緩んだ。

「あの親子を助けたかった。それは本心です。ただ、偶然が重なった。俺にも彼女にもメリットがあった」

「偽装計画に彼女を利用する代わりに、彼女をストーカーから解放してあげる。ギブ・アンド・テイクですか？」

「でもフェアじゃねえだろ。あんたは彼女に本当の計画を教えなかったんだから」

薫の怒声を浴びた八嶋は精一杯の反論を試みた。

「偽装殺人なんて言って話に乗ってくると思いますか？　悪いことしたとは思ってませんよ。紳士ヅラをしながら裏で卑劣な行為を繰り返した極悪非道な男から、あの親子を守ったんですよ！　どこが悪いんですか！　あんなドブネズミ、厳罰が当然なんですよ！」

「彼がドブネズミなら、あなたもドブネズミでしょう。彼が厳罰なら、あなたも厳罰ですよ。自らの欲望のためにストーカーに怯える藤沢美紀さんを利用したんですよ、あなたは。この数日間に彼女が味わった恐怖を想像できますか？　あなたに丸田を誹謗する権利などありませんよ！」

右京の激しい恫喝に、八嶋はただうなだれるしかなかった。

「あのビルですよ」しばらくの沈黙のあと、八嶋が静かに口を開いた。虚ろな目で見つめる窓の外には、巨大なビルが建っていた。

「あそこに昔ぼくの会社が入ってました。たった三年でしたが、あそこに立った。金と自信に満ち溢れて、すべてを手に入れた気になってた。だが、それも一夜の夢。大手企業に人も技術も持っていかれて、あっという間だった。あっという間に、あそこから引きずり下ろされてた。でも、俺は夢を追い続けてた。気がついたら、違うものを追いかけてた……」

「帆掛け舟、ですね。この折り紙みたいに、一瞬目をつぶっただけで、形が違って見える。皮肉ですね、これで足がつくとは」薫は折り紙を八嶋の目の前に差し出した。

「八嶋さん。夢から目を覚ますときが来ただけですよ」

右京の言葉に八嶋は顔を上げた。もうすっかり日も暮れて、ビルの無数の窓からは光が小さな点となって煌めいていた。

「裸婦は語る」
第五話

本当のことを言えば、亀山薫には絵というものが分からなかった。多少その自覚もあり、それがわずかなコンプレックスになっていることは否めなかった。しかしその手のコンプレックスは時として思わぬ冒険を引き起こす。たとえ妻の美和子に寝室が殺風景だと嘆かれたせいだとはいえ、いきなり四万二千円もする絵を買ってしまうのもどうかと思うのだ。

一

その絵はアムステルダムのモンテルバーンス塔を描いた、どちらかといえばなんの変哲もない風景画だった。それが夫婦喧嘩のタネとなり、美和子に返してこいと命じられた薫は、置き場がなくなった絵を特命係の小部屋に持って来た。ところが隣の組織犯罪対策五課の課長、角田《かくた》六郎からは平凡だとくさされて落ち込み、画廊のオヤジに十万円は下らないと言われたんだと上司の杉下右京に訴えると、

「ほう、十万円……」

と感心されたのか呆れられたのか判断のつかない反応をされて、薫は腐ってしまった。

そんな薫が呼び寄せたのか、その朝、いつものごとく鑑識課の米沢守からのホットラインで特命係に知らされた事件には、ある有名な画家が関わっていた。立花隆平という

のがその画家なのだが、むろん薫にとっては初めて聞く名前である。まして裸婦を描かせたら天下一品だという風評があることなどは、右京の説明を受けて初めて知った。

現場は都内の住宅街にある立花のアトリエだった。そこでモデルをしていた吉崎妙子という女子大生が遺体で見つかったのである。昨夜遅く一階で倒れている彼女を、二階で仕事をしていた立花が発見して通報し、救急車で東都大学病院まで運ばれたものの、事件性が高いとして捜査一課が乗り出したというわけである。

早速現場に車で駆けつけた右京と薫に、米沢が目配せをしながら近寄ってきた。

「第一発見者の立花は、二階のアトリエで絵を描いている最中に女子大生が誤って階段から転落したと主張しています。しかし、一課の方々は疑ってかかっています。死因は左後頭部挫傷による脳内出血です。もし仮に殺人《コロシ》だとしても凶器は見つかってません」

「なんか奥歯に物が挟まったような言い方ですね」薫が探りを入れる。

「事故か殺人か微妙だ、という意味でしょうか？」右京が訊ねると米沢は小さく頷いた。

「実は救急車を呼んだ時間も気になるところでして、立花は午前二時に救急車を呼んでいます。死亡推定時刻は午前零時三十分から一時三十分の間なんですが」

「すぐに通報せずに被害者が亡くなって三十分が過ぎてからということですね。なぜでしょうねえ？」

死体検案書にさっと目を通した右京が、遺体の左上腕部に切り傷のようなものがあることに引っ掛かり、米沢に訊ねた。

「その傷は検死の結果、転落したときにできた傷に間違いありませんでした。しかし、この階段ではでき得ない傷なんです」

「階段ではでき得ない？」

鸚鵡《おうむ》返しに呟きながら右京は現場をぐるりと見渡した。アトリエといってもそこは豪奢な洋館風の一軒家で、玄関を入ると大きな吹き抜けのホールがあり、見上げると中央に立派なステンドグラスが飾られた踊り場があった。そしてそこから一階まで真っ直ぐに、まるで演劇の舞台のようなデコラティブな階段が下りていた。

右京はその階段を途中まで上り、振り返ってホールを見渡した。そして階段の脇に置かれた西洋の甲冑に目を留めた。駆け降りてそれを仔細に眺め、ある一点を凝視して目を光らせた。その一連の所作を見守っていた薫は、この上司が、もうすでになにかを摑んだことを確信した。

そこに捜査一課の伊丹憲一と芹沢慶二に挟まれて、白いステンカラーのシャツをラフに着こなした、いかにも芸術家風の男が階段を下りてきた。

「なんで特命係がいるんだよ」

いつものごとく眼《がん》を飛ばす伊丹を他所に、右京が進み出る。

「立花隆平さんですね？　はじめまして。警視庁特命係の杉下といいます。あなたの絵は以前からよく拝見させていただいていました」

「私の絵を？」

問い返した立花は、もう初老と言っていい年齢にもかかわらず、黒々とした豊かな髪にウェーブをかけた、なかなかの美丈夫だった。

「二年前でしたか、ニューヨークの〈Mo《モ》MA《マ》〉に『碧い女』が収蔵されましたねえ。紺碧の海に横たわるように沈んだ裸婦の妖しくも美しい作品でした」

「少しはまともな刑事さんのようですね」立花はわずかに頬の緊張を緩めたが、「しかし、もう話すことはありません。洗いざらい話しました」と言って伊丹を睨んだ。

「ぼくからひとつだけ」そう言って右京は左手の人差し指を立てた。「あなたは三十分の間なにをされていたのでしょう？　吉崎妙子さんの死亡推定時刻は午前零時半から一時半の間です。記録によれば、あなたが救急車を呼ばれたのは午前二時。その間の三十分のことなのですが」

「絵を描いていたそうです。二時にトイレに行こうとして、そこで死体を発見し通報したということです」

立花に代わり調子に乗って口を滑らす芹沢の頭を、伊丹はパシリと叩いた。

「いまの説明のとおりです」うべなう立花に、右京がさらに訊ねる。

「では、モデルの吉崎妙子さんが二階のアトリエをお出になったのは、いつですか？」

「吉崎くんには夜の十時にここに来てもらった。仕上げに差しかかった絵の中で、どうしても確かめたいことがあったので呼び出したんだ。一時間ほど彼女にモデルになってもらって、そして帰した」

「なるほど。つまり吉崎さんは十一時には二階のアトリエをお出になった。しかし、なぜ死亡推定時刻の零時半まで、この家に留まっておられたのでしょうか？」

「いつものことですよ。よほど居心地がいいのか、だらだらと時間を潰して帰るのが常でした」

「しかし二階から転落するためには、再び階段を上がって二階へ行かなければなりません。どうして吉崎さんは再び二階へ？」

「そんなこと私に訊かれても困りますよ」

最初は話の分かる刑事だと気を許していた立花も、理詰めで畳みかけるように質問を繰り出され、多少うんざりしてきた。

「では彼女が階段から落ちたときの音を聞かれていないわけですか？」

「ドアを閉めて仕事をしていましたから、まったく気づかなかった」

「玄関の鍵はどうなさるおつもりだったのでしょう？　吉崎さんがお帰りになった後、どなたがおかけに？」

「いやぁ、鍵のことは頭には……」

「夜中に鍵もかけずに二階で仕事するなんて不用心ですよね」脇から言葉を挟んだ薫に、立花はちょっとムッとして答えた。

「創作に集中していたら、そんなことはどうでもいいでしょう」

「愚にもつかない質問ばかりでした」右京が頭を下げて話題を変えた。「あの……吉崎さんをモデルにした絵はまだ二階のアトリエに？」

「ええ」

「失礼ですが、拝見させていただくわけにはには」

「構いませんよ。どうぞ」

話が絵のことになりわずかに緊張が解けた立花が先頭に立って二階のアトリエに向かった。右京は薫になにかを短く耳打ちしてその場に残し、それから伊丹たちを追いかけて階段を上がった。

「作品には一切手を触れないように」アトリエのドアを閉めて立花が言った。

「わかりました」

右京は興味深げに描きかけのキャンバスを眺めた。そこには確かに先ほど死体検案書で見た吉崎妙子と思しき女性が、はちきれんばかりの若い肢体に青いキャミソールをまとってポーズをとっている図が描かれていた。

と、そのとき階下から金属の固まりが倒れるような大きな音が館じゅうに響いた。

「なんだっ？」

　驚いて飛び出した伊丹に続いて皆がアトリエから出ると、一階のフロアに甲冑が倒れ、その脇に薫が立っている。

「おいおいおい、このバカヤロー！　なにやってんだよ、てめえ！　現場《ゲンジョウ》を荒らしてんじゃねえよっ！」

　慌てふためいた伊丹が、青筋を立てて薫に摑みかかろうとしたところに右京が割って入った。

「ぼくが頼みました」

「は？」

「先ほど、この甲冑に残った指の跡を見つけたので実験を」

　伊丹と芹沢は一体なんのことやらさっぱり分からずに、ただ首を捻るばかりである。

「死んだ女子大生の左腕の傷。あの傷は、こいつにぶつかってできたものってことだよ」薫に説明を受けて捜査一課のふたりはようやく理解し始めた。「で、その倒れた甲冑を誰かが元に戻した。そのときあちこちに指の跡がついた」

「彼女が階段から転落した拍子に甲冑は倒れた。それにしても大きな音がするものですねえ」右京が感心したように述べると芹沢が叫んだ。

「あっ！　いまの音なら二階で仕事してても……」

「被害者が階段から落ちたとき、まったく気づかなかったって言いましたよね？　どういうことです？」

伊丹が立花に詰め寄る。

「いや、それは……」意外な展開に立花は狼狽を隠せない。

「音を聞いたとなれば、仕事をしていたという嘘が通用しなくなる。だから元に戻した！」伊丹がさらに攻めた。

「違う！　それは違う！」

「なにが違うんです？」芹沢が突く。

「彼女は……彼女は自分で滑って階段から落ちたんだ」

「あんたが言ってたことは全部嘘か！」

伊丹に凄まれた立花は、今までの傲岸ともとれる態度を一変させて懇願した。

「信じてくれ。これは事故なんだ！　モデル料のことで私たちは言い争いになった。あの女は信じられないような法外な金を要求してきた。私はついカッとなって『帰れ！』と怒鳴って、この階段で彼女と揉み合いになった。そしたら彼女は自分で滑って……本当だ。嘘じゃない！」

「だったら空白の三十分はなんなんですか？」今度は薫が攻める。

「彼女が動かなくなったから蘇生させようとしたんだよ。必死になって手を施した。だが彼女は二度と動かなくなって……本当だ！　信じてくれ！　本当だっ！」

　そう叫ぶ立花の顔には悲壮な色が滲んでいた。

二

「あの画家の先生に逮捕状が出ましたよ。まあ、あの状況じゃ過失致死が妥当ってとこでしょうね」

　警視庁に戻って鑑識課で米沢とともに調査資料に当たっていた右京のもとに、薫が仕入れた情報を持ってやってきた。必死に書類をめくっていた右京はそれどころではないというようすで応えた。

「ないんですよ、指紋が」

「指紋？」

「甲冑を元に戻したときの指の跡はありましたが、立花隆平の指紋は検出されていません。しかし、吉崎妙子さんが階段から転落した拍子に甲冑が床に倒れたのは間違いありません。そして、立花隆平が甲冑を元に戻したのも間違いありません。だとしたら、なぜ彼の指紋がないのでしょう？」

「手袋をしてたんじゃないんですか？」

「瀕死の状態の吉崎妙子さんを目の前にしながら手袋をして甲冑を元に……その冷静さ、

妙ではありませんか？」

「言われてみれば変ですね」

脇で被害者の遺留品を整理していた米沢も賛同した。

「立花隆平について調べてみます」

薫が飛び出して行ったあと、右京は遺留品のなかにあった被害者の手帳に目をとめた。頁を開いた右京が指でなぞった先には、ある日付の欄に「Ｇ１００入る」と記されていた。


次の日、右京は芹沢に頼んで勾留中の立花を取調室に呼び出した。

「昼飯の間にお願いします。くれぐれも伊丹先輩には内緒に」

基本的には人がいい芹沢に礼を述べた右京は立花の正面に座った。

「ひとつ、おうかがいしたいことがありまして。吉崎さんとモデル料のことで言い争いになったとおっしゃいました。しかし、本当の理由はなんだったのですか？」

留置場で一晩過ごした立花は無精髭が浮いてきた頰を撫でて言った。

「本当もなにも昨日言ったことが真実ですよ」

右京は立花の目をじっと見て、遺留品の手帳を取り出した。

「そうでしょうか？　これは吉崎妙子さんの手帳です。十一月二十四日、つまり彼女が死亡した前の日の欄には、こう書いてあります。『G100入る』。他の日の日記から推測すると〝G〟というのはギャラのことのようです。それで調べてみました。絵のモデル料として百万円は破格です。ですから、実は彼女はモデル料にはなんの不満も抱いていなかった。いかがでしょう?」

嘘がバレたことに気付いた立花は告白した。

「あの子とは一カ月前に渋谷のバーで知り合ったんだ。見たときから彼女の絵を描きたいと思った。そして彼女にモデルを頼んで説得しているうち、酒が進み、気がつくと共にホテルにいた。だが、信じてほしい。私はモデルになってくれる女性を、単なるモデルだと思えなくなるんだ。私は愛さなければ筆を握れない。だから、吉崎くんを純粋に愛してしまったんだ。だが現実問題として、私には妻がいる。長年連れ添った妻とは別れることはできやしない。だから悩んだ末にあの夜……」

あの夜、アトリエで立花が別れ話を持ち出すと妙子は烈火のごとく怒り出して、取りつく島もなく出ていこうとした。なんとか話し合いを持とうと立花は階段の踊り場のところで妙子を捕まえた。揉み合いになった末、足を滑らせた妙子が階段を転げ落ちた。

「これが事の真相だ。つまらない言い訳をして申し訳ないと思っている。もうこれ以上、隠すことは一切ない。ただ……妻の光恵だけには、このことは知らせてほしくない。万一知られると……」

すがるような目で右京を見る立花は、相当な恐妻家らしい。

「わかりました」という右京の言葉にほっとひと息ついて、「感謝するよ」と頭を下げた。

「ところで、倒れた甲冑を元に戻されたのは、あなたですね？」

話してしまってすっきりしたのだろうか。話題を変えると心なしか明るい顔で答えた。

「きみたちが話してたとおりだ。倒れたままだと、仕事中で気がつかなかったという言い訳ができなくなる」

「手袋をどうされたんですか？」

立花は再び虚を突かれたように眉を曇らせた。

「あなたは手袋をして甲冑を元に戻されたようですが、絵を描くのに手袋をされるのですか？」

「いや、そうじゃない。手袋は手の脂を絵につけないためだけのものだ」

「なるほど。では、その手袋はまだアトリエに？」

「ああ。あるはずだ」

その後右京はすぐさま立花のアトリエに赴いた。油絵の具のにおいが立ちこめる暗い家のなかを、右京はくまなく調べた。クローゼットにはぴしっとアイロンが当てられた白いシャツが何枚もハンガーにかかり、ランドリールームにも白いシャツが溢れている。

かなり白いシャツがお好みなのだろう。最新の回転ドラム式の洗濯機を開けてみた。その中に珍しく一枚だけ黒いシャツが放り込まれていた。さらに洗濯機のドラムに手を入れてみると、立花の言う通り黒い手袋が出てきた。


その夜、立花隆平についての調査をひと通り終えた薫が、行きつけの小料理屋〈花の里〉の暖簾をくぐると、中から楽しそうな笑い声が聞こえてきた。

「よう。お先に」夫の顔を見た美和子が手を上げた。

「なんかご機嫌じゃん」カウンターに座りながら薫も笑いかけた。

「肴はきみでね」

「え？」

「厳密に言えば、きみが手に入れたこの絵かな」

美和子の指さした壁には、モンテルバーンス塔を描いたあの絵がかかっていた。

「買い取ってもらったそうですね」先に来ていた右京が薫の杯に酒を注ぎながら言った。

「誰かさんが返してこいってうるさくて。そんな話をしてたらたまきさんが」

「はい。絵は嫌いじゃありませんからね」女将の宮部たまきがにっこり笑った。

「それで、どうでしたか？」右京が肝心の立花についての調査結果を訊いた。

「あ、はい。あの先生、カミさんの立花光恵とは今年で結婚二十年だそうです。近々マロニエ出版から画集が出るんですが、画家生活二十五周年と謳ってるのは表向きで、実際は結婚二十年を記念した画集だそうですよ」

「なんだか公私混同した話だなあ」美和子が呆れ顔をした。

「そう、かなりの恐妻家。カミさんの実家が資産家で、長年パトロンだったらしいんですよ。だから余計カミさんには頭が上がんないらしくて」

「画集ですか」

「なんだか今までの作品をすべて網羅した集大成ってやつで、一冊何万もするらしいですよ」

「立花隆平さんの話ですか？」たまきが口を挟んだ。

「はい」

「残念だわ。わたし、あの人の絵、気に入ってたのに」

「そうですかぁ？　俺はダメだな、あの手の絵は」

絵に暗い薫だったが、美和子の手前ちょっと玄人っぽい口調で言った。

「ああ、そうだ。立花隆平の携帯電話の発信記録を調べておきました。恐妻家らしく、あの夜もカミさんに電話してましたよ」

薫は記録紙を右京に示した。

「午前一時半というと、被害者が階段から落ちた直後とみていいですねえ。それも救急車を呼ぶ前」

「そうなんですよ」

「立花隆平の奥さんにも話を聞いてみる必要がありそうですね」

右京は手にした杯をぐいと飲み干した。

三

翌日、右京と薫は立花の自宅に夫人の光恵を訪ねた。アトリエ以上に立派な邸宅である。応接リビングに通された右京は挨拶がわりにまずアトリエを誉めると、夫人はさらりと「祖父の代からのもので、いまは使っていないのでアトリエにしています」と言った。資産家といっても相当なものらしい。薫は思わず部屋中の調度に目を遣った。

「ウチの主人には本当に失望いたしました。こんなことになってしまうなんて、世間のいい笑い物です」いきなり光恵夫人が憤った声で訴えた。

「心中お察しいたします」右京が慇懃に頭を下げる。

「わたくし、しばらく日本を離れようと思っています」

「え？　でも、ご主人の画集が近々出版されるのでは……」薫が言いかけると、光恵がピシリと遮った。

「画集だけじゃございません。記念のパーティーも用意されております。招待状はもう発送済みです。でもわたくし、一体どんな顔をして出席すればいいんです？　わたくしまで笑い物にされかねないじゃありませんか」

「いや、まあ」その勢いに気圧された薫がたじろいだ。

「もともと主人の画家としての才能を見いだしたのは、わたくしなんです。わたくしが父を説得して独り立ちできる資金を出させました。なのに、またわたくしの家の名に泥を塗るような真似をして」

「失礼。『また』とおっしゃいましたが、以前にもなにかご主人が問題を？」言葉尻を捉えて右京が訊ねる。

「泥棒騒ぎですわ。五年前、アトリエに泥棒が入って主人の絵が盗まれたことがありました。あのときもパリで個展を開く直前でした。展示用の絵が何点も盗まれて、個展の延期やらパンフレットのやり直しやらで、それはもうえらい迷惑を……思い出しただけでも忌々しい。鍵のかけ忘れが原因だったんですよ」

「鍵のかけ忘れ？」そう言えば立花は今回も玄関の鍵のことを忘れていたと言っていたのを薫は思い出した。

「絵のことで頭がいっぱいだったって言うんです。主人は、そういう人なんです」

「でも、奥様のことは愛してらっしゃる。あの事件の夜も奥様に電話をかけてらっしゃいますね？」右京が訊ねると光恵はそっけなく、

「ああ、システムです」と言った。

「システム？」薫が呆れた。

「電話だけは毎日するようにと言いつけてあるんです」

「どんな時間であろうと、ご主人はそれに応えていらした」

「当然ですわ」

光恵は鼻の穴を膨らませて応えた。

「なるほど。では、身に着けるものもすべて奥様のご趣味で？」

「どういうこと？」

「アトリエにうかがったとき、クローゼットの中のシャツがすべて白でしたし、ここに並んでいる写真のご主人もすべて白いシャツを着てらっしゃる。ひょっとして、そうではないかと」

確かに棚に居並ぶ写真立ての中の立花の服装も、例外なく白いシャツだった。

「そうです。わたくしにとって立花隆平は、いつまでもキャンバスと同じ白い存在でいてほしかったんです。立花隆平は、わたくしの作品でしたの」

自慢気に光恵は言い放った。

家を出てしばらく歩いてから薫が後ろを振り返って言った。

「いやぁ、着るものまで管理されて、なんだか物悲しくなっちゃいますね。でも、いくらシステムっていったって事件の起こったさなかに電話しますかね？」

「たしかに妙ですねえ。画集の版元は立花隆平が長く付き合いのあるところですか？」

「ええ。たしか彼の画集はすべて同じ出版社だったと思います」

「五年前の盗難事件についても知っていそうですね」

　ふたりはその出版社の担当編集者に会ってみることにした。

　マロニエ出版の担当編集者は小原茂樹という男だった。アポイントをとると小原は立花のアトリエの近所にある喫茶店を指定してきた。

「立花先生とは大抵ここで打ち合わせをするんです。ここのコーヒー、結構うまいですよ」

　小原は四十代後半というところだろうか。スキンヘッドにメタルフレームの眼鏡をかけたちょっと見ると坊主か修行僧に見えるベテラン編集者だった。立花の逮捕の顚末を聞いてひとしきり驚いたあと、運ばれてきたコーヒーに口をつけた。

「面白い雰囲気のお店ですねえ」右京が店内を見回す。

「マスターの趣味が骨董集めでしてね。ぼくは鑑定士の役目を負わされています。ほとんどガラクタなんですけどね。あ、こんな話を聞きにこられたんじゃありませんでしたね」そう言って小原は鞄から印刷物の束を取り出した。「これが先生の画集の色校正です」

「拝見します」右京は興味深げな手つきでその分厚い紙の束を一枚一枚めくった。そして小原に「立花さんの作品はこれですべてですか？」と訊ねた。

「ええ。そういう意味でも画期的な画集になる予定なんです。ただ何点か不明の絵がありはするんですが」

「五年前に盗まれた絵ですね？」右京が指摘すると小原は驚いた。

「よくご存じですね。そのせいで、すべてを網羅するのは無理でした。先生も捜索にはあまり積極的ではありませんでしたし、むしろ盗まれた絵のことは忘れようとなさっていた感じで」

「『忘れようとなさっていた』とは？」

「まあ、ご謙遜でしょうが、どうせ中途半端なものしかなかったんだっておっしゃって」

そのとき入り口のあたりに交番の巡査がやってきてマスターとなにか話しているのに薫が気付いた。席を立ってそちらへ行ってみると、近くに座っていた常連らしき年配の女性が、

「まだなの？　怖いわ。早く捕まってくれないとねえ」と言っているのが聞こえた。

「あの、なんかあったんですか？」薫がその女性に話しかけた。

「泥棒ですよ。このお店の骨董品が盗まれたの」

「え？　いつよ？」

それを奥の席から聞いていた小原が大きな声で訊ねた。小原も初耳のようだった。

「二十四日の夜だよ。店を閉めた後に」

「ぼくが大阪に出張に行ってる間か。で、なに盗られたの？」

「置き時計だよ、陶器の。それから、そこの壁に飾ってあった絵とレジの釣り銭用の金二万ばかしさ」

「絵？　そんなのいつ買ったの？」この店の鑑定士に任ぜられている小原にとってはそれも寝耳に水だった。

「ああ、悪い悪い。つい一目惚れでさ。買った次の日だよ、盗まれたの。とうとう一度も小原さんの目に触れなかったね」

小原に謝るマスターに右京が訊ねた。

「盗まれた絵は一点だけですか？」

「不幸中の幸いというかね」

この店には壁中に絵が飾られていたが、その中には高価そうなものもあった。

「あの、失礼ですが、あなた方は？」怪訝な顔で若い巡査が割り込む。

「あ、申し遅れました」薫が警察手帳を示すと、

「本庁の？　失礼いたしました！」直立不動で頭右《かしらみぎ》をした。

右京も自己紹介をすると、小原がやってきて、

「すいません。いま携帯に連絡があって、会社に戻らなくてはいけなくなってしまって。なにかあったらまたご連絡ください」

と名刺を置きマスターに手を上げて店を出ていった。

右京は丁重に礼を述べて小原を送り出し、再びマスターに向き直った。どうやら小原に訊ねるより重大なことを、この小さな盗難事件に見つけたようだった。

「これだけ絵がある中で一点だけ盗まれたとなると、それなりの価値のある絵だったのでしょうか？」

「価値はわかりません。蚤の市で買ったものです。でも、ひさしぶりに身震いするような絵でした。色使いも筆のタッチもそりゃあ見事なもんで」

「わたしが譲ってくれって頼んでも断られたんですよ。一生手元に置いとくからって」

口を挟んだ年配の女性客も相当な絵画ファンのようだ。

「あれは売れないよ。だからショックでねえ」

「どのような絵だったのですか？」

右京の質問には女性客が答えた。

「あ、これです。お気に入りだって言うから記念に撮影してあげたんです」そう言って

自分の携帯の画面を右京に示した。

「裸婦ですね。この絵、ぼくの携帯に転送していただけますか？」

「いいですよ」女性客は快く引き受けた。

その喫茶店を出たところで、薫は右京の携帯画面を覗いて訊ねた。

「なんでこの絵を？」

「亀山くん。所轄で窃盗事件について詳しく聞いてきてください」

「画家の先生の事件となんか関係が？」

「まだわかりません」

四

特命係の小部屋に戻った右京は先ほどの絵の画像をプリントアウトして眺めていた。

「裸婦は語る……」

そう独り言を呟いたところへ薫が戻ってきて、所轄署から借りた窃盗事件の資料を右京に手渡した。

「喫茶店の裏口の痕跡から、ドアノブはバールのようなもので壊されたみたいですね。どう見てもプロの仕事じゃありませんね」

「というと？」

「プロだったらドアノブを壊さなくても、簡単に鍵を開けられるタイプなんですよ。店の中も同じことが言えて、レジも笑っちゃうぐらい強引にこじ開けられてました」

「しかし、指紋はついてはいなかった」

「素人でも手袋ぐらいは用意するでしょうからね」

「これは？」右京は現場の遺留品を大写しした写真を指して訊ねた。

「シャツのボタンみたいですよ。もしかしたら犯人のものかもしれないとのことです」

「犯行時間は割り出されていますか？」

「はい。喫茶店の閉店時間が十時。マスターが掃除をして店を出たのが一時間後の十一時。それから四時間半後の午前三時半、新聞配達の大学生が異変に気づき、通報しています」

「ということは、犯行時間は午後十一時から午前三時半の間」

「そうです」

そこまでを薫から聞き出した右京はおもむろに携帯を出して小原に電話をかけた。

「突然申し訳ありません。立花隆平さんと最後にあの店で打ち合わせをされたのはいつでしょうか？」

——昨日まで出張でしたので、出張の前の日です。ですから、四日ほど前だったでしょうか。……ああ、でも厳密に言うとあの店では会っていません。

「どういうことでしょう？」

――私があの店に着くと先生が店から出てこられて、急に鰻が食べたくなったから高円寺の店に行って打ち合わせしようってことになったんです。だから私は喫茶店の中には入っていません。

「ありがとうございました。それからもうひとつお願いが。ご覧いただきたい絵があるので、その画像をメールでお送りします。お手数ですがご確認いただけないでしょうか？」

快諾を得て電話を切った右京は「盗まれた絵を、立花隆平は見ていたんですね」とひとりごちてニヤリと笑った。

そこへ米沢から内線で電話が入り、ふたりは鑑識課に行った。

「警部のおっしゃったとおり、事件当日の夜、吉崎妙子さんは現場《ゲンジョウ》から友人に何通かメールを送ってます」米沢は妙子の携帯を握っていた。

「あのアトリエで暇を持て余した若い人がやることと言えば、携帯電話でゲームをするかメールをするしかないと。それで失礼だとは思いましたが、暗証番号を試していたら誕生日の数字でロックが解除されました。これが被害者が友人に送ったメールです」

米沢が示した携帯の画面には、

〈今、ヒマしてるんだけど、来ない？　妙子〉とあった。

「これがなにか？　よくあるメールじゃないですか」薫が首を傾げる。

「送られた時間を見てください」

「午前零時十二分。え？　ってことは被害者が……」

「そうです。亡くなる直前に出したメールです」

「返信はありましたか？」右京が米沢に訊ねた。

「はい」

〈今日は無理…でもどうしたの？　彼氏と会うんじゃなかったの？　佳世〉

彼氏というのはおそらく立花だろう。そしてこのメールにはさらに返信があった。

〈私、今、一人なの…　妙子〉

「ん？」なにか引っかかった表情のまま、薫は部屋を出て行く右京のあとを追った。

「あの夜、吉崎妙子はひとりでアトリエにいたって、どういうことですか？」

特命係の小部屋に戻る廊下で薫は先ほど感じた疑問を右京にぶつけた。

「意味はないと思いますよ。彼女のメールのとおりです」

「だって、アトリエの二階じゃ立花隆平が仕事してたんですよね？」

「彼はあの夜、アトリエにはいなかった。ですから、午前一時半に奥さんに電話をかけても不思議でもなんでもなかったんです」

「でも、吉崎妙子が帰ろうとするのを立花が引き止めたんですよね？　それで誤って階段から転落したんじゃないんですか?」薫の頭は混乱してきた。

「立花隆平がそう言っているだけで、なにも立証されていません。ですから、吉崎さんが階段から落ちた理由を猫の目のように変えられるんです」

「なんでそんな嘘をつく必要が?」

「彼は嘘をついてはいません。本当のことを言っていたんです。彼は甲冑が床に倒れる音など聞いてはいなかった。いや、聞くことはできなかったんです。なぜならば吉崎さんが死亡したとき、彼はあのアトリエにはいなかったからです」

右京のメタルフレームの眼鏡の縁が鈍く光った。


翌日、ふたりは妙子のメールの相手である星野佳世をアルバイト先のフラワーショップに訪ねた。妙子の携帯画面を見せると、これは自分との間のメールだと即座に認めた。そして「彼氏」というのが立花隆平だということも確認できた。

「奥さんがいる人だからやめたほうがいいって言ったのに。あの子、好きになるととことん入れ込むタイプだから……」

そう呟く佳世に礼を述べて、ふたりは警視庁に戻った。途中車のなかで右京の携帯に小原から連絡が入った。

――サインこそないですけど、この絵は立花先生の絵である可能性が高いですよ。

昨日小原のパソコンに送っておいた喫茶店から盗まれた絵の画像のことだった。

「この絵のモデルさんに会ってみたいですねえ」

右京はポケットからプリントアウトした絵の画像を出して広げ、眺めながら呟いた。


警視庁に戻ったふたりは、そのまま捜査一課を訪ねた。

「立花が無実？」薫から耳打ちされた伊丹が叫んだ。

「ああ。現場のアトリエにあの夜、立花はいなかった。これが被害者のメール。読めば馬鹿でもわかる」薫が敵に塩を送る気分で明かす。

「なんだと？」といいつつ伊丹はプリントアウトした携帯メールの文面に目を落とした。

「しかし、立花を立件する事案はまだ残されています。おふたりにぜひご協力をお願いしたいのですが」右京は顰め面をしている伊丹に頭を下げた。


そのわずか後、伊丹は刑事部長室にいた。

「実況見分とは、いまさらどういうことだ？」

参事官の中園照生《てるお》が訝しげに伊丹を睨んだ。

「そ、それは……犯人の立花の供述が、あやふやなところもあるものですから……」伊丹はどこか奥歯にモノが挟まったような言い訳をした。

「におうな」刑事部長の内村完爾《かんじ》が低い声で呟いた。

「はい?」伊丹はドキッとした。

「まさか特命係が絡んでるんじゃないだろうな?」

「いえ……私たちの判断です」

刑事部長室から出てきた伊丹を芹沢が待っていた。

「いいんですか? 特命係に協力して」芹沢はなぜか嬉しそうに訊いた。

「協力? フン。奴らを利用して手柄をいただくだけだ」

伊丹はそう言い捨てて先を歩いて行った。

五

その夜、右京と薫は立花隆平を車に乗せて警視庁を出た。

「どこへ行く気です?」怪訝な顔で立花は訊いた。

「実況見分です」後部座席に並んで座っている右京が答えた。

「だったら、なぜ私のアトリエに向かわないんだ?」

ふたりの刑事は無言のままである。

「どういうつもりなんです?」不安になった立花はハンドルを握っている薫の肩を摑んで、「きみ!」と声を上げた。

「夜は長いんです。付き合ってくださいよ」薫は軽くいなした。

車を止めたのは件の喫茶店の駐車場だった。不安の色を濃くした立花を車から降ろし、薫が事前に借りておいた鍵を使って三人は店内に入った。

「あなたはマロニエ出版の小原さんと、よくここで打ち合わせをされているそうですねえ」薫が店内の照明をつけると右京が切り出した。

「なんのために私をここに？」

脅える立花の目前で、右京は腕を上げて壁の一点を指した。

「あそこに一枚の絵が飾られていました。胸に痣《あざ》のある、裸婦の絵でした。おそらく五年前にあなたのアトリエから盗まれた絵の中の一点だと思われます。その絵はブラックマーケットを流れ、さまざまな人間の手を経て、ようやくここに辿り着いた。しかし、その絵は再び姿を消してしまいました。なぜならば、あなたが盗んだからです」

「なにを一体……」

右京は絵が飾られていた場所に立って立花に言った。

「あなたは小原さんとここで待ち合わせをしていたにもかかわらず、急に鰻が食べたいと言い出したことがありましたねえ。そのとき、あなたはあの裸婦の絵と遭遇したんです。しかし、あなたはその絵を小原さんには見られたくなかった。なぜなら彼が見れば、それがあなたの絵だとすぐに気がついてしまうからです。だから、あなたはここを出て打ち合わせの場所を変更させた。そして、あなたは小原さんが大阪に出張している間に絵を盗む決心をし、実行に移した。それが、吉崎妙子さんが階段から転落死した、あの夜のことでした」

「よくもまあ、そんなデタラメを」

馬鹿にしたように笑う立花を薫が追及する。

「それはあなたのほうでしょう。あなたはアトリエの階段から被害者が転落するところなんか見ちゃいなかったし、甲冑が床に倒れる音も聞いちゃいなかったんですからねえ」

「証拠はあるんですか？」

どこまでも白を切ろうとする立花に薫は携帯を出して示した。

「亡くなった吉崎妙子さんの携帯です。友人とのメールのやりとりの中で彼女はあのときアトリエに誰もいなかったことを書いてます。もちろん友人もそれを認めてます」

立花の顔がわずかに引きつった。

「今度はどこへ連れていくつもりですか？」

まだ虚勢を張って余裕ある態度を崩さない立花は、揶揄するような口調で訊いた。

「絵を盗んだあなたに思わぬことが待ち構えていた、あのアトリエです」

そこに着いた三人は、車を降りてがらんとしたホールに足を踏み入れた。

「あの日の夜、吉崎妙子さんはあなたには内緒で、ここであなたを待っていた」右京は立花を前に、あの夜の出来事を言葉で再現してみせた。「しかし、なんらかの原因で階段から転落してしまった。もしかしたらあなたの車の音を聞いて、喜びのあまり足を滑らせてしまったのかもしれません。いずれにせよ、あなたが喫茶店で絵を盗み、いつものように奥様に連絡を入れてからここに戻ったのは、彼女が息を引き取った直後でした。あなたは驚いたが、彼女はあなたにとって招かれざる客には間違いありませんでした」

「どうしようか迷った挙げ句、あなたはこの事故死を利用しようとひらめいた。喫茶店から絵を盗んだ時間のアリバイとして」

続いて言葉を継ぐ薫を、立花はキョトンとした顔で見た。

「甲冑にあなたの指紋がついていなかったのは、喫茶店に押し入ったときのまま手袋をしていたからです」そう言う右京に立花が攻め寄る。

「それを証明できますか？」

そのとき薫がポケットからビニール袋に入ったシャツのボタンを出して立花に見せた。

「あの喫茶店に押し入った窃盗犯の遺留品です」

「それがなぜ私のものだと言えるんだ？」

今度は薫はクシャクシャになった黒いシャツを掲げて、袖のところを示した。

「これはランドリールームにあったあなたのシャツ。左袖のボタンが取れてるんですよねえ。他のボタンと一致しますよね？」

薫はビニール袋のボタンと袖口を重ねてみた。

そこまで物証を突きつけられ、立花は諦めたように白状し始めた。

「ボタンが取れていることに気がついたのは、ここに戻ってからだ。それでアリバイが必要だと焦った。きみたちの言うとおり、喫茶店にあった絵は私のだ。盗んだことには違いないが、私としては取り戻したという意識のほうが強い。あんな不完全な絵を人目に晒しておきたくはなかったんだ」

「やはり五年前に盗まれた絵だったのですね？」

立花は右京に追い詰められながらも、一方でどこかつかえが取れたようなさっぱりした口調で続けた。

「そうだ。買い戻そうとは思ったが、あそこの店のマスターがいくら金を積まれても手放したくはないと言ってたんでね。だから仕方がなかったんだよ。もうこれ以上、話すことはありません。なにもかも、きみたちの言うとおりです。私がここに戻ってきたときには、もう彼女は死んでいた。私はそれをアリバイとして利用した。心に重くのしかかっていたが、これで少しは気持ちが楽になりました」

その言葉の裏にある真実を掘り起こすように、右京が静かに言った。

「それだけではないでしょう？　窃盗のアリバイ工作のために、さらに重い過失致死の罪を自ら被ろうとした、その本当の理由……」

「梅野正美！」薫が叫んだ。「五年間行方不明でしたが、半年前、筑波の山の中で白骨死体で見つかった女性です。知ってますよね？」

薫は当時の新聞記事のコピーを掲げた。

「そんな女、知らん！」立花は大声でそれを否定した。

「彼女が消息を絶ったのは五年前、このアトリエに泥棒が入り、裸婦の絵を含む数点が盗まれた日でした。その絵のモデルになったのは、白骨死体として発見された梅野正美さんではありませんか？」

「私は関係ない！」立花の顔は身に着けたシャツのように蒼白になっていく。

「関係ないとは言わせませんよ！」

薫が叫ぶ。右京は喫茶店にあった絵のプリントアウトを広げて言った。

「サインこそないものの、小原さんはこの絵をひと目見て、あなたの絵である可能性が高いとおっしゃいました」

薫が吉崎妙子がモデルとなっている絵の写真を取り出して、ふたつの絵を並べて見せた。立花はわなわなと震え出した。

「これらの絵は如実に真実を物語ってくれています。色合いこそ違え、彼女たちはまったく同じ形のソファに横たわっている。これらがこの二階のアトリエで描かれたものだということは、誰の目にも明白です。五年前、あなたと梅野正美さんの接点が見つからず、捜査は難航しました。冷たい土の中に埋められた正美さんの無念さは計り知れないものがあったでしょう」

ホールを歩き回って話していた右京はここで立花の真正面に立ち、語気を強めた。

「しかし、あなたは自首することなく彼女を放置し続けた。なんの罪もない彼女の肉体が朽ち果て、白骨化するまで。さあ、彼女を描いた絵はどこにあるのでしょう？」

そこで言葉を切った右京は全身から絞り出すような怒りの声を立花にぶつけた。

「いい加減に本当のことを言ったらどうですか！　あなたはまだ彼女を暗闇の中に閉じ込めておくつもりですかっ！」

絶望に駆られ、両手で顔を覆ってがっくりと跪《ひざまず》いた立花は、その姿勢のまま右手を高く掲げて二階のアトリエを指さした。

右京と薫は立花を引き立てて階段を上った。絵はクローゼットの奥の板を剝いだところに隠されていた。薫がそれを取り出し、同時に待機している伊丹と芹沢に携帯で合図を送った。

「この絵はもう二度と描けない。私が愛していた絵だ。彼女は胸にある痣のことを描かれるのを嫌がった。だが私はすべてを描きたいと思ったんだ。この絵が完成したとき、彼女と口論になった。私は、この痣にこそ本当の美しさがあると言った。そして彼女のすべてを愛してると。しかし彼女は、これまでこの痣のせいで傷ついてきたんだと言って……」

確かに赤いソファに横たわる全裸の女性の胸元には茶色い痣が描き込まれていた。その痣は梅野正美の触れられたくないトラウマだったのだろう、彼女は気性の激しさも相まって、立花の想像を超えた怒り方をした。暴れる正美を取り押さえようと立花が腕を取ると、その手にはナイフが握られていた。それでキャンバスを引き裂こうとしていたのだった。揉み合いになった挙げ句に、立花は誤って正美の胸をそのナイフで刺してしまった。あまりの事態に我を失った立花は、正美の死体をなんとかしようと必死になった。郊外の森に埋めようと死体を車に積みアトリエを出たのだが、うっかり鍵をかけるのを忘れた。盗難に遭ったのはその夜だった……。

「私はどうしていいかわからなかった。愛していた彼女を失い、そして結局この大切な絵まで失ってしまった。皮肉なもんじゃないか。こんなに捜していた絵がやっと手元に戻ったと思ったら、今度は私の人生さえ失うことになってしまった」

そこへ薫から連絡を受けた伊丹と芹沢がやってきた。

「約束どおり、手柄はいただきますよ」伊丹が茫然自失した立花の腕を摑んだ。

「ご協力、感謝します」右京が頭を下げる。

伊丹と芹沢に挟まれて階段を下りる途中で立ち止まった立花が、後ろから下りてきた右京を振り返った。

「ああ、ひとつ訊きたいことがあるんだ」

右京は階段を下り「何でしょう?」と立花に向き合った。

「私が絵を盗んだ犯人だとわかった決め手は?」

「奥様のご趣味でしょうか」

「女房の?」

「あなたは白いシャツしかお持ちではありません。それも、かなり高級なシャツばかりです。しかし、洗濯機の中にあった黒いシャツは、大量生産されている二千円にも満たないシャツでした」

「盗みに入るのに、白いシャツじゃ目立つからねえ」

立花は虚空を見上げて自嘲的な笑みを浮かべた。

「奥様のご趣味とはあまりにかけ離れすぎていましたねえ」

先ほどの激昂とは打って変わった長閑《のどか》な口調で語る右京を、立花は改めてしげしげと見つめた。そして、「きみは……褒めるわけじゃないが、大した刑事さんだ」と言った。

しばし黙ったまま立花と視線を合わせた右京は、「行きましょう」とアトリエの出口を指し示した。

第六話

「この胸の高鳴りを」

一

都内の高級住宅街にある一軒家で若い男が絞殺された。男の名は丹野翔平、二十七歳。知る人ぞ知るロックバンドのリーダーである。遺体は一階のリビングルームのソファに仰向けに横たわっており、すでに鑑識が入って捜査一課の面々が初動捜査を始めていた。

「この索条痕から見て凶器はギターの弦で間違いないでしょう」

鑑識課の米沢守が捜査一課の伊丹憲一に告げた。

「ミュージシャンがギターで殺されるとはな。しかし、そんなに有名なのか？　このディー……ディープなんとかってバンド」

テーブルに置いてあるＣＤに表記されたバンド名の綴りが、伊丹には読めない。

「おや、ご存じありませんか。《Dee Providence《ディー・プロヴィデンス》》。若い女性の間では大人気ですが」

見かけによらず若者の情報に明るい米沢が伊丹から視線を外してボソリと答えた。

「ふうん。ん？　いまおまえ、俺にケンカ売った？」

「いいえ」米沢が首をすくめたところに、特命係の杉下右京と亀山薫が〈若い女性〉を挟んでリビングに入ってきた。

「ドアホンを鳴らしたけれども返事がなかった。そうですね？」右京が訊ねている。

「ええ」デニムのショートパンツに胸の開いた黄色いカシミアセーターを合わせたキュートな女性、元村美穂が答えた。

「で、合い鍵を使って中に入り、死体を発見したというわけですね?」逆のサイドから薫が訊ねた。

「てっきり居留守を使ってるって思ったから」

「なぜ居留守だと思ったのでしょう?」と右京。

「彼から別れてくれってずっと言われてて。新しい彼女ができたからって。でも、わたしにだってプライドあるし、最後に一発ぐらい引っぱたいてやろうって」

やはり被害者は相当なプレイボーイらしかった。

「なに刑事みたいなことしてんだよ、この特命係が!」

案の定、天敵伊丹が薫の前に立ちはだかった。

「てめえらの代わりに第一発見者から話を聞いてたんだろうがよ」負けじと薫が刃向かう。

「余計なお世話だ。亀は甲羅干しでもしてろ」伊丹はまた新しい罵倒用のボキャブラリーを繰り出した。

「なんだと」薫が気色ばんだところに捜査一課の芹沢慶二がやってきた。

「目撃証言なんですけれど、ゆうべの犯行時刻頃、被害者《ガイシャ》が若い女性と表でなんか言い争ってたそうです」

「若い女性？」伊丹が美穂をジロリと睨む。

「な、なによ？」

「彼から別れ話を持ち出されたって言ってましたよね？」

にじり寄る伊丹を、美穂は警戒の目で見返した。

「すみませんが確認のため、ご足労願えますか？」

怖じ気づいた美穂はふたりに連れられて出ていった。

残された右京と薫は米沢とともに現場を仔細に調べた。

「触っちゃマズいんじゃないですか？」

遺体の脇に置いてあったエレキギターを手にとり、ボロンと弦を鳴らした右京に薫が注意した。

「チューニングがバラバラです。弦を張り替えた直後に殺害されたようですねえ」

「弦は五本しかありません。ないのは第五弦です」

米沢が言う通り、通常六本あるギターの弦が一本欠けていた。

「じゃあ、その第五弦が凶器で犯人がそれを持ち去ったってことですかね？」楽器には疎い薫が右京に訊ねた。

「だとするならば、犯人はなぜ六本全部を持ち去らなかったのでしょう？　全部持ち去ってしまえば凶器の特定はしにくくなります。もしくは動転していて、その凶器の第五弦だけを持ち去った」

「あり得ますな」と米沢。

「犯行時刻に若い女性が目撃されていましたね?」右京がギターを元あった位置に戻しながら薫に確かめる。

「ええ。バンドなんかやってるとモテるんでしょうね。さっきの女性も気になりますけど、〝新しい彼女〟ってのも気になりますよね」

「いずれわかると思いますよ」

右京はいま一度現場となったリビングをくまなく見回した。さすが人気絶頂のバンドのリーダーの邸宅である。天井には豪勢なシャンデリア、立派なマントルピースの上にはステージで歌っている丹野の写真が額入りで飾られていて、部屋のあちこちにビンテージ物らしいギターやベースが置かれていた。ひとしきり調べてふたりが外に出ると、警備にあたっている警官に止められ、丹野のマネージャーだと名乗りを上げている男がいた。右京と薫はその男を傍らに呼んで話を聞くことにした。

「丹野さんがなにかトラブルを抱えていたというようなことはありませんか?」

三原といういかにも業界人っぽい服装の小柄な男に右京が訊ねた。

「たとえば女性関係ですとか」薫が付け加える。

「ええ、まあ、たしかに女性関係は派手でした」三原はちょっと言いにくそうに言葉を濁した。

「先ほど新しい彼女ができたという情報を聞いたんですが、誰だかご存じありませんかね？」と薫が探りを入れる。

「えっと、たしか笠井夏生《なつき》という東都大学の女子大生だったと思います」

薫がメモをとっていると、丹野の遺体が担架に乗せられて運び出されてきた。それを見た三原が駆け寄り、担架に飛びつこうとしたところを警官に止められた。三原は涙声で丹野の名を繰り返し叫び続けた。


ふたりは早速、大学を通じて突き止めた夏生の自宅を訪ねたが、あいにく本人も家族も留守のようで、呼び鈴を押しても反応がない。

四度目に押しても返事がなく薫が諦めかけたとき、若い女性がこちらに向かって呆然とした足取りで歩いてくるのが見えた。女性はふたりに気付くと足を止めた。

「笠井夏生さんですか？」歩み寄った右京が訊ねた。

「はい」

地味な服装にほとんどすっぴんに近い化粧。夏生はごく真面目そうな普通の大学生に見えた。その夏生が警察手帳を示して自己紹介をしたふたりの刑事にいきなり告白した。

「わたしが……殺しました」

「はい？」

右京が聞き返すと、夏生はバッグの中からスチール製のギターの弦を取り出した。

「これで、翔平さんの首を……」

右京と薫は驚いて目を見合わせた。


とりあえず任意で警視庁まで連れてきた夏生を取調室に入れて、右京と薫は話を聞くことにした。

「バッグの中身を拝見させていただきます」

「はい」

ミネラルウォーターのペットボトルやら化粧ポーチ。バッグの中には取り立てて珍しいものはなかった。強いて言えばピルケースで、右京がなんの薬かを問うと、

「アトピーの薬です。決まった時間に飲まないといけないんです」と答えた。

「では、まず丹野さんとの関係を話していただけますか」

バッグを置いて右京が訊ねると、夏生は丹野との出会いのきっかけを話し始めた。

「ひと月くらい前に、たまたま『この胸の高鳴りを』を聴いてファンになりました」

『この胸の高鳴りを』というのは昨年大ヒットした《Dee Providence》のデビュー曲だ

った。それまで聴いたことのなかったこの曲を、夏生は街角で耳にして衝撃を受けたという。それから何度か友達と一緒にライブに通い、ヴォーカルを担当しているリーダーの丹野翔平のファンになった。何度目かのライブの折、終了後楽屋に群がるファンからちょっと離れたところにひとり佇んでいた夏生は、ファンを逃れるため変装してライブハウスを離れようとする丹野にバッタリぶつかり転んでしまった。謝って抱き起こそうとした丹野と夏生は思わずじっと見つめあい……。

「それから何度かふたりっきりで会ったりして、いつの間にか付き合ってるって感じに」

「そのような恋人を、どうして殺してしまったのでしょう?」

右京が穏やかに訊ねると、夏生は自嘲的な口調で吐き捨てるように言った。

「恋人、ですか……?　わたしは遊ばれてただけです。他にたくさん彼女がいるってわかって、それでついカッとなって」

「衝動的に首を絞めて殺した?」

薫の言葉に夏生はうなずいた。

「その後はどうされていたのでしょう?」

「気が動転して、ゆうべから街をうろうろと」

そのときバタンとドアが開き、捜査一課の伊丹と芹沢がやってきた。彼らが連行した第一発見者の元村美穂は、目撃者に確認したところ家の前で言い争っていた女性とは違っていたようだった。

伊丹と芹沢に取調室を追い出されたふたりは鑑識課に米沢を訪れた。部屋に入ろうとすると、遺留品のギターを弾いてひとりノッている米沢がいた。

「なにやってんですか？　これ、現場にあったギターでしょ？」

「すいません。元ギター小僧の悲しき習性で、ついチューニングをしてしまいました」

米沢は恥ずかしそうに謝った。

「被疑者が所持していた第五弦、調べていただけましたか？」

「ええ。抜かりなく」米沢は弦を取り出した。「それがですね、あれだけくっきりと索条痕が残っていれば、被害者の皮膚片ぐらいは付着しているはずなんですが、これは明らかに拭き取られてますね」

「現場もわざわざ鍵をかけて後にしている。気が動転していた割には、妙に冷静だと思いませんか？」

「衝動的な犯行だったかどうか疑わしいですね？」

右京の言葉に薫も同調した。

二

ふたりは《Dee Providence》が所属するレコード会社を訪ねることにした。都心の一画にある小さなビルに、その〈ジェレミー・ミュージック・エンターテインメント〉という会社は入っていた。階段を上り二階の事務所の扉を開けると数人が大声で言い争いをしている。漏れ聞こえてくることから想像するに、《Dee Providence》の今後のことを話しているらしい。

「なんかお取り込み中でしたかね？」薫が割って入った。

「ええ、まあいろいろと」さっきのマネージャーが進み出た。

「ちょっとよろしいですか？」と右京が声をかけると、マネージャーの隣にいた男が「どちら様？」と訊ねた。

「警察の方です。おそらく翔平の件で」三原はその男に耳打ちしてから、「こちらは社長兼音楽プロデューサーの八木聡です」と右京と薫に取り次いだ。

軽く会釈をした八木が奥のデスクに下がると三原は、「先ほどは失礼いたしました。改めまして、私、三原と申します」と〈三原研治〉という名前が刷られた名刺を出した。それから三人の若者の方を向いて「で、これは《Dee Providence》の残りのメンバー」と紹介した。

「残りだってよ。しょせん俺らなんてオマケだもんなぁ？」

そのひとり、柄本が不満顔で言う。三原は「そういう意味じゃないよ」と取り成して

「で、なにか？」とふたりの刑事を振り向いた。

「例の笠井夏生さんについて、ちょっと」薫が切り出すと、

「それなら私よりはメンバーのほうが詳しいかと思いますが」三原は三人を指した。

右京がそちらに進み出て、

「みなさんは笠井夏生さんをご存じですか？」

と訊くと、真ん中に座っていた早乙女という男が答えた。

「夏生ね。知ってますよ」

「夏生さん曰く、丹野さんには彼女がたくさんいたそうですが」右京が訊ねる。

「いやいや、むしろ本気でしたよ、翔平は」早乙女は手をひらひらと宙に浮かせて言った。

「本気？」薫の言葉を受け、今度は先ほどの柄本が答えた。

「その子一本に絞るために他の女を次々に切ってったくらいですから」

「変わったよな、あいつ。派手な女に飽きちゃったのかもな」一番隅に座っていた甲田がため息交じりに言う。

「ああ、そうですか。でも、みなさんもこれから大変ですね」

薫が話題を移すとそれに反応して三人の間に悲愴な空気が生まれた。

「だよなぁ。マジこれからどうするよ？」柄本が言う。

「翔平ひとりでもってたようなもんだし。それがいないってんじゃもう……」甲田も頭を掻いた。

「《Dee Providence》は事実上解散だろ」

絶望的な顔の早乙女に薫が訊く。

「あれ？　でも、さっき『復活』とかって小耳に挟んだんですが？」

そこから三人は三原や八木に向かって声を大きくした。

「代わりがいりゃあねえ」と柄本。

「大体さ、代わり見つけるっつってもさ、曲だけはどうにもなんないじゃん」甲田が諦めムードで言う。

「作風は変えられるのかよ？」と早乙女が三原と八木を問い詰めた。

それを聞いた八木はデスクを立ってこちらにやってきた。

「なあ、刑事さん、もういいだろ？　いまさら翔平の彼女のことなんかさ。翔平が戻ってくるわけじゃあるまいし」

「お取り込みのところ、お邪魔しました」右京は丁重にお辞儀をした。

そのころ一課の伊丹と芹沢は丹野と付き合いのあった女たちを当たっていた。どれも笠井夏生とは正反対の派手な業界系の女だった。何人目かにモデルをやっている女をフォトスタジオに訪ねると、その女は呆れた顔で「別れ話している最中に言うのよ。『俺、夏生のためにこっそり婚約指輪買ったんだ』って。それも嬉しそうにさ」と言った。「マジっすか?」と芹沢が反応すると、「ま、翔平のそういうところが憎めなかったんだけどさ」と言い置いて撮影に戻っていった。

丹野の女に会うにしたがって、伊丹も芹沢も「遊ばれていた」という夏生の認識とのギャップに次第に混乱を来《きた》していくのだった。

その夜、右京と薫は行きつけの小料理屋〈花の里〉にいた。

「考えてみたら、丹野翔平もかわいそうですね」

ここへくる途中で買ってきた《Dee Providence》のCDのジャケットを見ながら薫が言った。クレジットによるとすべての曲と詞は丹野が書いていた。

「かわいそうとは?」右京が手酌で杯に酒を注ぎながら訊いた。

「ひとりで作詞も作曲もこなす才能があったのに、事務所からは金の生《な》る木くらいにしか思われてないし、他のメンバーだって自分のことばっかりで」

「スターの虚像と実像とは、えてしてそういうものなのかもしれませんねえ」

カウンターのなかで右京の言葉を聞いていた女将の宮部たまきが感慨深げに言った。

「その孤独を紛らわすために女遊びをしてたのかしら」

「笠井夏生さんに出会うまでは、そうだったのかもしれません」

「だとすると、彼女の供述と矛盾するんですよねえ」

薫が頭を掻いているところへ、妻の美和子がやってきた。

「よっ、どうだい？　事件のほうは」

カウンターに座るなり、薫の背中をどんと叩いて言った。

「情報はやれませんよ～」薫が戯れる。

「あ、ひどいなぁ。せっかく耳寄りな情報を持ってきたんだけどね。もう知～らない」

「おや。耳寄りな情報とは？」美和子の言葉に反応したのは右京の方だった。

「じゃあ右京さんだけにこっそり教えちゃいますね。これなんですけど」

そう言って出した資料を覗いた薫が、「悪かったよ、すいませんでした」と謝る。美和子は「よろしい」と薫の肩を叩いた。そしてその新聞記事のコピーらしい資料を指さしながら言った。

「丹野翔平って去年まで湘南のアマチュアバンドに所属してたんだけど、そこでなにかトラブルがあったらしいのね。しかも、その直後にメンバーのひとりが謎の死を遂げてるの。いかにもなにかありそうじゃない？」

「でも、たしか女性が自首してましたよね？　ニュースでやってましたけど」たまきが言った。確かに今日の昼間、マスコミ対策もあり警視庁は被疑者として夏生のことを実名入りで発表したのだった。

「そうですよね。じゃ関係ないか」美和子は残念そうに呟いた。

「うん……」

薫は曖昧に返事をしたが、右京はいまの美和子のもたらした情報がレーダーに引っかかったらしく、杯を持つ手を止めて中空を見つめていた。

三

翌日、ふたりは湘南に車を飛ばした。助手席で右京は昨夜美和子からもらった新聞記事をもう少し掘り下げた資料を見ていた。謎の死を遂げたというのは福地大二郎という当時二十四歳の青年だった。バンドではギターを担当していたのだが、去年の秋、湘南の防波堤から転落して溺死。事故か自殺と思われたが地元署は事故で処理したということだった。

湘南で福地大二郎の家を探し当てたふたりは、その家を訪れ仏壇に手を合わせた。応対したのは柔和な笑顔が印象的な母親だった。

「ああ、生前のままにされてらっしゃるんですね」

母親に案内されて大二郎の部屋に足を踏み入れた薫が思わず呟いた。

「ええ。あの子はまだ生きてますから」母親はにっこり笑って言った。

「え？」薫が答えあぐねていると、

「おっしゃるとおりの意味だと思いますよ」右京が机に置かれたカードをつまんで言った。それは〈臓器移植意思表示カード〉だった。

「息子さんは臓器移植のドナーになられたんですねえ」右京が訊ねると、母親は笑みを絶やさずに言った。

「あの子の遺志を尊重してよかったと思うんです。大二郎は、いまでも誰かの胸の中で生きてるんですもの」そして思い出したように「あ、いまお茶をお淹れしますからどうぞごゆっくり」と言って部屋を出て行った。

「亀山くん。これを」

部屋を調べていた右京が、机の上に置いてあった楽譜のファイルを示して声を上げた。

「これがなにか？」

「きみは楽譜が読めませんでしたか？」

当たり前のように言う上司に、薫は呆れ顔をした。

「読めませんよ。いや、みんながみんな、右京さんみたいだと思ったら大間違いなんですからね」

薫の反応はさておき、右京はこの発見に驚きを隠せなかった。

「そっくりなんですよ、あの曲に」

「あの曲？」

「《Dee Providence》のデビュー曲、『この胸の高鳴りを』です」

「じゃあ、丹野翔平が福地大二郎の曲をパクったってことですか？」それがなにを意味しているか、ようやく薫にも伝わったようだった。

さらに部屋を眺め回し、右京は本棚に飾られた写真立てに注目した。そこには大二郎の隣に恋人らしい女性が肩を並べて写っていた。お茶を運んできた母親に、右京が訊ねた。

「失礼ですが、息子さんと一緒に写ってらっしゃる方はどなたですか？」

「大二郎とお付き合いしていた可奈子ちゃんです。いまでもよく大二郎に会いにきてくれるんですよ」

ふたりは母親から添島可奈子の自宅の住所を教えてもらって早速訪ねたが、あいにく留守らしかった。家の人に訊くと海岸にいるというので、そちらに行ってみることにした。

「添島可奈子さんですよね？」

海岸にたたずみ、ひとり海を見ている若い女性を見つけた薫が声をかけた。海岸を歩きながら楽譜のことを訊ねると、可奈子はそれを即座に認めた。

「そうよ。あの曲は大二郎が作ったの」

「やはり、そうでしたか」右京がうなずく。

「なのに丹野は大二郎を騙して……」

可奈子は大二郎が初めて自室でギターを弾きながら『この胸の高鳴りを』を歌ったときのことを語った。そこには可奈子と丹野がいた。曲に感動した丹野は即座に、東京の音楽事務所にアテがあるから売り込みに行ってやる、と買って出た。大二郎が一緒に行こうか、と言うのを、「おまえは無愛想だし、営業担当は俺だからさ」と断って丹野はひとりでそのデモテープを東京に持っていったのだった。それから間もなくして巷に流れるメロディーを聴いて、大二郎はなにが起こったのかを悟った。

「大二郎さんは抗議しなかったんですか？　あの曲は自分の曲だって」薫が訊ねると、可奈子は憤って叫んだ。

「したわよ！　けど、アマチュアが押しかけたところで門前払いよ。丹野も逃げ回ってばっかだし。それから大二郎は塞ぎ込むようになった。曲を盗まれたことより、丹野に裏切られたことがショックだったの。だから、大二郎は……あれは事故なんかじゃない。大二郎は丹野に殺されたの！」

右京と薫は返す言葉もなく、落ち着きを取り戻すまで可奈子を見守るしかなかった。

四

「一年前のことといえ、添島可奈子は丹野翔平のことを相当恨んでますよね。いずれまた話を聞く必要がありますね。でも、笠井夏生の存在がネックなんですよねえ」

特命係の小部屋に戻ってきた薫はコーヒーを淹れながら右京に語りかけた。一方の右京は戻るなりパソコンに向かいっぱなしで一心になにかを調べていた。

「さっきからなにやってるんですか?」薫が訊ねた。

「福地大二郎さんの心臓」

「は?」

「そのレシピエント、つまり移植を受けた人を調べています」

「なんのために? っていうか、どうやって?」薫はコーヒーカップを持ったまま右京のデスクトップのパソコンを覗いた。

「『心臓移植』『手術成功』など、それらしいキーワードでインターネット検索をかけました。福地さんの死亡した日付でさらに絞り込めます」

「でも、臓器移植に関しては守秘義務が徹底してますからね」

「調べてみる価値はあると思いましてね」

「どうですかね。難しいんじゃないんですか？」

気の長いことをやっている……薫は話半分に聞きながらコーヒーのおかわりを注ごうと右京に背を向けた。その途端、右京が小さく叫んだ。

「ありました！」

「ええっ？」驚いた薫は再び右京のパソコンのディスプレイを覗いた。

「この方が、福地さんの心臓のレシピエントです」

ディスプレイには〈エリの徒然キャンパスライフ〉という女子大生のブログがあった。そしてその中に、病室のベッドでエリという女の子と並んで写っている女性がいた。

「か……笠井夏生？」薫は予想外のことにコーヒーをこぼしそうになった。

「これは彼女の友人が去年書いたブログです。夏生さんの手術の成功を心から祝福していますね。日付からみて、まず間違いないでしょう」

「すごい偶然ですね」

「偶然ではありません。彼女が心臓移植を受けた可能性は考えていました。彼女の持っていた常備薬。あれは免疫抑制剤です」

薫は取調室で右京に訊かれ、アトピーの薬だと言った夏生を思い出した。

「あの薬はアトピーにも使われますが、心臓移植を受けた人に必要な薬でもあるんですよ。それも、毎日決まった時間に」

そのころ取調室では捜査一課の伊丹と芹沢が夏生の取り調べを行っていた。伊丹は丹野の女と言われる女性たちに会ってきた結果を夏生に伝え、どうみても丹野が浮気をしていたとは思えない、むしろ夏生一筋に懸けていたようだと言った。そして芹沢が、青いビロード地のケースに入った指輪を示し、これは夏生のために丹野が密かに買ったものだと言うと、それを手に取った夏生は堰を切ったように泣き出して、「ごめんなさい、ごめんなさい」と繰り返すのみだった。

それを境になにを訊いても泣いて謝るのみの夏生に、最初は同情もしていたものの耐えきれなくもなっていた伊丹は、ついに痺れを切らし、

「この期に及んで、なに隠してんだっ!」

机を叩いて怒声を浴びせた。

その途端に夏生の顔が青白く歪み、胸を押さえて苦しそうに机に突っ伏した。慌てたのは伊丹だった。芹沢に急いで救急車を用意させ病院に運び込んだところ、軽い心臓の発作で命に別状はない、と言われ、伊丹は胸を撫で下ろした。と同時に夏生の持病のことを聞いて、

「それならそうと言ってくれりゃよかったのに……」と夏生の強情さを恨んだ。

そこへ特命係のふたりがやってきた。

「おい、どうなんだよ？」薫が声をかける。

「大丈夫です」答える芹沢の横で苦虫をかみつぶしたような顔をしている伊丹を、薫は見遣った。

「なんだよ？　言いたいことでもあんのかよ？」

「捨てぜりふを残して去ってゆく伊丹の背中を見て、芹沢が「ああ見えてかなり凹《へこ》んでるんです」と言った。

去ろうとする芹沢を薫は引き止めた。そして可奈子の写真を手渡して芹沢に耳打ちした。

「添島可奈子。湘南に住んでる。事件に絡んでる可能性がある。調べてみろ」

「ありがとうございます」

いつもは情報を奪われてばかりの芹沢は薫の配慮がよほど身に沁みたのか、深々と礼をし、その写真を内ポケットに入れて去っていった。

翌日、右京と薫は再び湘南を訪れた。可奈子に会いに行くためだった。その日は大二郎の月命日だったこともあり、彼が海に飛び込んだ堤防にいるとあたりをつけて行くと、案の定、可奈子はコンクリートの上に花束を供えていた。

「添島さん。今日はとても大切なことをお訊きするために来ました」右京が声をかけた。

「突然、恋人を失ってしまったのですから、さぞつらい思いをなさったでしょうねえ。せめて、確かめようと思ったのではありませんか？　彼がいまもどこかで生きているということを」

可奈子は右京の顔をじっと見返した。

「個人が簡単に情報を発信できるインターネットなら、ひょっとしてわかるかもしれないと思った？」薫が可奈子の横顔を覗き込んだ。

「笠井夏生さんにたどり着きましたか？」

右京が核心に触れると、可奈子は黙ってそれをうべない、右京と同じ女子大生のブログに突き当たり、エリというそのブログを書いている学生にコンタクトをとって夏生のことを突き止めたと白状した。

「どうしても彼女に会いたかった。もう、居ても立ってもいられなくて……大学生になりすますのは意外と簡単だった。同じ大学の学生のふりをして、彼女に近づいたの。元気になって幸せそうな彼女を見守ることで、わたしは救われた。彼の命は、たしかに彼女の中で息づいてるって」

「ところが、よりによって夏生さんは丹野さんのバンドに夢中になり始めた」

「さらには、ふたりきりでデートまで」

「それだけは絶対に受け入れられなかった！」

右京に続く薫の言葉を受けて、可奈子は涙声で訴えた。

「お話しになったんですね？　福地さんと丹野さんの間に起きた過去の出来事を」

右京が静かに訊ねると、可奈子はこくんとうなずいた。

「ドナー情報も？」

それにも黙ってうなずいた。

しかし夏生は信じはしなかった。可奈子は自分の耳で確かめて欲しいと、パソコンに入れた大二郎の歌声を夏生に聴かせた。そして夏生がこの曲に惹かれたのは、夏生の体の中で生きる大二郎の心臓が反応したからだと言った。

——丹野と別れて！

可奈子からそう懇願された夏生は、別れないと言い捨てて走り去って行った。

「笠井夏生さんが自首したことはご存じですね？」

右京が訊ねると、可奈子はうなずいた。

「あなたの取った行動が……」

薫が言いかけるとそれを遮って、抑えてきたものを吐き出すように可奈子は叫んだ。

「仕方ないじゃない！　あのまま黙っておくなんて、わたしにはできなかった！　でも、まさかこんなことになるなんて……」可奈子は泣き崩れた。

そこへ伊丹と芹沢がやってきた。事件の直前に玄関先で揉めていた相手というのが可奈子だと、目撃者の確認もとれたということだった。

可奈子はおとなしく任意同行に応じた。

五

右京と薫はその足で夏生の入院している病院を訪れた。

「申し訳ありませんでしたね。大丈夫ですか？」

同じ警察官として配慮のなさを右京が詫びると、夏生は黙ってうなずいた。

「添島可奈子さんが、いま警察の取り調べを受けています」

「本当のことを話していただけますね？」

薫が促すと、しばしの沈黙のあと、窓の外に目を遣って夏生が静かに語り始めた。

「……人生の大半を、病院のベッドの上で過ごしてきました。当たり前のように生きている人たちが、うらやましかった。わたしにとって生きることは、あきらめることと同じだったから」

薫はそういう人生のことを考えてみた。

「しかし、あなたは、あるドナーの方から命をもらいました」

右京の言葉に、夏生は先を続けた。

「おかげで生まれ変わりました。世界が輝いて見えた。そして、初めて恋をしました。

わたしにとって、翔平さんがいちばん大切な人だった。だけど……この心臓をくれた人にとっては、いちばん憎むべき相手だった」

あれは初めて丹野から部屋の合い鍵をもらった夜、夏生は意を決して福地大二郎のことを訊ねた。否定して欲しかった。けれども丹野はあっさり認めた。「おまえにだけは嘘をつきたくない」と。自分には才能なんかない、デビューのときからずっと嘘っぱちな存在で、いまもそうだ……聞いているうちに夏生の心臓は高鳴り、丹野の前から走り去った。

「もう自分の気持ちがわからなくなったんです。あのときの鼓動は翔平さんへの思いだったのか、それとも、この心臓の持ち主の彼の恨みだったのか……だから、もう一度会って確かめようと思ったんです」

夏生は窓に向けていた目線を部屋の中に戻し、右京と薫をじっと見た。そして、「わたしは答えを出した。翔平さんを殺したのは、わたしです」と言った。

取調室では伊丹と芹沢がなかなか口を割らない可奈子にてこずっていた。

「そろそろ話す気になった?」伊丹がため息をついた。

「あなたと被害者との因縁についても調べはついてるんです。動機としては十分だ」芹沢が畳みかける。

「ええ、そうよ。あいつの家に行ったわよ」ようやく可奈子が話し始めた。あの夜、可奈子はもうこれ以上夏生に近づくなと丹野を説得するために自宅の前で待っていた。帰ってきた丹野にそのことをぶつけたが、取りつく島もない。言い争い揉み合いになったことも確かだ。最後に可奈子は大二郎の心臓が夏生の体の中で生きていることを丹野に告げた。

「夏生さんには申し訳ないと思ってる。だけど、丹野を殺したのはわたしじゃない」

「往生際が悪いぞ！」伊丹が怒声をあげた。

「殺す気ならとっくに殺してるわよ！　大二郎が死んだその日にさ！」

激して立ち上がる可奈子の様子を、右京と薫はマジックミラー越しに見ていた。

「どう思います？」薫が右京に訊ねる。

「可奈子さんの本心でしょう」右京が答えた。

「でも俺には、夏生さんが彼女を庇おうとしてるとしか思えないんですよねえ」

「そちらも夏生さんの本心でしょう」

「え？　ってことは？」

「行きましょう。ずっと気になっていたことがあります」

右京はさっと部屋を出た。薫もその後に続いた。

再び〈ジェレミー・ミュージック・エンターテインメント〉を訪れた右京と薫は、社長の八木に話を聞いた。

「先日こちらにお邪魔した際に、少し気になったことがありましてね。その確認にうかがいました」右京が切り出す。

「と、おっしゃいますと？」

「《Dee Providence》のメンバーのみなさんにお話をうかがっていたとき、われわれに無関心だったあなたが突然、話を遮りました」

それはバンドの今後についてメンバーの三人がそれぞれに不安を述べていたときだった。「曲だけはどうにもなんないじゃん」甲田がそう言った拍子に八木が口を挟んだのだった。

「たしかに丹野さんが亡くなってしまったのですから、曲を作る人はいませんよねえ。しかし、次の方はこうおっしゃった。『作風は変えられるのかよ？』。これ、変ですよね？　変えるもなにも曲を作る人がいないのですから」

八木は舌打ちをした。

「つまり、作詞作曲は別の人物が担当してた、ってことになるんじゃないですかね？」

薫が問い詰めると、諦めたように八木がため息を吐いた。

「ま、もういいか、しゃべっちまっても。そちらさんのご想像どおりだよ。いわゆるゴーストだ」

「やはり、そうでしたか。ところで、マネージャーの三原さんですが、ギターをお弾きになるようですねえ。右手の爪が特徴的でした」

三原から名刺をもらったとき、右手の爪がピック状にきれいに切られていたことを、右京は見逃さなかった。

「音楽事務所のマネージャーさんですから楽器が弾けてもなんら不思議はありません。しかし、もしかしたらと思ってCDショップを回ったところ、こういうものを見つけましてね」

右京に目配せされた薫が、ポケットからあるCDを取り出した。

「三原さんはかつてソロシンガーとしてデビューしてたみたいですね」

「作詞も作曲もご自分でされていますね？」と右京。

「こんなもの、よく見つけてきたねえ。さっぱり売れなくてね。やっぱり三原には華がないんだよな」八木は呆れ顔で言った。

「そんな折、丹野さんから売り込みがあったわけですね？」

「ああ。ひと目見てピンと来たよ。このルックスは使える。こいつをカリスマ的存在に祭り上げようってね。ちょうど所属ミュージシャンも余ってたから、そいつらと《Dee Providence》を結成させたんだ」

八木は壁に掛かったままの丹野のステージ写真を見上げた。

六

「そうですか。社長がしゃべっちゃいましたか。まあ、この業界ではよくあることですよ。で、私は今日はなにに協力すればいいんでしょうか？」

右京と薫は事件の現場である丹野の家に三原を呼び出した。

三原は、笠井夏生を送検するためにひとつだけ解決のつかない問題があるので教えて欲しい、という刑事たちの要望に応じた。

「これは公にはなっていない情報ですが、丹野さんが殺害された凶器は金属製の弦です」丹野の家のリビングで右京が言った。

「弦ですか」三原はまだ要領を得ない。

「ええ。被疑者はいちばん細い弦を使ったと言っているんです。ところが索条痕、つまり首を絞められた痕のことですが、その幅からすると、ぼくはむしろ、いちばん太い弦を使ったのではないかと思っているんです。ちなみに、いちばん太い弦は何弦というのでしょう？　どうもぼくは楽器に疎いもので」

「いちばん太いんですから、第一弦ですよ。ねえ？」右京以上に楽器に疎そうな薫が訊ねると、三原は笑いを浮かべて言下に否定した。

「違いますよ。第六弦です」

「六弦ですか……」右京が鸚鵡《おうむ》返しに繰り返す。

「ギターでいちばん太いのは六弦です」

三原が自信満々に答えるのを見て、右京は薫と目を見合わせた。

「おやおや。どうしてギターだとわかりました？　ぼくは『金属製の弦』としか言っていませんよ」そして薫に向かって「ギターと言いましたか？」と念を押す。薫が首を振った。

「いや、だって、あいつはベースはほとんど弾けないから」

狼狽した三原が言い訳をする。

「『弾けないから』なんでしょう？」右京は冷たい目で三原を観察した。

「弾けないから、ベースの弦を張り替えることなんかめったにないと思って……」墓穴を掘る、とはこのことだった。

「白状してしまいましたね。丹野さんは殺害される直前、たしかにギターの弦の張り替えをしていました。しかし、このことは一般に公表されていませんよ。なぜ、あなたがそのことをご存じなのでしょう？　それは、あなたが真犯人だからです」

三原は慌てて自分の口を押さえたが、もう遅かった。

「丹野さんは悩んでいたそうですねえ。事務所の戦略によって、虚構のカリスマを演じ続けなければいけないことに」

　右京の言葉に続けて薫が言った。

「そして、夏生さんと本気で向き合うためにも、ありのままの自分でいたいと思うようになった」

「そのことで、あなたと争っていたのではありませんか？　《Dee Providence》のゴーストである、あなたと」

　右京に追い詰められたただおろおろするしかない三原を薫が叱り飛ばす。

「三原さん！」

　ビクッと体を震わせた三原は、自失状態のまま語り出した。

「ずっとふたりで、がんばってきたつもりだったのに……」

　あの夜、話があるからと三原は丹野の自宅に呼び出された。部屋に入ると丹野はギターの弦を張り替えていた。

——正直にファンの前で謝罪したいんだ。いままでの曲はすべて借り物だったって。

　三原は当然反対した。

——おい、冗談よせよ。そんなことしたら、ファンなんて一気に離れちまうぞ。それとも俺の曲になにか不満があるのか？

——そういうことじゃない！　けど、このままじゃ前に進めないんだ。

それは夏生とのことを言っているのだと三原にも想像がついた。

——なあ、翔平。俺は、自分にステージに立てるほどの華がないってことを嫌ってほど自覚してるんだよ。だから、おまえに託してきたんじゃないかよ。それをいまさら……。

泣きに入る三原を、丹野は鬱陶しげに退けた。

——知るかよ、そんなこと！　俺をこんなふうに仕立て上げたのはあんたらだろ？　大二郎をメンバーに加えるって言っときながら、結局、口約束だったじゃねえか！　その大二郎も死んじまった……俺が殺したようなもんだ。

——おまえだって割り切ってたじゃないかよ！

——あいつの心臓は夏生の中で生きてんだよ！　いまのまんまの俺じゃ、夏生と向き合えねえんだよ！

——事務所はどうなる？　え？　おまえひとりの問題じゃないんだよ！

——もう偽物の自分は嫌なんだよっ！

「偽物」と言われた瞬間、三原の中でなにかがぷっつりと切れた。たとえステージに立てなくても、自分の作品だけは本物だという自信があった。そしていまとなっては自分にとって最大の作品は〈丹野翔平〉というミュージシャンだったのだ。

——とにかく決めたんだ。明日にでも会見を開くから……。

気がつくと三原はテーブルに置いてあったギターの弦を手にとり、後ろから丹野の首に巻き付けていた。

――おまえが偽物だっていうなら、俺はなんなんだよ……俺だって……。

丹野の体がぐったりとして動かなくなり、三原は我に返った。この後をどう始末しようかと呆然と立ち尽くしているところに玄関のチャイムが鳴った。モニターを見ると夏生が立っていた。合い鍵を持っていたのか鍵穴にキーを差し込む音も聞こえた。焦った三原は裏口から逃げた……。

「天罰ですかね。よりによってギターの弦なんか使ってしまったから」

涙声でそう呟きながら、三原は丹野の写真にすがった。

「翔平……悪かった……ごめんな」

「まいりましょうか」

右京が促した。


「そうだったんですか……」

病室のベッドの上で、右京と薫から事の真相を聞いた夏生は絶句した。

「やっぱり可奈子さんの犯行だと思い込んでたんですね」薫が訊く。

「彼女は翔平さんのことを本気で憎んでいたから。それに、玄関前に彼女のブレスレットが落ちていたんです」

最初に可奈子と握手をしたときに見た彼女のブレスレットは、夏生の印象に強く残っていた。それを拾って部屋に入った夏生は、ソファの上で死んでいる丹野を見て、てっきり可奈子の仕業だと思い込んでしまった。

「どうして彼女を庇おうと思ったんですか?」薫が訊ねた。

「可奈子さんはなにも悪くない。わたしが彼女の忠告を聞かなかったばかりに……そう思ったからです」

「そうですか。しかし、ご自分を責めることはないと思いますよ」

右京は優しい目で夏生を見遣りながら言った。

「そうでしょうか。わたしには、いまだにわからないんです」

「なにがでしょう?」

「あのときの鼓動の意味が……いまではもう、翔平さんを愛していたのかさえ」

最初に路上であの歌を聴いた瞬間の胸の高鳴りを、夏生は忘れていなかった。

「丹野翔平さんはあなたと出会ったことで、ありのままに生きる決意をしました。彼にその勇気を与えたのは、あなたの愛だったと思います」

右京は窓の外を見ながら静かに言った。そして夏生を振り向いた。

「あなたがドナーの方の気持ちを思うのは、とてもよくわかります。でも、あなたの心は誰のものでもないと思いますよ」

「翔平さん……」

呟いた夏生の頬にひとすじの涙が伝った。その涙は紛れもなく夏生の肉体と心から溢れ出た熱を帯びていた。

この胸の高鳴りを　　作詞・作曲　福地大二郎

目覚めるたびに何かが　消え失せ生まれる
壁の写真も色褪せ　永遠なんて一瞬の約束
I miss me, I miss me　僕は何をなくしたんだろう
剝がれ落ちてく皮膚のように　君の温もり　確かめられない
今　滲んでく景色の中　追いかけた形のない雲
あの日　確かに刻まれた　この胸の高鳴りを信じたい

第七話

「空中の楼閣」

一

「それでは、美和子さんの初の単行本出版を祝って、カンパーイ！」

その夜、小料理屋〈花の里〉では、女将の宮部たまきの発声でシャンパンの乾杯が行われていた。帝都新聞を辞めて以来、フリージャーナリストとして活動してきた美和子の初めての単行本が出ることが決まり、今日はその前祝いというわけだった。

右京とたまきが順々にお祝いの言葉をかけると、美和子は満面に笑みをたたえて頭を搔いた。

「ありがとうございます。いやぁ、照れますなあ」

「俺も照れますなあ、夫として」

横でシャンパングラスを掲げている薫に右京が言った。

「きみが照れることはないですよ」

「あ、そっか」

「なんだか嬉しいわ。美和子さんが書いた本が本屋さんに並ぶんですよ」

たまきはまるで自分のことのように喜んでいた。

「たしか出版社は讃光社でしたね？」右京が訊ねる。

「はい。明日正式に契約を交わす予定です」

「讃光社は歴史ある出版社ですからねえ。そこから本が出せるというのは、とても名誉なことだと思いますよ」

「で、題名はなにになったの？」たまきが訊いた。

「『沈黙の森』っていいます」

「大手企業の安全管理をテーマにしたノンフィクションだそうですよ」右京が解説した。

「じゃあ今日は思いっきり飲んでください。ね？」たまきが美和子のグラスにシャンパンを注いだ。たまきの言葉通り、その夜はしこたま飲んだ美和子だった。


ところが翌朝、思いがけない事件が起こり、その現場に美和子が駆り出されることになった。都内の空き地で男性の遺体が見つかったのだが、遺留品の携帯電話の最後の着信履歴が美和子だったのだ。

死因は頭部打撲によるもので、地面に引きずられた跡があることから被害者は別の場所で撲殺されここに運ばれてきたことが窺えた。死亡推定時刻は昨夜の午後十時から午前零時である。

「おい！　遅えよ、カメ子」

現場に入っていた捜査一課の伊丹憲一が美和子を見つけて毒づいた。

「カメ子っ？」美和子が睨みつける。

「亀山美和子、略してカメ子だ！」

いくら夫の薫と犬猿の仲とはいえ、自分まで巻き込むとは心外な……。

「一体なんなんですか？　説明してください！」

なにも告げられずに呼び出しを食らった美和子は朝から不愉快だったが、そんなことも遺体を一目見て脳裏から消し飛んでしまった。

「勝村さん！」

「やっぱり知り合いか」伊丹が言った。

「被害者とおたくとはどういう関係？」遺体の周囲を調べていた同じく捜査一課の三浦信輔が訊いた。

「勝村さんは編集者で、わたしの本を担当してました」

「ということは讃光社の社員の方ですね？」

後ろから聞こえる声にみなが振り向くと、特命係の右京と薫が歩いてきた。

「今日、正式な契約を交わすとおっしゃっていましたね？」右京が続けて訊ねる。

「昼すぎに出版社で会う予定でした」

「携帯の着信履歴には最後にあなたからの電話が残っていたというのですが」

「昨日、右京さんたちと飲む前ですから七時すぎでした。原稿を送ったたって連絡をしました」

脇でどんどん知らない話が展開するのに立腹した伊丹が声を荒げた。

「あの、俺らにわからない話をしないでもらえますか？」

「後で説明してやるから」

薫に言われて余計に伊丹は腹を立てた。

その隙に右京は屈みこんで遺体を調べ始めていた。

「血の色にしては鮮やかですね」

右京は遺体の右手を摑み、赤く色づいた指先を示して米沢に訊ねた。

「そうなんです」

うなずく米沢の横から美和子が首を伸ばした。

「インクかもしれません。勝村さん、原稿の書き込みにいつも赤いペンを使ってましたから」

「なるほど、インクの色ですか」

右京は再び被害者の指先を注意深く見つめた。

被害者の名前は勝村繁彦、四十八歳。讃光社の書籍編集部に属するベテラン編集者だった。早速会社を訪れた捜査一課の三人は、編集部のフロアに行き同僚に勝村を恨んでいた人間はいるかと訊ねた。編集部の面々は初めこそ言葉を濁してはいたものの、そのうちに本音を吐き出した。勝村を恨んでいた者など数多《あまた》いる、なにしろ社内でも異端児で通っていて、会社の方針に楯突くことはしょっちゅう、当たる見込みのない企画をごり押ししたり、作家とのトラブルなど数知れぬということだった。特に最近揉めていた作家はいるか、と訊ねると、庄司タケルの名前が挙がった。

「誰だ？　その庄司タケルって」いつものごとく流行りモノに疎い伊丹が芹沢に訊く。

「ベストセラー作家ですよ。『ビター・ラブ』って小説知りません？　もとはキャバクラのボーイで、夜の世界の裏側を書いたブログが人気を呼んで作家デビューした人ですよ」

「その作家と被害者が揉めてたんですか？」

三浦が同僚の編集者に訊ねた。

「三日ほど前でしたか、ちょうど会社にいらしてた庄司先生がえらい剣幕で勝村さんに摑みかかって……」

決してガラがいいとはいえない庄司だが、そのときはヤクザかと思うくらいの迫力で「殺すぞ、てめえ！」と勝村の胸ぐらを摑んでいたという。

「被害者に『殺すぞ』って言ってたんですか？」芹沢が聞き返した。

「庄司先生もなかなか気性の激しい人ですから」別な社員が横から口を挟んだ。

そこへ特命係のふたりが現れた。

「ったく、どこにでも出てきますねえ。おたくらは座敷わらしですか?」

伊丹が皮肉たっぷりに嚙みつく。

「会うと運が良くなるよ〜」薫が茶化すと伊丹が睨んだ。

「とにかく庄司タケルのアリバイ取るぞ」

三浦を先頭に捜査一課の三人が出て行くのを見送ると、薫は「引き続き、よろしくお願いします」と編集部のメンバーに警察手帳を見せた。

「亡くなられた勝村さんは庄司タケルさんの作品を担当なさっていたのですか?」右京が訊ねる。

「担当編集者はあの人じゃありません」

「おや、別の方でしたか」

右京と薫は別の編集部を紹介され、そちらの部屋に赴いた。担当は日高正吾という四十前後の働き盛りの編集者だった。日高に庄司のことを訊ねると、嬉しそうにこう言った。

「庄司先生は時代が生み出した作家です。マーケットはまだまだ広がりますよ」

「その庄司タケルさんなんですが、亡くなられた勝村さんとなにかトラブルになっていたそうですねえ」

右京の言葉に日高は顔を顰めた。

「勝村は血の気の多い男でしたからね。作家との喧嘩はしょっちゅうでした」

「しかし、庄司さんの担当編集者はあなたですよね？」と右京。

「はい」

「つまり勝村さんは、自分と仕事上の接点のない作家とトラブルになっていた、ということになりますよね？」

「なにがおっしゃりたいんですか？」

日高は少々気分を害したようだった。

右京は詫びを入れて、とにかく勝村と庄司との間に揉める原因があったのかどうか、そのとき止めに入ったあなたに訊きたかっただけだと真意を告げた。

「勝村の喧嘩に理由なんかないんですよ」日高は吐き捨てるように言った。「自分が認めない相手には誰彼構わず食ってかかる。そういう男でした。庄司先生が立腹されたのも無理はありません」そこまで言うと、日高は原稿の束を抱えて席を立ってしまった。

「そういえば美和子が言ってましたよ。勝村さんに送った原稿は、いつも真っ赤になって返ってくるって。あちこち手を入れられて、無駄な文章は塗り潰されて。ま、相当厳しい編集者だったみたいですね」

特命係の小部屋に戻り、コーヒーを淹れながら薫が右京に言った。

「美和子さんを認めるがゆえの厳しさだったのでしょうねえ。日高さんのおっしゃっていたとおりです。勝村さんはご自分の認めない相手には、とことん辛辣だったようです」厚い文芸誌に目を通していた右京が、薫に頁を指さした。「今月号の『文芸世界』にコラムを書いていらっしゃいました」

「暇か?」

そこへ隣の組織犯罪対策五課の課長、角田《かくた》六郎が入ってきた。入ってくるなり一直線に食器棚に向かい、勝手知ったる感じでパンダの絵のついた自分のカップを手に取った。

「課長、マイカップを置くのはやめてくださいね」薫が苦情を述べる。

「堅いこと言うなよ」と笑ってごまかした角田は右京を見て「なに読んでんだい?」と訊ねた。

「文芸誌のコラムです。事件の被害者が書いたものですが、とても厳しい意見ですよ」

「なんて言ってるんです?」薫も自分のカップにコーヒーを注いだ。

「『最近の若い作家の中には重厚な小説の書き手が極めて乏しい。庄司タケルの作品に至ってはテーマ性が希薄で、見るべきものはなにもない』、そう述べていますね」

「そりゃ腹も立つわけだ。これを読んだ庄司タケルはカッとなって勝村さんを……」

薫の言葉を聞いて角田が口を出した。

「庄司タケルって、あの『ビター・ラブ』の？」

「おや、課長はご存じでしたか」右京が意外な顔をした。

「うん。流行りものは大体チェックしてんだよ。若い女の子に大人気なんだろ？　いや、読んだわけじゃないけどさ。写真で顔を見ただけ。いい男だねえ。ちょいワルな感じでさ。ありゃ人気出るわな」

「ちょいワルねえ」薫が呟いた。


その後、鑑識課に米沢を訪ねたふたりは、勝村の指先に付着していたのはやはり赤いインクだと教えられた。そしてそのインクによる勝村の指紋は編集部の机やコピー機など数カ所から確認されていることも。

続けて右京は勝村の携帯電話の通話記録を見た。

「美和子さんからの着信が午後七時八分。その後メールで送られてきた原稿を確認して出版社を出た」

「やっぱり庄司タケルのアリバイが気になりますね」と薫。

「その庄司タケルという作家、かなり派手な過去を持ってました」米沢が報告する。

「とおっしゃいますと？」右京が聞き返した。

「キャバクラでボーイをしていたころに傷害で逮捕歴があります。客と喧嘩して、相手の頭をビール瓶で殴ったそうです。興奮するとなにをしでかすかわからないタイプのようですなあ」

「ちょいワルどころじゃないですね。なんでそんな奴が人気あるかなあ」

薫はこの庄司タケルという男に理由のない嫉妬を感じているようだった。

「私の仮説によりますと、訳ありの男性というのは女性の興味をそそる場合が多々あるようです。ある意味、神秘的に見えるんでしょうなあ」米沢が分析する。

「そんなもんですかね?」薫が首を傾げた。

「ただし、同じ訳ありの男性でも、ただの怪しい人間にしか見えない場合もあります。残念ながら、私は後者のタイプのようです」

そう言って米沢は意味深な笑みを浮かべた。

二

右京と薫は庄司タケルの仕事場兼自宅に赴いた。そこは都心の超高層マンションの最上階で、庄司は広いフロアを独り占めにしていた。

「はあ〜、すっごい部屋ですね」

薫が感心して声を上げる。

「アリバイならさっき刑事たちに話したけど?」

一足先に捜査一課の三人がやはり話を聞きに来ていたらしい。

庄司タケルはジップアップのニットに細身の黒いパンツという服装で、坊主頭に派手なピアスという組み合わせともあいまってちょっと見には絶対に作家とは思えない、むしろ夜の街が似合いそうな苦み走った男だった。

「申し訳ありませんねえ。もう一度お願いできますか」右京が頭を下げる。

「明け方まで飲んでた。六本木。女と一緒」

「ちなみに殺された勝村さんとなにかトラブルになってたそうですね？」

薫が訊ねた。

「あいつ、俺を憎んでたんだよ。一方的にね」

「憎んでた？　なぜでしょう？」

右京が問いかけると庄司は「さあ。こういう部屋に住んでるからじゃない？」と言って大きなリビングを横切り窓辺に腰を降ろした。

「どう？　この景色」

庄司は眼下に広がる都会の俯瞰図を顎でしゃくってみせた。

「まさに『空中の楼閣』といった趣ですねえ」右京が感嘆すると、

「いいもんだよ。毎日こうやって世の中を見くだすのは」

庄司が言った。すかさず右京が、

「見くだす？『見おろす』の間違いではありませんか？」

それが作家の言葉遣いに異を唱えたように響いたのだろうか、庄司は右京の顔をじっと睨んで言った。

「見おろしてるうちに、見くだすようになるんだよ。世の中には二種類の人間がいる。人を見くだす奴と、人に見くだされる奴」

「では、殺された勝村さんはどちらだったのでしょう？」

そう口にした右京にフッと笑いかけて庄司はふたりにソファを勧めた。

「俺の小説、読んだことある？」高級そうなソファの背もたれに体を預けて庄司が訊ねる。

「申し訳ない」右京が正直に頭を下げると、

「読まなくていいよ。くだらねえから」意外にも軽く卑下してみせた。

「またまた。すごい人気らしいじゃないですか」薫がご機嫌を取る。それを無視して庄司は続けた。

「俺が昔なんの仕事をしていたか知ってんだろ？」

「たしか接客のお仕事を」右京が答えた。

「そう。キャバクラのボーイ。人を見る目だけは無駄に磨かれたよ」

「小説をお書きになるうえでは役に立つでしょうねえ」

そこで庄司はぐっと身を乗り出して薫の顔を穴の開くほど見つめた。

「ちなみに、あんたは……熱血漢でお人好し。バカ正直で損するタイプ。亭主関白を気取っても、結局は女の尻に敷かれている。当たってる？」

半分驚いた薫は半分憤慨した声で、「いえ、全然！」と首を振った。そんな薫を横から見ていた右京が思わず噴き出した。

「いまどきのバカな女どもが読みたがってる小説も手に取るようにわかるよ。まあ、これからもせいぜい稼がせてもらうよ」背もたれにふんぞり返って庄司が言うと、玄関のチャイムが鳴った。庄司はソファを立ってモニターを見に行った。そこには捜査一課の三人がいた。

「なんだ、さっきの奴らじゃん」鼻で笑った庄司は薫に、「ねえ、出て。俺、あいつら嫌い」と頼んだ。

薫がモニターを覗くと、三人が首を揃えて動物園の猿よろしくレンズをのぞき込んでいる。薫は庄司のひと言が痛快で、モニターのマイクに向かって「捜査一課の伊丹〜」とバカにした声を出した。

——なんでおまえがいるんだよ？

驚いた伊丹が叫ぶ。

「おまえらこそ、もう聞き込みは済んだんじゃねえのかあ？」

——あの、庄司タケルさん、そこにいます？

芹沢が訊いた。

「いるけど、おまえらと話したくないみたいよ」

——こっちは話す必要がある。

今度は三浦が正面に出た。

——アリバイが崩れたんだよ。

「えっ！」そう言われて薫は庄司を振り向いた。

部屋に上がった捜査一課の三人は、昨夜一晩中飲んでいたという六本木の店の防犯カメラの映像には庄司が映っていなかったこと、それどころか庄司の交際相手の女性が、庄司からアリバイを証言するように頼まれたと言っていることを告げた。

「だから女は信用できねえんだよ」庄司は悪態をついてまたソファに身を投げた。

「庄司さん、昨夜は本当はどちらにいらしたのですか？」右京が訊ねる。

「ここで仕事をしていた。働き者よ、俺」

「なんで嘘ついたんですか？」薫が重ねて訊ねると、

「面倒に巻き込まれたくなかった。それに、嫌いなんだよ。あんたら公務員が」

そう言って捜査一課の三人を一瞥した。

その夜、右京と薫、それに美和子はいつものように〈花の里〉に集まった。

「庄司タケル、絶対怪しいですよ」薫が息巻く。

「庄司さんが犯人だったら大騒ぎになりますね。いますごい人気なんでしょう？」たまきが言った。

「嫌な野郎ですよ。もう性格最悪」先ほどから薫はご機嫌斜めである。

「なに怒ってんのさ？」

美和子に訊かれた薫は、昼間庄司に言われたことを思い出し、ますます腹が立った。

「おまえこそ、ちっとは怒れ！　いまになって出版中止なんだろ？　ちょっとひどくねえか？」

「そうですよ。理不尽な話ですよ。ねえ？」たまきも薫に賛同した。

「仕方ありませんよ。まだ契約前だったし、もともと勝村さんがひとりで通してくれた企画でしたから……くよくよしたって始まらないっしょ。明日にでも別の出版社に持ち込んでみますよ」美和子は威勢よくビールのコップを呷った。

「そうね。またすぐにでも次のチャンスが巡ってくるわ」たまきが元気づけると、それまで黙って美和子の原稿を読んでいた右京が、顔を上げて発言した。

「同感ですねえ。読ませていただきました。地道に取材を重ねた、とてもいい原稿だと思いますよ」

「そ、そうですか？」美和子は緊張した声で応えた。

「真実に鋭く切り込みながらも、いたずらに読者の危機感を煽り立てることなく、首尾一貫して理性的な語り口が保たれています」

「すごい絶賛ですね」たまきが手を叩いた。

「右京さんに褒められると自信がよみがえりますね」照れる美和子の傍らで薫が「俺じゃダメなわけね」といじけた。右京が続ける。

「わけても〈エリセ化粧品〉の四国工場に関するレポートは、ぜひとも世に問いたい内容ですね」

「〈エリセ化粧品〉って、あの大手の？」たまきが訊く。

「ええ。業界で屈指の有名ブランドです。だけどこの会社、重大な環境汚染に関与してる疑いがあって」美和子は原稿の内容をたまきに説明した。「〈エリセ化粧品〉の四国工場では機器の洗浄に有機塩素系溶液を使ってるんです。この洗浄液が配管設備のずさんな管理のせいで、何年にもわたって地下にしみ出した可能性があるんです」

「有害物質は地下水の層にまで到達し、水脈に沿って拡散している……そのような仮説がきめ細やかなデータとインタビューによって裏付けられています」右京が付け加えた。

「その汚染、いままで誰も気がつかなかったのか？」薫が訊ねる。

「指摘する研究者もいたんだけど、会社側は根拠が不十分だという理由で関連を否定したの。汚染地域は何キロも離れた村だし、まとまったレポートはいままでに存在しなかったから」

「でも、こういう原稿が出版中止になるなんて」たまきが言うと右京が「残念ですねえ」と続けた。

「片や庄司タケルの本は数百万部の売り上げですよ」薫が恨みがましく言うと、「ま、人気者には敵わないってことですよ」美和子はあっさりと片づけた。

「庄司タケルさんの本読みましたけど、やっぱり若い人向けの内容ですよね？」読書家のたまきが感想を述べる。

「たまきさんには物足りませんか？」と右京。

「そうですねえ。わたしはもうちょっと読み応えのある本が好きだな」

「あなたは案外、難解な小説を好みますからねえ」元夫が明かすと、たまきがやり返した。

「ええ。難解な人と暮らしてましたから」

右京はむせて酒をこぼしそうになった。そんな右京を見て、亀山夫妻は声をたてて笑った。一方たまきはカウンターの棚から本をとり出して、

「これ、すごく目を引く表紙でしょう？　平積みにされてたから思わず手に取っちゃった」

「その装丁の人も、いま売れっ子なんですよ。わたしの本の表紙も、勝村さんがこの人に頼んでたんです」美和子が言うと、右京も興味深げに本を手に取った。扉の裏のクレジットに、「装丁　安藤芳樹」と表示されていた。

三

翌日、右京と薫はその装丁家、安藤芳樹の事務所を訪ねた。安藤はまだ三十代の初めというところだろうか、ばりばりのやり手デザイナーという印象を与えた。

「勝村さんからは何度も仕事を受けてましたよ。とても厳しい方でした」

ふたりに椅子を勧めて安藤は言った。

「今回も『沈黙の森』の装丁を頼まれていらしたそうですね？」右京が訊ねる。

「はい。出版が中止になって残念です。とてもいい原稿だと思いましたから」

「あれ書いたの、俺のカミさんなんですよ」薫が嬉しそうに言った。

「そうでしたか。取材は丁寧で、文章には人を引き込む力がある。感服しましたよ」

「ぼくも同感です」と右京。

「読者に語りかけるように始まる冒頭もなかなか印象的でしたよね。『あなたの子ども時代の記憶に、森は存在するだろうか。緑に包まれた場所は存在するだろうか』」

安藤に続けて右京も暗唱する。

「『その場所で、あなたは何を思い、どんな未来を夢見ただろうか』。たしかに印象的ですねえ」

「勝村さんの最後の仕事です。なんとか出版してほしかったんですが」安藤が肩を落とした。

「その勝村さんのことで、ひとつよろしいですか？」右京が右手の人さし指を立てた。

「どうも作家の庄司タケルと揉めてたらしいんですけど、その原因をご存じないかと思いまして」薫が切り出した。

「それでしたら映画が絡んでたみたいですね」安藤は即答した。「『ビター・ラブ』は来年映画化が決定してるんです」

「その件に関連してなにかトラブルでも？」

訊ねる右京に安藤が記憶をさぐるような顔で答えた。

「一週間ほど前、ぼくが讃光社に行ったときのことなんですが」

廊下で庄司と勝村が言い争っているのを見た。脇には日高もいたのだが、なにやら庄司が、作品の映画化を妨害するなと勝村に訴えているのだ。勝村は「私は自分のすべきことをしているだけだ」の一点張り。ついに庄司はキレて、讃光社では二度と書かない、『ビター・ラブ』の続編はよそから出すと言った……。

「小説の映画化を妨害ですか。なんでまた？」薫が訊ねると、

「さあ、詳しいことはぼくにはさっぱり」安藤は首を傾げた。

警視庁へ帰る途中、ふたりは書店に寄ってみることにした。いくら庄司から読まなくていいと言われたからといって、話題の『ビター・ラブ』の内容をいっさい知らないで済ますわけにもいかない。

書店の店頭には『ビター・ラブ』が山のように平積みされていた。ここでは近々庄司のサイン会が催されるらしく、抽選に当たって整理券をもらった女子高生が嬉しそうに騒いでいた。

「庄司タケルさんの小説は、どんなところが面白いですか？」その女子高生に右京が質問した。

「どんなところって、読めばわかるよね？」

「それ答えになってないじゃん」

「やっぱり？」

「映画もあるしね！」

「超楽しみ～。マジ見るし」

「夏美マスカラも速攻買ったし」

機関銃のように繰り出される最近の女子高生コトバに付いていけない薫が、最後の

「夏美マスカラ」にだけは反応した。

「え？　え？　え？　夏美マスカラって？」

「知らないの？　夏美が使ってるマスカラ」

「えーっと、夏美って誰？」訊ねる薫を、女子高生ふたりはうさんくさそうに見た。

「察するに、小説の中の主人公の名前でしょうか？」脇から右京が助け船を出す。

「そう。これだよ、夏美マスカラ。夏美が彼氏と初デートのときに塗ってくの」ひとりの女子高生が化粧品のポーチからマスカラを出して見せた。

「なるほど。小説の中の主人公が愛用している製品が、実際に若い方の間で人気になっているわけですね」そのマスカラを手に取った右京が感心して言った。

「そう！　それつけてくとマジで両想いになれるって噂だし」もうひとりの女子高生が嬉しそうに言うと、

「マジで？」と薫が応じた。

「マジマジ！」うさんくさいオッサンは、変なオッサンに格上げされた。

右京が手にしたマスカラを薫に見せる。そこには〈ＥＲＩＳＥ〉というロゴが刻まれていた。

「どうもありがとう。大変参考になりました」

右京は丁寧に礼を述べてマスカラを女子高生に戻した。

四

翌日、ふたりは再び讃光社を訪れた。すると受付の隣の打ち合わせスペースで庄司タケルと日高がツーピースにビシッと身を固めた美女と打ち合わせをしていた。テーブルの上には〈ERISE〉のロゴが入った紙袋が見える。ひとしきり打ち合わせを終えたようすで、庄司と日高に見送られて、その美人のキャリアウーマンは席を立った。

「あれ？」右京と薫に、まず庄司が気付いた。

「またあなた方ですか！」日高が鬱陶しそうな声を上げた。

「すいませんね。ちょっとお訊ねしたいことがありまして」薫が作り笑いをした。

「いまの方は〈エリセ化粧品〉の方ですね？」

丁寧なお辞儀をして去っていった女性の後ろ姿を指して右京が訊ねた。

「関係ないでしょう！　いま打ち合わせの最中なんで……」

「まあまあまあ、追い返しちゃかわいそうじゃん」激する日高を庄司が取り成した。

「しかし、先生」日高は納得がいかないようである。

「いいって。俺さ、この人のこと気に入ってんだよね」庄司が右京を指した。

「恐縮です」思わぬ評価に右京は礼を言った。

「キャバクラのボーイなんかしていると人を見る目が無駄に鋭くなるって言ったろ？

だから興味湧くんだよね。たまに見透かせない奴と出会うと」

「褒め言葉と受け取っておきます」右京はニッコリと笑った。

「で、なんの話？」

　庄司に促されて右京が早速用件を持ち出した。

『ビター・ラブ』の中でヒロインは〈エリセ化粧品〉の商品を愛用していますねえ。小説のヒットとともに、同社の製品は売り上げが急増していると聞きました」

「別に宣伝するつもりはなかったんだけどねえ」他人事のように庄司が言った。

「小説が映画化されるにあたって〈エリセ化粧品〉がスポンサーに決定したそうですね。映画とコラボレートした商品の開発も進んでると聞きました。いまの女性は、その件でお見えになっていたのではありませんか？」

「そうだけど？」庄司は右京の真意が摑めずにいた。

「そうでしょうねえ。しかし、もし勝村さんが生きていらしたら映画化はスムーズにはいかなかったかもしれませんねえ」

「どういう意味ですか？」右京の言葉に日高が食ってかかった。

「勝村さんは亡くなる直前、ある本を出版なさろうとしていました。その内容は〈エリセ化粧品〉の安全管理体制に疑問を投げかけるものでした」

「工場のずさんな運営が周辺環境を汚染し、住民に健康被害が出てるってね」薫が補足する。

「そんな本が出版されれば当然〈エリセ化粧品〉はクレームをつけてくるでしょうねえ。映画のスポンサーを降りるとさえ言い出しかねない」

「あなたが勝村さんと揉めていた原因は、それだったんですね？」右京の言葉を受けて薫が庄司に詰め寄った。

一方の庄司はノンシャランと答えた。

「正解。映画化の話がポシャったら俺に入る金も入らなくなる」

「出版を思いとどまるよう、勝村さんに忠告なさったのでしょうか？」

「言ってやったよ。これ以上なめた真似をしやがったら、二度とおたくでは書かないって。それでも、あいつは聞く耳を持たなかった」

「なかなか骨のある編集者だったんですねえ」右京は庄司の目を見た。

「いまじゃ骨だけになっちまったけどねえ」庄司は目を逸らしてうそぶいた。

そこに編集部員が大きな段ボールを抱えてやってきた。勝村のデスクを片づけたら出てきた『沈黙の森』の原稿をどうするかを聞きに来たのだった。

「そんなもの必要ない。捨てといてくれ」日高は言下に言った。

「そうそう。ゴミはゴミ箱に」庄司は手のひらをヒラヒラと翻した。

「じゃあ捨てときます」部員が戻ろうとすると、薫が叫んだ。

「ちょっと待った！　俺が引き取りますよ」

部員に駆け寄り段ボールのなかから原稿を拾い上げた薫に日高は、

「勝手にすりゃいいでしょう」と言い捨てて庄司を促して出て行こうとした。

「おーっと、庄司タケルさーん。ご同行願えますか」

そこへ捜査一課の三人が現れた。

「なんなんだ！　きみたちは」日高はまたパニックに陥った。

「事件の夜、被害者に会ってますよね？」三浦が庄司に迫る。

「目撃者が現れたんですよ」芹沢が薫に耳打ちする。

庄司は大きなため息を吐いた。

「出版社の向かいにコンビニがあるでしょう？　そこのバイトの女性、あんたのファンだそうですよ」

取調室に入れられてもふてぶてしい態度の庄司に、伊丹が皮肉たっぷりの口調で言った。

「事件の夜、出版社の入り口であなたの姿を見たって言ってるんですよ」

取り調べの鬼、三浦が老眼鏡をずらした。

「チッ……見てんじゃねえっつうんだよ」

「事実だと認めますか？」

　悪態を吐く庄司を三浦が追い詰める。

「小説の映画化でもう一儲けしてやるつもりだったよ。なのに、あいつがそれを邪魔した」庄司が口を割り出した。

「それで殺したんですか？」芹沢が訊ねる。

「殺しちゃいねえよ。言ってやっただけだよ。三流ジャーナリストのくだらない本なんて出版するだけ無駄だって。どうせ誰も読みやしねえよ」

　そこへマジックミラー室で一部始終を聞き我慢がならなくなった薫がいきなり入ってきた。そして立ちはだかる伊丹の手を振りほどいて庄司の目の前に先ほど讃光社から奪ってきた原稿の束を叩きつけた。

「おい！　これ読んでみろ」

「あれ？　ゴミはゴミ箱に、じゃなかったのか？」相変わらず庄司が憎まれ口を叩いた。

「勝村さんが必死で世に出そうとしてた原稿だ。こいつがゴミかどうか、てめえの目で確かめてみろ！」

「いいからとっとと出て行けよ！」

　薫と伊丹が揉み合いになり、原稿が床に落ちた。

「いいかげんにしろ！」

三浦の一喝で、ひとまず場は落ち着いた。そこへ右京がすっとしゃがみ、原稿を拾った。そして冒頭からぱらぱらと頁をめくり、

「妙ですね」と呟いた。「ぼくの読んだ原稿と文章が微妙に変わっていますね」そしてなにかを思いつき、「行きましょう」とさっさと取調室を後にした。なんのことやらさっぱりわからない薫が後を追いかけると、残された捜査一課の三人は顔を見合わせた。

一方の庄司は首を傾げて、

「やっぱりわかんねえな、あの人」

と呟き、ニヤリと笑った。

五

右京の疑問を解消するため、ふたりは美和子に連絡をとって亀山邸に集合した。

「これで全部です。日付順に並べました」

美和子は『沈黙の森』のこれまでの原稿を、リビングの床にずらりと並べた。

「こちらが最初に書かれた原稿。その後、何度も推敲を重ねたわけですね？」右京がその赤字をひとつひとつ確認しながら訊ねた。

「はい。七回書き直して、これが最後のものです」

それが先日〈花の里〉で右京が読んだ原稿だった。取調室で右京が拾い上げたもの、

すなわち勝村のデスクにあった原稿はその前の段階のものだった。

「最後の原稿を勝村さんに送ったのが十一月二日。すなわち事件のあった日。送信時刻はわかりますか？」

「午後七時すぎです。送ってすぐ勝村さんに電話しましたから」

「そして、その数時間後、彼は殺された」

「あのう、一体なに調べてるんですか？」

先ほどから右京と美和子のやりとりを脇で聞いていた薫が、しびれを切らしていた。

「やはり、原稿が犯人を教えてくれました」

昼間に取調室で得た直感を、右京は確かめたようだった。

翌日、右京と薫は讃光社に寄った後、安藤のところを訪ねた。

「今度はまたどういったご用件ですか？」仕事を中断された安藤は、この間に比べると少し不機嫌そうに見えた。

「実は、折り入ってお願いがありまして」右京が丁寧に頭を下げる。

「今日は作品を見せてもらいたくて来たんですよ」

薫の申し出に安藤は意外な顔をした。

「作品というと？」

「あなたが『沈黙の森』の表紙のためにお描きになった絵です」

右京の言葉に安藤はわずかに顔を強ばらせた。

「森の中をホタルが飛んでいる絵だったそうですね。美和子もすごく気に入ってたみたいですよ」

「あれだったら勝村さんに渡して」そう言いかけた安藤の話の腰を右京が折った。

「その後、取りに行かれたとばかり思っていました。讃光社の方がおっしゃってましたよ。事件の翌朝、あなたがお見えになって勝村さんのデスクから絵を持っていかれたと」

「ああ……そういえばそうだったかな」安藤は曖昧にうなずいた。

「その絵、見せてもらってていいですかね？」

薫が依頼すると、安藤は「捨てました」とあっさりとはねつけた。

「おやおや。せっかくお描きになった絵を捨ててしまわれた？」

「出版が中止になった以上、もう必要ありませんから」

「仕方ありませんねえ。あ、ちょっとお部屋を拝見しても構いませんか？」言いつつ右京は戸惑う安藤の肩越しにオフィスの奥の方を覗き見た。「装丁家の方の仕事場など、なかなか見ることができませんからねえ」

「どうぞ、ご自由に」

安藤の許可を得て、ふたりは仕事場のあちこちを見て回った。パソコンの他に、水彩画の道具、紙類、印刷所から来た色校正……右京は机まわりを熱心に見た。一方薫はショーケースに並んだカメラに目を引かれたらしい。

「手描き、写真、パソコンのデザイン、いろいろですよ。原稿を読んで、その都度、沸き起こったイメージを大切にしてます」

安藤はふたりに説明した。

「では、美和子さんの原稿をお読みになったときはホタルのイメージが湧いてきたわけですね？」

右京のその質問は安藤の壺にはまったらしく、明るい声で応えた。

「環境汚染によって姿を消したホタルがパッと頭に浮かびました。ホタルの群れに森の再生への願いを込めよう、そう思ったんです」

「あ、森で思い出しました」右京は手を叩いた。「先日あなたは、われわれの前で原稿の冒頭を口にされました。『あなたの子ども時代の記憶に、森は存在するだろうか。緑に包まれた場所は存在するだろうか』」

「それがなにか？」

「どうして冒頭の文章をご存じだったのでしょう？」

「どうしてって、それは原稿を拝見して……」

右京の質問の意味を測りかねて、安藤は一瞬言葉を飲み込んだ。

「無論そうでしょうねえ。しかし、不思議です。あの一節は最後の原稿で初めて書き加えられた文章でしたよ」

「最後の原稿？」安藤は意味がわからないまま聞き返した。

「ええ。美和子さんは『沈黙の森』の出版にあたり、文章の推敲を重ね、七回ほど原稿を書き直しています」

右京の説明に薫が補足した。

「あなたが口にした冒頭の一節は、最後の手直しのときに初めて書き加えられたものだった。つまり、それ以前の原稿には書かれていない文章だったんです」

安藤の息がにわかに荒くなった。少しずつ自分が置かれている状況が見えてきたようだった。

「ちなみに、美和子さんが最後の原稿を書き上げ、勝村さんにメールで送ったのが事件の日の午後七時すぎ。そして勝村さんのパソコンにメールの転送記録はありません」

安藤の額に汗が滲んでいた。右京は後ろ手を組んで安藤のまわりを歩きながら続けた。

「安藤さん。あなたが冒頭の文章を知っている理由は、ただひとつ。事件の日の午後七時以降、彼に会い、彼の手から原稿を受け取ったからです。しかし、ここで疑問です。あなたはなぜ、その事実をわれわれに黙っていたのでしょう？」

「たとえ会っていたとしても、それがあの人を殺した証拠にはならない」

安藤は最後のよりどころにしがみついた。

「ええ。おっしゃるとおり」

「第一ぼくには動機がありません。あの人を殺すという動機が」

わずかに勢いづいた安藤を見て、右京が合図した。

「亀山くん」

薫が一枚の絵を取り出して安藤に見せた。それは森の中に赤い点がぼわりと浮かんでいる不思議な色使いの絵だった。

「この絵ですね？　あなたが出版社に取りに行ったのは」右京が言った。

「どうしてこれが……」

「よく見てください。原画じゃありません。カラーコピーですよ」安藤の疑問には薫が応えた。それは出版社のコピー機の残存データから復元したものだった。讃光社には仕事がら最新のコピー機が導入されていた。それは自動的にバックアップの取れるものだった。「これがコピーされたのは事件があった日の午後九時すぎ」

「しかし、この絵、妙じゃありませんか？」右京が薫に訊ねた。

「ええ。ホタルの光ってふつう黄緑色ですよね？　なのに、これはどうして赤いんでしょうか？」

「やめろ」芝居がかったふたりのやり取りを聞きながら、安藤の顔からは次第に血の気がひいていた。

「美和子さんが見た原画ではホタルは黄緑だったそうです」右京が言った。

「もしかして誰かがホタルを赤く塗り潰した?」薫が問いかけた。

「やめろ!」とうとう我慢がならなくなった安藤は、叫び声を上げた。

「勝村さんの遺体の指先には赤いインクが付着していました」

安藤は右京の言葉はそっちのけで薫の手からカラーコピーを力ずくで奪い取り、乱暴に破り捨てた。そしてその場にうずくまった。

「ホタルを赤く塗り潰したのは勝村さんだったんですね」

そんな安藤を見おろして、薫が言った。

「そうです……あの人です」

「勝村さんはあの晩、出版社で美和子さんからのメールを受け取り、原稿をプリントアウトして目を通した。その後、あなたから預かっていた表紙の原画に無断で手を加え、その絵のカラーコピーをとった。彼は原画を会社に残し、カラーコピーと原稿を持って、あの晩遅く、この事務所を訪ねました」

右京があの夜の経緯をたどってみせた。

「あの人が作品に勝手に手を加えることは、いままでもしょっちゅうありました。悔しかった。いつか認めさせてやる。ぼくはずっと、それだけを思い続けてやってきました」

「しかし、彼はあなたを認めなかったわけですね？」

安藤はこくりとうなずいた。

「勝村さんは自分の仕事に信念を持っている人でした。でも、他人の仕事を見くだしてたんだ」

あの夜……『沈黙の森』の原稿を持ってきた勝村は安藤にもそれを見せた。安藤が正直に最大級の誉め言葉を口にすると、勝村は嬉しそうに笑った。そこまではよかった。ご機嫌の勝村は、表紙もインパクトのあるものにしたいと思うと前置きして、バッグから安藤の絵のカラーコピーを取り出した。しかしそれは安藤の渡したものではなかった。森から黄緑色のホタルの光が浮かび出ているようすを描いたいくつもの丸が、すべて血のように赤いインクで塗り替えられていたのだ。

——どうだ？　こっちのほうがずっと印象に残るだろ？

勝村はそれがどれだけ安藤を傷つけることか、一向に気付かないようだった。「またですか。また、ぼくの作品を勝手に」いつものことながら、そう不満をぶつけた安藤に勝村は言った。

——きみの絵はどうも地味でな。もっと毒々しい感じがほしかったんだよ。

——毒々しいって……ぼくはホタルの淡い光に森の再生って願いを込めたんです。いつかホタルが森に戻ってくるっていう日をイメージして……。

——わかった、わかった。いつか埋め合わせはする。とにかく今回の表紙はこれでいこう。全体的なデザインに取りかかってくれ。

いつもならここで安藤も引き下がったかもしれない。けれども今回だけは、決して譲れない意地が安藤に芽生えていた。

——ちょっと待ってください！　ぼくはまだ納得してません。

勝村の手から絵を奪った安藤は、それをクシャクシャに丸めて捨てた。

呆れた勝村は、

——コピーで良かったよ。原画だったら一大事だった。

どこ吹く風の勝村に、安藤は一矢報いたくなった。それで『ビター・ラブ』の装丁のことを持ち出したのだった。その本が二百万部を突破したこと、自分の装丁がそれに貢献したこと、それで名前も少しは知られるようになったこと……。しかし勝村は軽蔑した目で安藤を見て、こう言った。

——なんだ。きみも庄司タケルと同じだな。万人に受けるものをそつなく作って、それが受け入れられて満足してる。世の中に嫌われるのが怖いんだ。

——違います！　ぼくはただ実績を積みたかった。あなたに認めてほしくて。

――勘違いするな！　きみの代わりなどいくらでもいる。文句があるなら、きみとはこれっきりだ。

怒った勝村はそう言って出て行こうとした。そこまでなら、それで終わったのなら、もしかしたら安藤は堪えたかもしれなかった。けれども部屋を出て行く瞬間に勝村が漏らした言葉。それだけは許せなかった。

――表紙なんて所詮お飾りだろ。

それを聞いた途端、自分が自分で制御できなくなってしまった。安藤はデスクの上のガラス製の大きな灰皿を手にして、勝村を後ろから殴りつけた。倒れた勝村に馬乗りになって、頭を滅多打ちにした……。

「あの人に認めてほしくて、ただ認めてほしくて……それが叶わなくて殺してしまった」安藤は涙声で訴えた。

「勝村さんを殺害した後、あなたは死体を運んで空き地に捨てた。そして翌朝、まだ事件が明るみに出る前に出版社に原画を取りに行った」右京が後を続けた。

「残念ですよ。あなたが犯人だったなんて。美和子の原稿を認めてくれたあなたが犯人だったなんて」それは薫の本心だった。

「申し訳ありません。彼女のチャンスを、この手で潰してしまった」

「それどころか、あなたはご自分の人生まで潰してしまいましたね」

右京のひと言に、安藤は号泣した。

六

「そうですか。真犯人が逮捕されましたか」

翌日、鑑識課に報告に行くと、米沢はさわやかに応えた。

「復元してもらったコピーが決め手でした」薫が言うと、

「いつもご協力感謝しています」右京も頭を下げた。

「でも、なんかこう、すっきりしないんですよね」薫が首をポキポキ鳴らしながら言った。

「はい？」右京が聞き返す。

「美和子が言ってたんですけどね、本を出せないことよりも〈エリセ化粧品〉を糾弾できないことのほうが悔しいって」

「美和子さんらしい言葉ですねえ」

「らしいですな」右京の感想に米沢も賛同した。

「あちこち出版社を回ってるみたいですけど、まだ契約してくれるとこがなくて。これじゃ殺された勝村さんも浮かばれませんよね」

残念ですな……と言いながら米沢が片付けようと何気なく手にした今回の事件の資料

に、右京が目を留めた。

「それは庄司タケルさんの傷害事件のデータですか？」

「ええ。一応プリントアウトしたんですが、もう必要なくなりましたね」

「ちょっとよろしいですか」

右京の勢いに気圧された米沢がそのファイルを渡す。

「亀山くん！」

右京は資料の中の本籍地の欄を指さしていた。

ふたりは思わず、顔を見合わせた。


数日後、右京と薫は東京プリンセスホテルに来ていた。ここで間もなく映画『ビター・ラブ』の製作発表が行われるのだった。ふたりは会見が始まる前に庄司タケルを呼び出した。

「疑いは晴れたんだろ？」庄司はほとほと呆れ果てた顔をした。

「庄司さん。あなたにお渡ししたいものがあります」右京が言うと、薫が『沈黙の森』の原稿を庄司の目の前に突き出した。

「読んでみろ」

庄司はもう嫌気がさしたとばかりに、

「しつこいね、おたくらも」

と身を逸らしたが、右京がそれをとどめて言った。

「お読みになるべきだと思いますよ。あなたご自身のために」

「俺のため？」

「あんたはこの原稿を潰そうとしてたんだ」

薫が睨みつけると、右京はニンマリと笑い、

「それでは、ご健筆を」とお辞儀をした。

去っていくふたりの背中をしばし見ていた庄司は原稿をめくり始めた。読むつもりはさらさらなかった。けれどもある一点で指が止まり、そこからは先を追わずにおれなくなった。


製作発表の会場はマスコミ陣で溢れていた。映画関係、芸能関係はもちろんのこと、今回はスポンサー〈エリセ化粧品〉とのタイアップで映画と商品マーケティングを直結させるという新しい試みもあり、産業界、経済界の報道陣も押しかけていた。

壇上には映画プロデューサー、監督、ヒロイン夏美役のナナエ、そして原作者の庄司タケルといつか讃光社ですれ違った〈エリセ化粧品〉の美人担当者もいた。

まず司会者が主人公の夏美役のナナエに話を振った。

「庄司先生の大ファンなので今回の夏美役、すごく張り切ってます」

まだ十代とおぼしきタレントは舌足らずに答えた。

「ナナエさんは今後〈エリセ化粧品〉のキャンペーンガールも務めるそうです。ではその〈エリセ化粧品〉広報部の早乙女佳子さんにお話をうかがいましょう。〈エリセ化粧品〉では今回この映画とコラボレートした製品を売り出すそうですね」

司会者に紹介されて美人担当者がマイクを握った。

「はい。十代、二十代の女性をメインターゲットに斬新なラインナップを発表する予定です」

ひとしきりタイアップの宣伝があった後、司会は会見のクライマックスという感じで庄司に話を振った。

「先生、ご自身の小説が映画化されるにあたって、いまどんなお気持ちですか?」

マイクを握った庄司はいつもの不敵さを欠いていた。

「あの……その前にひとついいかな。次回作の話なんだけど」

驚きの表情を見せた司会者は、会を盛り上げる格好の材料が飛び込んできたと満面の笑みで言った。

「みなさん、これは嬉しいサプライズです。庄司先生から早くも次回作の発表があるようです。もちろん『ビター・ラブ』の続編ですね?」

「続編じゃない。次回作では、俺の少年時代を書こうと思う」

そこで庄司はマイクをスタンドからはずし、訥々と語り出した。

「俺の田舎は四国のど田舎でね。なんにもない村だったけど、ホタルがたくさんいて、景色だけはきれいだった。だけど、俺が中学生のころ、なにかがおかしくなった。突然、森からホタルが消えた」

会場を埋めた報道陣は一風変わった庄司のプレゼンテーションに戸惑いを感じ始めていた。

「それから何週間かして、あれは夏の終わりだったかな、朝起きたら体がだるくて、首あたりにひどい湿疹ができてなかなか治らなくて……俺だけじゃなかった。似たような症状に苦しむ人間が村に何人も現れた」

スポンサーである〈エリセ化粧品〉の幹部がざわざわと動き始めた。司会者は言葉を挟みようもなく、ただうろたえた。

「当時みんなで役所に訴えたよ。森でなにかが起きてる。調べてくださいって。だけど公務員ってのは冷てえもんだな。結局はなにも調べちゃくれなかった。そのとき思い知ったよ。貧乏な村の貧乏な人間は世の中から見くだされるんだって」

やっと見えた話の継ぎ目を捉えて司会者が割り込んだ。

「では先生、そろそろ映画のお話を……」

けれども、庄司の次のひと言が決定的に会場を騒然とさせた。

「やめるわ」

「はい？」司会者は耳を疑った。

「この映画やめる。悪いけど、全部白紙に戻してくれ」

そして〈エリセ化粧品〉の担当者に向かって、

「あ、コラボ商品の発売ももちろん中止だから」

と言って席を立った。会場中が慌てふためくなか、壇上の長机の後ろを通って退場しようとした庄司が、一瞬振り返って主役のナナエに『沈黙の森』の原稿を渡し、

「悪いけど、これコピーして報道陣のみなさんに配って」と言った。

戸惑うナナエとざわめきかえる会場を後に、庄司はすたすたと出ていった。

その一部始終をホテルの前に設置された大型モニターで見ていたふたりは、無言で顔を見合わせた。

「亀山くん。蕎麦でも食べて帰りましょうか」

「いいですね」

街には心なしか一瞬だけさわやかな風が吹き抜けた。

第八話

「正義の裏」

一

大内機械工業は先端技術を生かした精密機械の製造でその名を知られた会社だった。そこになんの前触れもなく爆破予告の電話が入ったのである。変声機を通したような声で犯人は一方的に告げたのだった。

——敷地内に爆弾を仕掛けた。爆破されたくなかったら、二十億円を用意しろ。冗談だと思うなら、三階西側の男子トイレを見てみろ。

電話の内容はすぐに社長の大内貴明に伝えられた。三年前に先代の創業社長の跡を継いで以来、強引なワンマン経営ぶりを発揮していた二代目社長は「くだらん」と一笑に付した。しかし、三階のトイレからノートパソコンが発見されたことで事情が変わった。パソコンは社内にめぐらせてある無線ＬＡＮでつながっているのか、社長の目の前で犯人の声明文のようなメールを受信したのである。

——これより、爆発のデモンストレーションを行う。

次の瞬間、敷地の奥にある研究所のほうから爆発音が聞こえた。追いかけるようにして、非常ベルがけたたましく鳴り響く。パソコンの声明どおりに爆発が起こったのだ。だがデモンストレーションの言葉に偽りはなく、研究所の備品倉庫に少量の爆発物が仕掛けられただけだった。しかし、運悪く廊下で蛍光灯の交換作業中だった女性清掃員が爆発に巻き込まれた。至近距離で爆風を受けたために負傷し、一命は取り留めたものの入院を余儀なくされた。同じ建物でミーティングを行っていた研究員たちには被害はなかった。

驚愕する大内社長をあざ笑うかのように、ノートパソコンが再びメッセージを表示した。

――次は本番だ。大惨事を防ぎたければ二十億円を用意しろ。

同時に犯人はマスコミに「正義の名のもとに、大内機械工業に罰を与える」という声明文を送っていた。このため一気に騒ぎが大きくなってしまったのだった。

警視庁はただちに「大内機械工業爆破事件捜査本部」を置き、内村完爾《かんじ》部長以下、刑事部総出の捜査網を敷いた。現場指揮官にはＳＩＴ（特殊捜査班）班長の吉岡琢磨が選任された。

大内機械工業に急行した吉岡はさっそく社長の説得を試みたが、大内貴明という人物はこの期に及んでもなかなか首を縦に振らなかった。

「無茶だ。工場をストップさせたら、どれだけの損害が出ると思っているんですか」

「ご理解ください」吉岡が堅物の経営者に願い出る。「いまは爆発物を探すことが先決です」

社長室に険悪なムードが漂った。この傲岸不遜ともいえる性格で、大内貴明は多くの社員をリストラし、取引先も切ってきたという。二代目社長を恨む人物は数え切れないほどいるらしい。今回の騒ぎも身から出た錆ではないか、と吉岡が下唇を噛む。

そのとき置きっぱなしにしていたノートパソコンにメールが着信した。

──二十億円は正午までに用意しろ。受け渡し方法は、追ってメールで指示する。

「二十億なんて冗談じゃない」

大内が吐き捨てたとたん、次のメッセージが届いた。

──おまえたちの姿は見えている。妙な真似をすれば、ただちに爆弾を作動させる。

ノートパソコンには内蔵カメラがついていた。どうやら犯人はこのカメラでこちらのようすを監視しているらしい、と吉岡は苦々しく思った。

大内を別室に移動させ、吉岡は今一度説得した。マスコミもすでにこの事件を知っており、支払いを拒否すれば世論が黙っていない。大内は最終的にそう考えて、なんとか折れた。そして、正午までに二十億円を用意するよう、苦渋の顔で秘書に命じた。

取引先の銀行に無理を通し、すみやかに二十億円という巨額の金が集められた。捜査員たちが手分けして一万円札に特殊な塗料でマーキングする紙幣採証作業を行っていると、次のメールが着信した。

——二十億円をすべてダイヤに換えろ。一カラット以上の裸石で揃えること。

犯人の要求は吉岡からすぐに捜査本部に伝えられた。意表をつく犯人からの要求に内村が顔を歪めて悔しがっていると、背後からそっと杉下右京が近づいていった。庁内を賑わせている爆破予告事件に興味を持った特命係のふたりは、そっと捜査本部に紛れ込んでいたのである。

「お取り込み中のところ失礼します。ダイヤの受け渡し方法について、ある可能性を思いついたものですから」

しかし右京の申し出は「特命の出る幕じゃない」とむげに退けられた。

「右京さん、ある可能性ってなんですか？」

上司の背中にぴったり寄り添っていた薫が気にした。右京は含み笑いをしたまま、

「ごく小さな可能性です」と受け流し、内村から離れていった。

しばらくして、またも吉岡から連絡があった。犯人からの新たなメールが着信したのだ。吉岡が読み上げる声がスピーカー越しに室内に響く。

——メールの文面は、「社長の大内に告ぐ。午後三時にこのPCとダイヤを持って、北羽駅前広場へ行け。ダイヤに発信機などを仕掛けた場合は、爆弾を作動させる」となっています。

それを聞いた内村が捜査員たちに号令をかける。

「直ちに駅前の現場に急行！」

捜査本部に詰めていた刑事たちが気を引き締めて、室外に飛び出していった。薫も慌てて後を追おうとしたが、右京が引き止めた。

「その前に用意しておきたいものがあります」


二十億円相当のダイヤはなんとか間に合い、大内はそれとノートパソコンを持って北羽駅へと向かった。犯人には知られないよう襟元に隠す格好で、吉岡から隠しマイクも渡されていた。駅前広場のベンチに座り、膝の上にパソコンを広げて周囲を見渡す。広場のそこかしこに刑事と思われるスーツ姿の男の姿がある。きっと通行人に扮している捜査員もいるのだろう。街路樹脇に停められたスモークガラスのワゴン車の中では吉岡が待機しているはずだった。

と、パソコンからメールの着信音がした。

——駅北側、千奈利ビルの屋上にひとりで行け。他の人間がいたら、取引は中止する。

大内が指示された北の方角を見上げると、屋上に「千奈利ビル」と看板の出たビルが目に入った。築年数が古く、老朽化が進んでいる。ビルの入り口まで移動し、どこで監視しているのかわからない犯人に気取られないよう、小声でトランシーバーに吹き込む。

「私ひとりにしてください。犯人の命令です」

北羽駅前広場では捜査一課の伊丹憲一、三浦信輔、芹沢慶二の三人も大内を見張っていた。吉岡からくれぐれも慎重に行動するように指示を受けた捜査一課の刑事たちは、大内がひとりで千奈利ビルに入るのを見届け、そっと裏口から同じビルに入った。

同じく駅前広場に詰めていた右京は伊丹たちの行動を目にして素早く周囲のビルを見回すと、千奈利ビルよりも高い隣のビルに向かった。もちろん薫もそれを追う。

千奈利ビルの屋上スペースはエアコンの室外機などが乱雑に立ち並んでいるため、足の踏み場もあまりないほど手狭だった。非常階段を上ってきた伊丹たちがドアを細く開けた隙間からのぞくと、大内がしゃがみこんで、なにやらやっているのが見えた。しかし乱立した室外機に視界を邪魔され、手元はまったくうかがえない状態だった。

一方、隣のビルの屋上からは、大内の動きを薫がハンディ・ヴィデオカメラで撮影していた。右京が用意しておきたいものと言ったのが、このヴィデオカメラだったのだ。撮影しながら、まったく先の展開を読むのに長けた上司だ、と薫は舌を巻いていた。

だが、さすがの右京も事態を読みきれていない部分があった。こちらのビルからも室外機としゃがんだ大内の背中しか見えず、手元までは見通せなかったのである。なにか箱のようなものが置いてあり、大内はその箱の上蓋を開けたり閉めたりしているようだった。

突然大内が箱を抱えて立ち上がり、蓋を大きく開けた。すると箱の中から一斉にいくつかの影が飛び出した。

「亀山くん、鳩です！」

右京が興奮して叫ぶ。薫は慌ててカメラを一羽の鳩に向けた。

千奈利ビルの屋上出入口から同じく鳩を確認した捜査一課の三人は、大急ぎで大内に駆け寄った。箱を抱えたまま呆然と立ち尽くす大内の傍らで、パソコンがメールを受信した。

――ダイヤを確認したら、爆弾の場所を教えてやる。

鳩にはあらかじめ袋が結わえ付けられており、ダイヤはすべて大内の手によってその袋に移されたという。かくして、二十億円相当のダイヤは大空に消えたのだった。

二

薫が撮影した鳩の映像はすぐに鑑識課に回され、米沢守によって分析された。鳩の画像をコンピューター画面上で確認しながら、米沢が感嘆の声を上げる。

「驚きました。犯人が鳩を使うなど、よく予想できましたね」

右京が満更でもなさそうな顔で解説する。

「一九八三年にイギリスで発生したある誘拐事件を思い出したものですから。その事件でも身代金がダイヤで要求され、受け渡しに伝書鳩が使われたものの、犯人の用意した鳩には伝書鳩協会の足環が付いていました。それをもとに飼い主が特定され、犯人逮捕に至ったという事件です」

「ちょっと間抜けな犯人ですね」

薫がそう評したのを聞き、米沢が口を挟む。

「こちらの犯人はそう間抜けではなさそうですね」画面いっぱいに拡大された鳩の画像を見ながら、「飼い主の特定に繋がるようなものは発見できませんでした」

右京は仕方なさげに、「この画像のコピーを捜査本部に渡しておいていただけますか」

「かしこまりました。本部は目下煮えくり返っているようですよ」

「いまのところ犯人の圧勝ですからね」

「それだけではありません」と、米沢は肩をすくめて、「犯行に使用されたパソコンを科捜研で調べたところ、メールの着信が皆無だったことがわかりまして」

米沢の思惑どおり、薫が興味を示す。

「え、どういう意味ですか？」

「つまりですねえ、犯人が使用したパソコンは、あらかじめ決められた時間になると、メールの着信音とともに文面が現れるように設定されていたんです。内蔵カメラもただのフェイクでした」

あきれる薫の背後で右京が感想を述べる。

「捜査員たちを牽制するための細工。賢い犯人ですねえ」

「完全に踊らされていたわけですか」

米沢は薫にうなずきながら、「一課は現在、関係者の中に伝書鳩を飼っている人物がいないかどうか、躍起になって調べています」

「あ、そうだ」と薫。「で、爆弾は見つかったんですか？」

「それが一向に見つからず、犯人からも連絡がありません」


捜査員たちが夜通し金属探知機で爆弾の所在を確認しているころ、右京と薫は行きつけの小料理屋〈花の里〉に腰を落ち着けていた。今日一日の首尾を夫から聞いた、やはり常連客である亀山美和子が慰めるように言う。

「せっかく撮影したのに残念だったね」

「ああ、飼い主特定に繋がる手掛かりはなし」

「ま、鳩なんてみんな同じに見えるしねえ」

そんな夫婦の会話など耳に入らないようすでひとり考えこんでいる右京に、カウンターの中から女将の宮部たまきが酌をする。

「たまには他人の知恵を借りてもいいんじゃないですか？」

右京は猪口を差し出しながら、「鳩に詳しい人ですか？」

「ええ」

元妻であるたまきが嫣然《えんぜん》と微笑むのを見て、右京はなにか思い出したようだった。

「そういえば、現代のように通信手段が発達する以前、新聞社の記者は事件現場から原稿を送るのに伝書鳩を用いていたとか。どこの新聞社にも立派な鳩舎があったと聞いた覚えがあります」

このひと言に、元帝都新聞社会部記者だった美和子が食いついた。

「伝手《つて》を当たってみましょうか？　帝都新聞にも昭和三十年代まで鳩係がいたんです。そのOBたちが退職後、伝書鳩の愛好会を作ったって聞いたことがあります」

右京のメタルフレームの奥の瞳が輝きを帯びた。

「その愛好会の連絡先を調べていただけますか？」

亀山美和子は行動の人である。その夜のうちには伝手を頼って伝書鳩愛好会の連絡先を調べ、それを右京に伝えた。

杉下右京もまた行動の人である。教えられた連絡先にすぐに一報を入れ、翌日の午前中には会長宅への訪問の約束をとりつけた。

薫が撮影した伝書鳩の映像を見た愛好会会長、小峰利夫が思わず賞賛の溜息を漏らした。

「こりゃあ、いい鳩ですなあ」

「映像だけでわかるんですか？」

薫が鳩のように目を丸くすると、小峰の愛好会仲間である中川光信が快活に笑った。

「ある程度はわかりますよ。第一、羽ばたきが大きい。尾羽の開きにむらはないし、翼と胴体の均整もとれてる」

小峰が中川の意見に首肯しながら、「年齢は二、三歳ってとこですかな」

右京が会話に加わった。

「この映像をもとに、飼い主を特定することは可能でしょうか？」

「飼い主ですか……」小峰は考え込み、「さすがにそれは難しいでしょう。まあ、レース鳩の血統であるのはたしかでしょうがねえ」

「鳩にも血統とかあるんですか？」

素朴な質問を放つ薫に小峰が説明する。

「もちろんです。血統、飼育、訓練の三つがそろって、レースで優勝できる鳩になると言われています」

映像をつぶさに見ていた中川が声を上げた。

「もしかしたらこの鳩、中野五三八号の血統かもしれません。よく見ると、翼のところに灰色の斑点のようなものが混ざっているんですよ。あの血筋の鳩はこれが特徴なんです」

指摘されて薫も見直したが、どれがその斑点だかわからない。しかし、右京はちゃんと理解したようだった。

「同じ系統の鳩を飼っていらっしゃる方は全国に何人ほど?」

「さあ、見当もつきませんねえ」

中川は首をひねったが、小峰は「いや、あの人ならわかるかもしれない」と、城南大学名誉教授の名を告げた。

ということで、ふたりはすぐに城南大学に向かった。鳥類学研究室を訪れると、知性と教養をたたえた温厚そうな風貌の老人がふたりを迎えた。この人物こそ、小峰が挙げた脇田勝彦名誉教授だった。

薫が持参した映像をじっくり見たうえで、脇田は慎重な口ぶりで言う。

「たしかに中野五三八号の子孫という可能性はありますが、翼の斑点は南部系統の鳩にも見られますから……」

「断定はできませんか」右京は脇田の話の結論を汲み取って、別の質問をする。「教授は中野五三八号系の鳩を飼っていらっしゃるそうですが、この血筋の鳩は現在何羽ほど存在するのでしょうか？」

脇田はすっかり地肌が露わになった頭頂部を撫でながら、「ちょっと把握できませんね。伝書鳩ブームのころに、私も随分人にひな鳩を分けたものです」

「その相手は覚えてらっしゃいますか？」

薫が身を乗り出すと、脇田は目を細めた。

「全員はとても……。なにしろ愛好家の多い時代でしたから。いまではすっかり廃れてしまいましたが」脇田は近くの書棚から『鳥類学研究体系第三巻』という分厚い本を引き出しつつ、「レースの帰巣率も低下していますし、寂しいものです」

さりげなく出てきた専門用語に右京のレーダーが反応する。

「帰巣率の低下ですか？」

「ええ、迷子になって野生化してしまう鳩が増え、問題になってるんです」

「なんか理由でもあるんですか？」

名誉教授は門外漢の薫にもわかるように易しい言葉遣いで、「高層ビルの増加が原因と指摘されていますが、詳しい原因はわかっていません。そもそも、なぜ鳩が自分の巣に戻ってくるのか。それも科学的には解明されていないんです」

そう言うと脇田は分厚い本を小脇に携えたまま、「いまから研究会があるので」と立ち上がり、研究室の外に出た。特命係の刑事たちも廊下に出ると、礼を述べて辞去した。

三

鳩のほうの手掛かりは途絶えてしまった。捜査の指針を失ったと嘆く薫を引き連れて、右京は大内機械工業を訪問した。迷わず第三研究棟という建物を目指す。そこは爆破された備品倉庫の入った研究棟だった。入り口に掲げられた建物の見取り図の前で右京は足を止めた。

「鑑識課で現場の見取り図を見たときからぼくが気になっていたのは、会議室の場所です。爆発があった時刻、研究員がミーティングを行っていたのは三階東側の隅」右京が見取り図上でその場所を指し示す。その指を動かしながら、「そして、爆発があったのが一階西側の備品倉庫。なにか気がつきませんか？」

「ふたつの部屋は同じ建物内で最も離れた場所にありますね。でもそれがなにか？」

「果たして偶然でしょうかねえ」含みのある口ぶりで言うと、右京は手を背中で組んだ。「例えば犯人は、あえてミーティングが行われている部屋から最も離れた場所に爆弾を仕掛けたとは考えられませんか」

「なんのために？」

「研究員の安全を確保するためです」

薫も右京の言わんとする意味に気付く。

「内部犯って意味ですか？」

「ひとつの仮説ですが、犯行に使われたパソコンは決められた時刻に文章が現れるように、あらかじめプログラムされていました。屋上の伝書鳩もあらかじめ置かれていた。となると、犯人が当日すべきことは、大内機械工業への最初の電話だけだったはずです」

薫は上司の指摘を一語ずつ嚙みしめながら、「つまり、ほんの少し周りの目を盗めば、この建物の中にいても犯行は可能だった」

「この仮説が正しいとすると犯人は……」

生徒を正答に導く先生のように、右京が薫に語りかける。薫も正答にたどりついた。

「昨日ミーティングが行われることを知っていた人物ですね！」

ふたりはまず研究チームのリーダーである南れい子という人物にアタックした。薫がミーティングはいつ決まったのかと訊くと、れい子は悪びれずに答えた。

「いろいろ懸案事項があったもので、臨時に開きました」

「臨時のミーティングだったんですか？」

ショートカットの髪を揺らして正直にうなずくれい子に右京が問いかける。

「つまり、あなたがミーティングを設定された？」

「一応、リーダーですから」

「失礼を承知でうかがいますが、鳩などは飼っていらっしゃいませんか？」

これまで刑事の思惑をはかりかねていたようすのれい子の表情が突然曇った。

「やだ。わたしを疑ってるんですか？」

「すみません」薫が愛想笑いをしながら腰を折る。「みなさんにお訊きしているものですから」

「飼ってません」れい子の語調が強くなる。「身内にも友人にも飼ってる人はいません。失礼します」

踵を返そうとする女性研究員を右京が引き止めた。

「もうひとつだけよろしいでしょうか。こちらの研究所で、あなたはどのような研究をなさっているのでしょう？」

れい子は顎を少し上げるような姿勢で、「ロボットの開発です」

「どのような？」

右京がさらに質問したが、れい子は今度こそ踵を返して去っていった。

警視庁の特命係の小部屋に戻った右京は図書館から借りてきた本に没頭していた。

『鳥類学研究体系第三巻』という本である。真剣な表情で右京が読み進めているところへ、薫が入ってきた。

「右京さん、調べてみました。あの南れい子という女性研究員ですが、東工大学工学部出身、平成八年大内機械工業入社のようです」薫は持参した冊子を上司の目の前に差し出し、「これ、三年前の業界誌なんですけどね」

右京は『鳥類学研究体系第三巻』をデスクに置いて、業界誌の記事に目をやる。創業者の大内直輔の写真とともに、「地雷処理システムの現状と展望」というタイトルが読み取れた。薫が説明する。

「先代社長の大内直輔さんは平和活動に熱心な人だったらしいです。画期的な地雷処理ロボットを開発して、海外のNPOに安く提供するつもりだったみたいですね。で、創業者の遺志を継いで、開発チームのリーダーとなったのが南れい子。でも、いまのところ事件との関係は見えてきません。第一、動機が見当たらないんですよね」

そのとき、おなじみとなった「暇か？」の掛け声とともに、組織犯罪対策五課長の角《かく》田《た》六郎がコーヒーをたかりにきた。

「相変わらず自分のところのコーヒー飲まないですね」

薫が軽口を叩くと、角田も軽口で応じる。

「こっちの豆のほうがおいしいんだよ」

「豆に釣られてきてるんじゃ、鳩みたいですね」

「あ、鳩といえばさ」角田がコーヒーを注ぐ手を止めた。「任意で引っ張られてきたらしいよ」

「鳩がですか？」

真面目な顔で右京が訊く。角田は「そうそう、鳩が」と受け、ややあって「んなわけないだろう」とのりつっこみで落とし、「伝書鳩を飼ってたやつだよ。なんでもね、大内機械工業と取引のあった工場の社長らしい」

それを聞いた右京はスーツの上着を羽織って部屋から出て行く。薫も上司を追ったので、特命係の小部屋にはコーヒーのカップを持った角田だけが残された。


取調室では捜査一課の三人が、取引先の社長、猪俣健吾に事情聴取を行っていた。

「あんただけなんだよ。関係している人物の中で伝書鳩を飼っているのは」

伊丹がやや高圧的な口調で迫ると、猪俣は口角に泡をためて抗議した。

「偶然ですよ。私はそんな……」

「おたくの工場で使っている化学薬品で爆弾作れますよね」

三浦の言葉は質問というよりも確認に聞こえた。さらに畳み掛けるように芹沢が言う。

「大内社長の話では、再来月からおたくとの取引を縮小する予定だったそうですね」

「だからって、あんな事件起こしたりしませんよ。それに取引の縮小ってたって、一部の発注が止まっただけで」

「一部の発注というと？」

「ロボットのアームの部品です。大きな取引じゃないし、うちにとっては大した痛手じゃない」

猪俣が憤然と言い放ったところで、ドアがノックされ、右京と薫がなにくわぬ顔で入ってきた。

「警部殿」

見咎める三浦を、左手の人差し指を立てて「一分だけ」と制した右京は作業服姿の社長に向きなおった。

「ロボットの部品の発注が止まったとおっしゃいました。それは地雷処理ロボットに使われていたものですね？」

「地雷処理ロボット？」

怪訝な顔になる伊丹を差し置いて、猪俣がうなずく。

「ええ。〝S82〟用です」

「それがロボットの名称ですか」右京はうなずき、「しかし、なぜ部品の発注が止まったのでしょう？」

「プロジェクトの中止が決定したんですよ。社長のひと声で」

「なんでまた?」

薫が訊くと、猪俣は渋い顔になった。

「あの社長のことだ。採算の取れない研究に見切りをつけたんでしょうね。死んだ父親とはえらい違いですよ」

右京は腕時計の秒針がちょうど一周したことを確認すると、「どうもありがとう」と礼を述べて、薫を従えて取調室を後にした。


再び大内機械工業に南れい子を訪ねた特命係のふたりは、さっそく開発が中止になったロボットについて訊ねた。

「〝S82〟についてですか?」

れい子の顔に戸惑いが浮かぶ。右京が機先を制する。

「高性能センサーで埋没地雷を探知し、遠隔操作で処理するロボットの完成は、創業者大内直輔氏の悲願だったそうですね」

薫が上司の言葉を継ぐ。

「しかし、創業者は二カ月前に他界。その直後、息子である現社長は〝S82〟の開発中止を決定した」

「事件についてお調べじゃないんですか？」

れい子が皮肉たっぷりに言い返すと、右京がしたり顔で、「もちろん、事件について調べています。しかし、犯人はいまだに大内機械工業に爆弾の場所を告げる連絡をしてきてません。それがなぜなのか、やっと見当がつきました」

れい子が特命係の警部に挑戦的な目を向けると、右京はその視線を正面から受け止めた。

「そもそも犯人が用意した爆弾は、こちらの備品倉庫で爆発したひとつだけしか存在しなかった。しかし、犯人がその事実を告げずにいるために、大内機械工業の人々は姿の見えない爆弾に脅かされています。それはまさに、地雷埋没地域に住む人々が日々直面している恐怖そのもの。まるで〝S82〟の開発中止に対する報復のようだとは思いませんか？」

れい子は溜息をつき、「当然、研究リーダーであるわたしにも動機があるというわけですね？」

薫がれい子の前に回りこむ。

「あなたは爆弾を作る技術を持っている。パソコンのプログラムもお手のものでしょ？」

「疑うのは勝手ですが」れい子は強気を崩さない。「なにひとつ証拠はありませんよね」

南れい子の言うとおりだった。動機はあるが証拠がない。これでは警察も手の出しようがない。特命係の小部屋に戻った薫がぼやいていると、知らない差出人から小包が届けられてきた。

薫がおそるおそる開封しようとすると、デスクで『鳥類学研究体系第三巻』の続きを読んでいた右京が唐突に話しかけてきた。

「亀山くん、非常に興味深い事実がわかりました。中野五三八号は軍鳩《ぐんきゅう》だったそうです」

「グンキュウ?」

「文字どおり、軍の鳩です。中国大陸における戦争で活躍した通信用の伝書鳩で、その圧倒的な飛翔能力をたたえられ、陸軍から勲章を授与されたそうですよ」

「鳩に勲章ですか。で、それと事件とどう関係が?」

「中野五三八号を育てたのは伝書鳩を愛するふたりの軍国少年です。少年のひとりの名は大内直輔」

ここにおいてようやく薫も興味を引かれた。

「え、大内機械工業の創業者の?」

右京の目がいたずらっぽく輝く。

「創業者の育てた鳩の子孫が創業者の会社を標的とした犯罪に使われた。偶然でしょうかねえ？」

小包の中には発泡スチロール製の緩衝材が詰まっていた。薫がそれを払いのけると、意外なものが出てきた。中身はなんと、盗難にあった二十億円相当のダイヤだったのである。

四

翌朝、薫はまたしても大内機械工業に向かった。早朝に出向いて第三研究棟の前で待っていると、南れい子が車で出勤してきた。

「まだなにか？」

うんざりしたような物言いとともに車から降りてきたれい子に、薫が頭を下げる。

「今日は謝りにうかがいました。あなたを疑ったりして申し訳ありませんでした」

「どういうことかしら？」

「いえね、今回の犯行が結局愉快犯の仕業だとわかったもんですから」

意外そうな顔のれい子に対し、薫が事情を説明する。

「実は犯人からダイヤが送り返されてきたんですよ。犯人はただ世間を騒がせたかっただけみたいですね。いろいろ失礼言ってすみませんでした」

「いえ、別に気にしていませんから」

そう応えるれい子の頬は強張っていた。それを見取った薫は「失礼します」とその場から辞去した。

そのころ右京は城南大学の鳥類学研究室を訪ねていた。脇田名誉教授が柔和な物腰で特命係の警部を迎える。

「今日も鳩に関する質問ですか？」

「いえ、先日こちらにお邪魔したときに少々気になることがあったものですから」

意味がわからないといった表情の脇田に、右京が笑いかけた。

「教授は先日こちらの本棚から一冊の本を抜き出しましたね。その後、教授はその本を持って部屋を出られた。あれはたしか『鳥類学研究体系第三巻』でしたねえ」

そう言いながら、その本が収まっていた本棚を振り返る。二巻と四巻の間に本一冊分の隙間が空いたままになっていた。

「おや、まだ戻されていませんね」

「なにがおっしゃりたいのか、私にはさっぱり……」

やんわりと抗議する脇田をなだめるように、右京が丁寧に説明する。

「あの本の内容が気になったものですから、同じものを借りて読んでみました。非常に興味深い記述がありました。昭和十五年、ふたりの軍国少年が自分たちの育てた鳩を陸軍に献納しました。鳩は中野五三八号と名づけられ、中国戦線で活躍。のちに陸軍から勲章を授与されました。鳩を育てた少年の名は大内直輔と飯沼勝彦。さらに調べたところ、飯沼少年は戦後遠縁の夫婦の養子になり、苗字が〝脇田〟と変わったことがわかりました」

右京の話を傾聴していた名誉教授は顔色も変えずに、「よくお調べになりましたね」

「脇田教授、ご自身が遠い昔、いまは亡き大内直輔さんと中野五三八号を育てたということをなぜ黙っていらっしゃったのですか？」

「答える必要がなかったからです」

「では、本を持ち去ったのも偶然ですか？」

「偶然でなければなんなんです？」

脇田が特命係の警部の能力を確かめるように訊く。右京にご自慢の推理力を発揮する機会が与えられた。

「偶然でなければ、無意識のうちに教授はその本を隠そうとなさったのではありませんか？　なぜなら、本の中には今回の事件に直結する事柄が書かれていたからです。すなわち、ご自身と大内直輔さんとの繋がりが」

「私がなにか事件にかかわりがあるとでもおっしゃるんですか？」

「申し訳ない」言葉とは裏腹に右京の顔に反省の色はなかった。「なんでも疑ってかかるのがぼくの仕事でして。念のために、事件の日はどちらにいらっしゃったのか教えていただけますか？」

警部の無礼な質問に脇田が即答する。

「学会で箱根へ行ってました。帰ってきたのは夕方です」

鉄壁のアリバイを突きつけられた右京は「そうでしたか。では、失礼します」とすごすご退室するふりをして、途中で振り返る。

「すみません、もうひとつだけ。〝S82〟の開発中止はご存じでしたか？　大内直輔さんが完成させようとしていた地雷処理ロボットです」

「は？　聞いたこともないですね」

にべもなく否定する名誉教授に右京が食い下がる。

「教授はたしかプロジェクトの支援者だったはずですが。開発プロジェクトに寄付された有志の方々の名簿の中に教授のお名前もありました」

脇田は無言だったが、右京は話を続けた。

「教授と大内直輔さんとの友情は、戦後もずっと続いていたのでしょうねえ。彼が晩年を捧げた研究を、あなたは友人として応援なさっていたのではありませんか？」

脇田はじっと右京の目を見つめ、たったひと言、「お帰りください」と言った。

脇田勝彦が大学の屋上に出たところで、南れい子が追いついた。

「あのダイヤを返したのは教授なんですね？」

「なんのことだ？」

とぼける脇田をれい子が責める。

「どうして鳩が戻ってこなかったなんて、嘘をついたんです？」

「鳩は戻ってこなかった。迷い鳩になってどこかにダイヤを落とした。ダイヤは誰かが拾って警察に送った。それでいいじゃないか」

自分自身を納得させるように脇田が言う。しかし、女性研究者は納得していなかった。

「よくないわ、ちっとも」

「私はなにも知らなかったことにする。きみも深く反省して研究の現場に戻りなさい」

「いまさらなにを研究しろって言うんです。〝S82〟の開発はもう……」感極まったれい子はいったん言葉を呑み込み、気を静めた。「明日、研究員たちにプロジェクト中止を発表します。〝S82〟が完成しないのは教授のせいです。あの二十億があれば、研究を続けることができたのに。プロジェクトを独立させることができたのに。教授が協力さえしてくれれば」

「協力などできるものか」

「どうして？　教授なら協力してくれると思ってました。戦争の傷跡を消すための装置。その開発を続けるために喜んで鳩を貸してくれると思っていたのに」

れい子の感情は高ぶっていた。脇田は諭すように、「遠い昔、同じことを私に頼んできた連中がいたよ。お国のために鳩を差し出せとね。私は迷いもせず彼らに鳩を渡した。子供ながらに、あの戦争に協力したんだ」

「わたしの研究は平和のためのものです」

あくまで自分の意見を曲げないれい子の態度に憤ったのか、温厚な脇田が珍しく声を荒げた。

「馬鹿を言うんじゃない！　犯罪を犯してまで続ける研究などありゃしない」

「同感です」

脇田の言葉に反応したのは右京だった。貯水タンクの陰に隠れてふたりの会話を聞いていたのだ。右京の後ろから出てきた薫は大きなかごを両手で抱えていた。

「屋上のタンクの陰に鳩を隠していたんですね。いい隠し場所です」

「鳩の一番の敵は湿気だそうですね」『鳥類学研究体系第三巻』を読んだ右京がにわか仕込みの知識を披露する。「鳩舎は日光の当たる風通しのよい場所に置かねばならない。おそらく教授ならばそういった場所に隠すのではないかと思いました」

右京はここで、唖然とする脇田から憤怒の表情のれい子へと視線を移した。

「南さん、あなたの犯行の動機はふたつ。ひとつは〝S82〟の開発中止に対する報復です。もうひとつは二十億を元手にプロジェクトを独立させ、〝S82〟の開発を続けることでした」

　上司の台詞の続きを薫が引き取る。

「その計画を思いついたあなたは、創業者の親友であり、プロジェクトの支援者でもある教授に協力を頼んだ。しかし協力は拒まれた。そこであなたは教授が学会で家を空けている日を狙い、鳩を盗み出した。そして単独での犯行を成功させた。否応なしに教授を計画に巻き込んだわけですね」

　薫に指摘され、れい子は顔を背けた。右京は再び脇田のほうを向き、「一方、事件を知った教授は予定より早く学会から戻ってこられた。そして鳩を回収すると、南さんには鳩が戻らなかったと嘘をついた。その後、鳩が持ち帰ったダイヤを我々に送り返した。先ほどの話を総合すると、そうなりますね」

「物証はあるんですか？」

　静かな声で脇田が問う。

「彼女を逮捕させたくないお気持ちはわかりますが、いまさら犯罪の片棒を担ぐおつもりですか？」

　右京が説得したが、脇田には届かなかった。

「私の鳩が犯行に使われたという証拠がどこにあるんです？」

右京は悲痛な顔で懐に右手を差し込み、スーツの内ポケットから鳩の羽の入ったビニール袋を取り出した。

「屋上に落ちていました。大内さんが鳩を放すときに、その鳩の体から抜け落ちたものです。羽のDNAがこの鳩と一致しました。つまり、この鳩が犯行に使われた鳩です」

この鳩というのは薫がかごの中から取り出した一羽の鳩のことだった。薫はその鳩の足を示しながら、「足にGPSチップを取り付けました。これによってこの鳩の位置を常時パソコンで正確に把握できます」

そう言うなり、薫は鳩を宙に放り投げた。力強い羽音を残して、鳩は一目散に飛び去っていく。それを目で追って、右京が言う。

「脇田教授、あの鳩が教授の家の鳩舎に戻れば、それが動かぬ証拠となります」

脇田は寂しそうに笑いながら、「鳩が真実を暴くわけか」

「あなたも認めますね」

脇田が落ちたのを知り、薫がれい子に迫る。しかし、女性研究者は往生際が悪かった。

「間違ってないわ。平和のための研究が利益だけを追求する経営者に潰されるなんて、どう考えても理不尽すぎる。わたしのしたことは間違ってなんかいない」

「本気でおっしゃっているのですか？」

「学生時代、友人とNPOに参加して途上国の病院でボランティアをしました。そこでわたしが出会ったのは、国境紛争地域に生まれ、地雷で手足を失った多くの子供たちでした。彼らの国から地雷をなくしたい。わたしはその一心で仕事をしてきたんです。試作品もますます改良されているのに、いまさら開発中止なんて。そんなの認めるわけには……」

強弁するれい子に薫が詰め寄る。

「あなたも人にけがを負わせたじゃないですか。デモンストレーションの爆発で掃除のおばさんが病院に運ばれた。そうでしょ？」

「あれは偶然でした。あの時間、本当は誰も廊下なんか通らないはずだった。蛍光灯を換えようとしてたなんて、そんなの予測できるわけないでしょ？」

「南さん」右京は身勝手な論理を許すことのできない性格だった。「偶然で済む話ではありません。地雷をなくしたいというあなたのお考えはとても立派なものだと思います。ですが、なんの罪もない人の命を危険にさらしてしまっては、愚かな武器を生み出す人間たちと変わらないじゃありませんか」

このひと言でれい子の顔から憑き物が落ちた。涙声で特命係のふたりの刑事に願い出る。

「ひとつお願いしてもいいですか」

五

れい子の希望は、警察に連行される前に、入院中の清掃員の見舞いに行くことだった。

れい子がお辞儀をしながら病室に入ると、清掃員は孫たちと談笑しているところだった。

「あれ、あんた、研究所の……」

「具合はいかがですか？」

れい子が心配そうに尋ねると、清掃員は元気そうに笑って、「おかげさまで、だいぶよくなったよ」ここで孫たちの頭を押さえつけ、「ちょっとあんたたち、ちゃんと挨拶をおし」

「こんにちは」

小さな男の子ふたりの声がそろう。

「このお姉ちゃんね、すんごく立派な研究してるんだよ」

子供たちに話しかける清掃員の言葉を聞き、れい子の目から涙がこぼれた。

「すみません。わたしのせいなんです」

れい子を連行した右京と薫は脇田の家を訪れた。脇田は鳩舎に鍵をかけながら、「鳩は無事に戻っていました」

「よかったですね。迷い鳩にならなくて」

鳩を見ながら言う薫に脇田が鳩から外したGPSチップを手渡す。

「迷うのは鳩ばかりではありませんな。彼女も戻ってきてくれればいいのですが。研究者としての本来の道に」

「進むべき方向を見極め、軌道修正する能力。それを持っているのは鳩だけではないと思いますよ」

右京が言うと、脇田は小さくうなずいた。

「〝S82〟という名称。どういう意味だかおわかりになりますか？　直輔が死ぬ間際につけた名前です」

考え込む薫の横から、右京が推理を述べる。

「察するに年号ではありませんか？　今年は平成十九年、昭和で数えれば八十二年です。無論、昭和は六十四年一月までしか存在しません。ですが……」

右京の推理を脇田が遮った。

「終わらなかったんですよ。直輔にとって昭和は死ぬまで続いていたんです。直輔も私も軍国少年でした。子供ながらにお国のためにすべてを捧げる気でいたんです。直輔は十四のときに少年兵に志願しました。彼の乗った船は東シナ海で米航空機部隊に撃沈され、乗組員の九割が海の藻屑と消えたそうです。生き残った彼は、戦後なにひとつ語りませんでした。晩年の彼は戦争が生んだ忌まわしい産物を消す装置、地雷処理ロボットを開発する研究にすべてを捧げていたんです」

そう語る脇田の表情はとても穏やかだった。

「そして、それを昭和八十二年、〝S82〟と名づけたのですねえ」

右京が合いの手を入れると、脇田の目が潤んだ。

「長い長い戦後だったろう……そう思います」

警視庁に帰る途中の公園で、右京は内ポケットから鳩の羽を取り出した。実はその羽自体、この公園で拾ったものだった。

「これでよかったんですよね。このやり方で」

薫がしみじみと言うと、右京は羽を公園のゴミ箱に捨てた。

「そう信じましょう」

第九話

「編集された殺人」

〈取り調べ映像〉なるものを検察庁が裁判に証拠として提出するようになったのはいつからだったろう。やがて施行される裁判員制度に備えて始まったことだから、いずれにせよそう日月《にちげつ》は経っていない。

その日、東京地裁ではその〈取り調べ映像〉が重大な鍵を握るとある殺人事件の裁判が開かれていた。それは二カ月ほど前に都内のスナックで起きた殺人事件で、被害者は店の経営者である椿友章、そして被告人は死体の第一発見者でもある妻の椿美穂だった。

法廷前面に設置されたスクリーンの真ん中で、長い黒髪を乱し、蒼くやつれた顔をした女が俯いている。その女はゆっくりと顔を上げ、正面を見据えて言った。

――殺しました。わたしは、主人を……殺しました！

自白して泣き崩れる自分の映像を見て、美穂は思わず立ち上がった。

「違います！　わたしは……わたしは……」

興奮のあまり前に飛び出そうとする被告を、刑務官と弁護人が必死で押さえた。弁護人の名は武藤かおり。そう、かつて亀山薫がいろいろな意味でお世話になったとびきり優秀な女性弁護士である。

一方の検事は鍋島司。整髪料でビシッと固めた髪とチタンフレームの細身の眼鏡が怜悧な印象を与える。弁舌はきわめて鮮やか、見るからに優等生タイプである。その鍋島がリモコンで映像を止め、被告人側に決定的なダメージを与えたことを確かめてから裁判官席を仰いだ。

「以上、弁護人が自白の任意性を争うようなので、検事調べで被告人が自白した部分をお見せしました」

それを受けて武藤かおりが立ち上がった。

「裁判長。この証拠については信用性を争う旨をお伝えしました」

「では本証拠について弁護人、ご意見を」裁判長の命を受け、かおりが続けた。

「被告人は警察と検察の取り調べで合計二十二日間、代用監獄、いわゆる警察の留置場で拘束されていました。この映像は、その二十二日目のものです。つまり、それまで被告人は犯行を否認していたんです」

そこで鍋島が割って入った。

「裁判長。しかし、最終的に被告人は自白しています」

かおりもすかさず発言した。

「弁護人としては、この自白は長期拘束の心身疲労によるもので事実ではないと主張します」

「裁判長。ただいま見ていただいた被告人の供述に矛盾はなく、自己の意思に反して自白するほど心神喪失状態ではなかったと検察は主張します」

「いいえ。被告人の供述には矛盾があります」手ごわい弁護人を検事はジロリと睨んだ。

「映像を見ながら順次指摘していきたいと思います」

今度はかおりが再生機のリモコンを握り、スイッチを押した。

映像は声だけの鍋島の質問に美穂が答える形になっている。

（ご主人が店で殺された夜、あなたが店を出た時間は？）

――何度も答えましたけど……。

（椿美穂さん、何度でも答えてください）

――深夜十二時です。

（閉店後ですね。そのときご主人は？）

――店に残って……片付けをしていました。

（そのまま家には帰らなかった）

――はい。

（そんなご主人をあなたは心配するでもなく、翌日の昼すぎ、店に出勤するまで一切の連絡を取っていない。それは、なぜでしょう？）

そこでかおりは映像を止めた。

「結局、被告人はこの質問に答えませんでした」

鍋島が異を唱える。

「それは被害者がすでに死んでいるのを知っていたからと、被告人はこの後そう答えていたはずですが？」

「被害者は酔った日は店に泊まり、一晩帰らないことはよくありました。それは、店のアルバイトの三島陽子さんの供述録取書『弁三号証』にて申請したとおりです。つまり、被害者が一晩帰らないことは日常茶飯事。当然、被告人もそんな被害者の行動に慣れていたはずです。その夜も、そう思って連絡は取らなかった。しかし、そう答えられなかった。なぜならば被告人はそれほど心身疲労の状態にあったからだと弁護人は主張します」

かおりは再びリモコンを取り、再生をスタートした。

（あなたは以前の取り調べで「店が儲かっていないというのが口癖で、それをほとんどの客が聞いている」と供述しています。これは事実ですか？）

――はい……。

（また「金銭のことで夫とはいつも喧嘩ばかり。役に立たない夫に愛想が尽きていると客に話していた」と供述しています。これは事実ですか？）

――はい……。

「これは、検察側が被告人の犯行を保険金目的であるとする根拠です。そうですね？」

映像を止めてかおりは鍋島を見た。

「ええ。店に来る客を中心に、被告人から同様の発言を聞いた人がいることは先に示したとおりです」

「でも、どうでしょう？『店が儲からない』『夫とは喧嘩ばかり』『もう愛想が尽きた』。こんな発言はスナックのママにとっては営業トークの一種ではないでしょうか。しかし、被告人は長期の勾留で、そのような弁解をする気力もなかったと弁護人は主張します」

かおりはそこまで一気に主張すると、「裁判長……」と言葉をつなごうとする鍋島をぴしゃりと押さえ、

「以上です」

と締めくくった。

「検察官。他に取り調べる証拠はありますか？」

裁判官もかおりの意向に同意し、審議を先に進めた。鍋島は不満を呑み込んで次にとりかかった。

「では、被告人の店〈スナック椿〉でパートタイム労働をしていた三島陽子さんの証言映像を提出します。客の立場でない彼女の証言によって、被告人の発言が単なる営業トークだったかどうか見えてくるはずです」

すかさずかおりが立ち上がった。

「その証拠については弁護人は後日、三島陽子さん本人を法廷に呼び、尋問する予定です」

「はい。その申請は受けています」裁判長が穏やかに言った。

「では、然るべく……」かおりは着席した。

「検察官、どうぞ」

裁判長の指示を受け、鍋島は用意した別の映像を映した。そこにはショートヘアの若い女性が緊張気味に座っていた。

（では、検察官より三島陽子さんに質問します）

——なんか怖いですね。

（緊張なさらずに。では、まず被疑者の椿美穂は店に来る客に対し、店が儲かっていない旨の発言を……）

——はははは。えー、ママ、検事さんにもそんなこと言ってるんですか？

（そのことで夫であり被害者の椿友章と争いが絶えなかったと、取り調べで供述しているんですが）

——そう。すっごい喧嘩するんですよ。客がいないともう止められないぐらい。あ、タバコ、ダメですよね？

三島陽子はここで大きめのトートバッグをドンと机の上に置いた。

（は？）

——やっぱり緊張しちゃって。タバコ吸っちゃ、ダメですよね？

（それで緊張がほぐれるなら構いません）

——ありがとうございます。すいません。

三島陽子はトートバッグからタバコとライターを出し、火をつけて一服を深く吸い込み、そして吐き出した。


翌朝、都内の公園で女性の遺体が発見された。後頭部をなにかで殴られた痕があった。死亡推定時刻は昨夜の十時から十二時の間。周辺から凶器はまだ出ていなかった。

被害者の名前は三島陽子といった。


現場から警視庁に戻った鑑識課の米沢守が被害者の遺留品などを整理していると、特命係の杉下右京と亀山薫がやってきた。落語、という趣味を共有する米沢から借りたカセットテープを、右京が返しにきたのだった。

「お忙しそうですね」

よほど暇だったのだろう、上司に付いてきた薫が米沢に声をかけた。

「今朝、若い女性の他殺死体が発見されまして。犯人は不明です」

薫が何気なく遺留品の中にあったライターを手に取った。そこには〈スナック椿〉と印刷されている。

「近所のスナックでアルバイトをしていたようです」

米沢のその言葉に右京が反応した。

「そのスナック、以前にも殺人事件がありましたね」

「ええ。店でマスターが殺されています。それも奥さんに」

「で、今度はアルバイトの女性が？」

薫はライターを遺留品の中に戻した。

「気になりますね」

この事件は、もうすでに右京の中のなにかを動かしていた。

気になったらすぐに行動に移さなくては気が済まない。それが特命係の真骨頂だった。

さっそくふたりは薫の妻であるフリージャーナリストの美和子に連絡をとり、〈スナック椿〉で起こった殺人事件の資料を届けてもらった。

「約二カ月前の事件で、いま裁判中です」

待ち合わせたカフェに来た美和子は早速当時の新聞記事をテーブルに広げた。それによると、殺されたのは東京都港区田町の〈スナック椿〉を経営する椿友章。第一発見者は妻の椿美穂だった。スナックに出勤したところ、刺殺死体を発見したということである。凶器はスナックにあった包丁であることが判明。その後、逮捕送検された美穂が犯行を自白した……。

「でも、裁判で奥さんは自白を翻してます」美和子が補足した。

「奥さんのアリバイは？」薫が訊ねる。

「夫の死亡時刻、父親と電話で話をしてたみたいです」そう言いながら美和子はバッグから週刊誌を取り出した。付箋をつけた頁を広げるとそこには《実父との電話　アリバイ工作か？》という見出しが大きく躍っていた。

「しかし、被疑者が携帯電話だったためアリバイにはならなかったようですねえ」右京はさっと記事に目を通して言った。

「携帯なら殺害現場からでもかけられますからね」と美和子。

「殺害現場から電話をしたのだとすれば、自分が殺した夫の死体のそばで電話をしていたということになりますねえ。夫の死体のそばで、実の父親とどんな話をしたのでしょう？」

　右京はメタルフレームの眼鏡の蔓に手をかけた。

二

右京と薫は被疑者である椿美穂の父親、堀添博に会いに行った。

堀添は白髪をオールバックにした七十代と思しき男性だった。四角い顔の輪郭やきちんと前のボタンをかけた深緑色のカーディガンなどが、いかにも実直な、娘思いの父親という雰囲気を醸し出していた。

「たしかにあの夜、娘からは電話がありました」

右京が美穂のアリバイとされている電話のことを訊くと、堀添は即座に答えた。

「かなりの深夜ですが、電話はよくされていたのですか？」重ねて右京が訊ねる。

「そのころ私の体調が悪かったもんですから、店から家に帰ってすぐ電話をくれたんです」

「でも携帯だったので、家からかどうかはわからない、ということでしたね？」

薫がそう言うと堀添は少しだけ憤慨して答えた。

「警察はそう言いますがね、美穂は人を殺せるような子じゃないんです。なのに警察は無理矢理、美穂を犯人にして……弁護士の先生から聞きましたよ。挙げ句に、よくしてやってたバイトの子にも裏切られて」

「バイトの子に裏切られた？」

薫は三島陽子の写真を堀添の前に置いた。

「そうです。この子です」

「三島陽子さんに会われたことがあるんですね？」右京が堀添の顔をのぞき込んで訊いた。

「いえ。ありませんけど」

「では、なぜ彼女の顔をご存じなのでしょう？」

「昨日見ましたから。裁判で流れた映像で」

法廷に堀添は傍聴人として座っていたのだ。

「昨日の公判で、彼女が事件について証言した映像が流されたわけですね？」

「最近検察が始めたやつですね」

薫が右京に言った。

「ええ。つまり、その証言映像は検察官が撮影したものですねえ」

「それを見て驚きました。あの女はまるで美穂が友章くんを殺す動機があるようなことをぺらぺらと……どうしてあんなことが言えるんです？　店でよくしてもらってた美穂を陥れるようなことを。それも店のライターでタバコを吸いながら」

堀添は言葉にしながら次第に憤慨の度合いを増していくようすで、最後には頬を震わせていた。

「え？　検察でタバコ吸っていいんですか？」

その怒りを中和させるように薫が訊ねる。

「被疑者の場合は利益誘導になりますけど、参考人ですからね」右京が正確な答えを与えた。

「警察も検察も証人まで、みんながみんな美穂を犯人にしたがって……」声を震わせた堀添は、そこで怒りを呑み込むように姿勢を正して言った。「でも、私は娘を信じてます。おかげさまで優秀な弁護士がついてくれることになりまして」

「ちなみに、どなたですか？」薫が訊ねる。

「武藤かおり先生です」

ふたりは顔を見合わせた。武藤かおり。懐かしい名前であった。かつて生まれて初めて薫が法廷に証人として立ったとき、こてんぱんに理詰めでやられたのがこの武藤かおりだった。そして忘れもしない、「平成の切り裂きジャック」と呼ばれた薫の親友、浅倉禄郎から頼まれ事をしたとき、その連絡係を引き受けてくれたのも、この武藤かおりだった。

その足でふたりは武藤法律事務所に赴いた。

「おひさしぶりです」右京が深く腰を折って挨拶をした。

「本当、いつ以来でしたっけ……」薫が当時のことなどを話題に載せようとすると、

「ご無沙汰してます。ご用件は？」キリッと遮り、いきなり本題に踏み込んだ。相変わらず余計な感情は仕事に持ち込まないきびきびした態度である。

「スナック店主殺害事件の裁判について、少々お話をうかがいたいと思いまして」早速右京が用件を述べる。

「公判中の事件についてはお話しできません。大体、警察が一度送検した事件を調べるのはルール違反ですよ」

　これまた手厳しいリアクションを、右京はさらりとかわした。

「ええ。まだ送検前の事件を調べています」

「は？」

「三島陽子さんが殺されました」

　薫のひと言でかおりの顔色が変わった。

「殺された？」

「今朝遺体が見つかりました。間もなく発表されます」

「彼女の証言が昨日法廷で流れたそうですねえ。その夜に殺害された。さすがに気になりましてね。その証言がどのようなものだったか教えていただけませんか？　もちろん傍聴人の知り得る範囲で結構です。それならば弁護士の倫理違反にはならないと思いま

すが」

右京のあらゆる条件を配慮した申し出に、かおりは応えた。

「ご用件はわかりました」

「では早速、見せていただけませんか？」

「見せる？」

「検察が提出した証拠は、すべて複製をお持ちですよね？」

すべてを見越しているこの有能な刑事の前では小技は効かない。そう判断したのか、かおりは少し間を置いてから「わかりました」とふたりを別室に案内した。

かおりはプレーヤーにＤＶＤをセットして大きなモニター画面の電源を入れると、おもむろにリモコンを操作して再生を始めた。

（では、検察官より三島陽子さんに質問します）

――なんか怖いですね。

（緊張なさらずに。では、まず被疑者の椿美穂は店に来る客に対し、店が儲かっていない旨の発言を……）

――ははは。えー、ママ、検事さんにもそんなこと言ってるんですか？

（そのことで夫であり被害者の椿友章と争いが絶えなかったと、取り調べで供述しているんですが）

——そう。すっごい喧嘩するんですよ。客がいないともう止められないぐらい。あ、タバコ、ダメですよね？

（は？）

——やっぱり緊張しちゃって。タバコ吸っちゃ、ダメですよね？

（それで緊張がほぐれるなら構いません）

——ありがとうございます。すいません。

三島陽子がライターでタバコに火をつけると、画面の端から検事らしい男の手が伸びて灰皿を置いた。

（それで、椿美穂が夫と争いが絶えなかった原因は？）

——あのお店、〈スナック椿〉のことですけど、儲かってなかったんです。赤字の月も多くって。

（なのに、あなたにアルバイトをさせていた）

——週末だけですけど。少しは忙しくなるんで。一度辞めるって言ったら、女の子はいてほしいってママに言われて。でも、店を閉めようなんて話も出てました。

ここで映像に切れ目があった。

——大喧嘩するときは決まって客のいないときです。あんな喧嘩、お客には見せられないですよ。だって警察に通報されちゃう。それだけひどいんです。一度なんてママがマスターに思い切り突き飛ばされて肩を脱臼しちゃったこともあったんですよ。あれにはわたしも怒りましたけど。

(椿友章は椿美穂に対して日常的に暴力を振るっていたんですか?)

――ええ。

そこで映像は終わっていた。

「これだけです。検察から提出された証人の映像は」

かおりはリモコンでスイッチを切った。

「証言の印象としては、被告人が経済的に困っていたことと、夫婦仲がひどく悪かったということですね」右京が感想を述べる。

「証言者にはそのつもりはなかったはずです」

「と言いますと?」

「彼女は、美穂さんの無実を主張するために検察の聴取に応じたんだって、わたしにははっきり言いましたから。だって彼女はわたしたち弁護側の証人として出廷する予定だったんですよ」

それを聞いた薫が首を捻った。

「えっ、それは変ですね。あのビデオを見る限りでは、彼女は被告人に不利な発言をしていましたよ」

「そう、変なんです。だから検察の提出した証言映像について、今日彼女から話を聞かせてもらうはずでした」かおりは眉を曇らせて呟いた。


警視庁に戻り特命係の小部屋でそれぞれに紅茶とコーヒーを飲みながら、ふたりは先ほどの映像のことを考えていた。

「三島陽子は、椿美穂の無実を主張するために検察で証言したはずなのに、逆に彼女を陥れるようなことを言った」

薫がカップにコーヒーを注ぎながら映像を振り返ってみた。

「その証言映像は事実でしょうか？」

「え？　だって現に彼女が映ってしゃべってましたよ」

「映ってしゃべっていれば事実でしょうか？」

薫には右京が言わんとしていることがいまひとつはかりかねた。

「まさか台本があったとか？」

「台本というよりも、編集でしょう」

「編集？」

「椿美穂は二十二日間勾留された後に、やっと自白をしました」

「で、その映像も検察が法廷で流した」

「犯行を否認し続けた二十日間あまりの映像は流さずに」

「はい」

「それも編集ではありませんか？」

ようやく薫は意味が飲み込めてきた。

「なるほど。そんなことをする検事なら、三島陽子の証言も、被告人に有利な部分をカットしかねないってことですか？」

「もし仮に、椿美穂に有利な証言をした三島陽子さんが昨日、武藤弁護士から証言映像が変だったという電話をもらったら、どうするでしょうねえ？」

「その映像を見ていない彼女は、きっとなんのことだろうと思いますよね」

「思いますねえ。そして電話の後、つまり昨日の夜、証言をした検事に会いに行ったとしたら……」

「昨日の夜、つまり死亡推定時刻！」

薫は確実になにかが見えてきた気がした。

三

右京と薫はこの裁判の検事である鍋島司にアポイントを取った。

検事室で向かい合い率直に疑問を提示した右京に対し、鍋島は言下に否定した。

「編集ではありません。自白した部分を提出しただけです」

「なるほど。では三島陽子さんの証言については？」

「それも必要な部分だけを抜粋して提出したまでです」

「抜粋ですか。ものは言いようですねえ」

右京の皮肉にむっとした鍋島は語気を強めた。

「あなたは編集編集と言いますが、取り調べのどこを撮影して、どこを提出するか、われわれ検事に任されているんですよ」

「存じております」右京はあくまで冷静に応じた。

「時間短縮の意味もあります。違法行為のように言われては困りますね」

ふたりのやりとりを聞いていた薫が口を挟んだ。

「でも、便利なシステムですよねえ」

「なにがです？」鍋島は眼鏡のフレームに手をやった。

「自白や証言を検察が有利に編集できるなんて」

鍋島はこのラフすぎる格好をしたラフすぎる態度の刑事にはストレートに憤りをぶつけた。

「取り調べを録画録音するシステムすらない警察に、そんなこと言われたくありませんね」

「たしかに、その点は警察が遅れていますねえ」警察の非は右京が即座に認めた。

「もういいですか。次の公判がありますから」

この話を一刻でも早く切り上げようと机の上の資料をまとめ出した鍋島に、薫が食い下がった。

「三島陽子さんの証言を法廷で流した日、彼女から抗議は?」

「そんなものありませんよ」

「その夜、彼女に会ったりは?」

「してません!」

このしつこい刑事に、鍋島の堪忍袋の緒がとうとう切れた。しかしそれにひるまないもうひとりの刑事が続ける。

「鍋島検事。最後にひとつだけ」

「もういい加減にしてもらえますか!」

「三島陽子さんはバッグをどこに置いていましたか?」

「バッグ?」虚を突かれた鍋島はキョトンと右京を見た。

「検事の抜粋された三島陽子さんの映像をわれわれも拝見しました。彼女はバッグを持っていました。検事の聴取の間、それはどこに置かれていたのでしょう?」

「覚えてませんよ。ひざの上か足元にでも置いたんでしょう」鍋島は鬱陶しげに答える。

「聴取の前の彼女の所持品の検査はなさいましたか？」

「被疑者でもあるまいし、参考人にそんなことしませんよ」

「なるほど。だから彼女はタバコを吸うのを許可された」

「タバコでリラックスすることで、構えず聴取に応じてくれる場合もあります」

もはやここまで、と言わんばかりに鍋島はぴしゃりと刑事らを締め出した。

検察庁を出たところで薫が訊ねた。

「右京さん、なんなんですか？　さっきの」

「さっきのとは？」

「バッグの置き場所とか所持品検査したかとか」

「それをちょっと確認しましょう」

この上司の頭の中はどうなっているんだろう……いつものことではあるが、薫はあきれ返った。


警視庁に戻ったふたりは鑑識課に赴き米沢に三島陽子のバッグを見せてもらった。右京のお目当ては、どうやらボイスレコーダーのようだった。ところがバッグの中にも彼女の自宅から押収した私物の中にも見当たらないと米沢に言われ、右京は首を捻った。

「あのう、なぜボイスレコーダーなんですか？」米沢が訊ねる。

「昨日、被害者が検察で証言してる映像を見たんですけどね」代わって薫が説明しようとする。

「それはまた珍しいものを」

そこからは右京自らがとってかわった。

「そのとき彼女は証言しながら、しばしば下に視線を落として、なにかを確認していました。その仕草を、タバコを吸うことでごまかしていた。なおかつ、彼女は意識的にバッグに向かって話をしていた。ぼくにはそのように見えました」

「だから、このバッグの中にボイスレコーダーでもあったんじゃないかって言うんですけどね」

「それがここにないということは犯人が持ち去ったということでしょうか？」と米沢。

「そうかもしれませんし、ぼくの考えすぎかもしれません」

捜査一課も当然、三島陽子殺害事件の捜査を続けていたが、殺害場所の特定すらできずに暗礁に乗り上げてしまっていた。まず遺体発見場所が殺害場所でないことは確かだった。そこに残された血痕の量や飛び散り方からすると、どこか別の場所で殺害され運ばれたと考えたほうがよかった。また現場付近で被害者の声などを聞いたという者も現れなかった。

それでは自宅かというと、そこにもなんら殺害の痕跡が残されてはいなかった。その他で考えられるのはアルバイト先の〈スナック椿〉だが、そこは主の椿友章が殺されて以来、鍵がかかったままである。捜査一課はお手上げ状態というところだった。

捜査一課が殺害場所の候補から除外した〈スナック椿〉に、右京と薫は米沢を伴って来ていた。鍵は保管されている証拠物件の中から米沢が持ち出してきていた。

その鍵を使って中に入ると、米沢と右京は店主が殺されたときの鑑識写真を現状と見比べて、動かされたものがないかをまず調べることにした。一方薫はカウンターの中などになにか手がかりはないかを調べ始めた。薫が目をつけたのは店のマッチだった。確か三島陽子は店のライターを持っていたはずなのだが、そのライターの在庫はどこにも見当たらなかった。マッチがあるのにライターを作るのも変だったが、そのライターが一本もないのもおかしかった。

「もうおおかた配られてしまったんでしょうなあ」

米沢に言われて中途半端に納得した薫は他を当たり始めた。

そのとき、右京がなにかに気付いたようだった。左右あるカラオケ用のスピーカーの間をせわしなく歩き回り、写真と見比べて首を傾げていた。

米沢と薫が駆け寄ると、

「角度が違います。あちらのスピーカーは写真と同じなのに、こちらだけ、なぜでしょう？」

「あ、ほんとだ……」

薫と米沢が額を寄せ合って写真と現状を見比べていると、いきなり大音量でカラオケの音楽が流れてきた。ふたりが振り返ると右京がステージに立ちマイクを握っていた。

「聞こえますか？　そちらのスピーカー」

どうやら接続を試しているようだった。

「いや、こっちからはなにも聞こえません」

米沢が動かされている方のスピーカーに耳を寄せて叫んだ。

「亀山くん、歌ってみてください」

右京はマイクを薫に渡し、自分もスピーカーの傍らに移動した。

「えーっ？　いや、歌えないです。知らない曲ですから、これ」

イントロが終わり歌詞に入ろうとする直前に米沢が「僭越ながら、私が」と薫からマイクを奪った。曲は『浪曲子守唄』である。

逃げた女房にゃ、未練はないが……と歌いかけたところで右京がプツリとリモコンを切った。実際に妻に逃げられた米沢にはでき過ぎのシチュエーションだったから、というわけでもないだろうが。

「もう結構です」右京はリモコンを置いて言った。「やはりマイクの音も聞こえませんね」

「このスピーカーが壊れてるってことですか？」

薫がスピーカーの脇にしゃがみ込む。

「血液反応が出るかどうか調べていただけますか？」右京が米沢に依頼した。米沢は鞄の中からスプレー式の試薬を取り出し、矩形のスピーカーの各面に噴霧し、青白い光を発する携帯用のライトを当ててみた。

「あっ！」薫が叫ぶ。

スピーカーの裏面に、明らかにルミノール反応が現れた。

「前に調べたときは、こんな血液反応はありませんでした」米沢も驚きを隠せない。

「つまり、この血液は、この店の店主が殺害され、店を閉めた後に付着したものということになりますね」右京は店内を見回した。

「じゃあ、三島陽子はここで殺された？」と薫。

「かもしれません」

「至急、誰の血液か調べてみます」

米沢はすぐさま携帯電話を手にした。

警視庁に戻って小部屋で待機していた右京と薫は、米沢に電話で呼び出されて鑑識課に向かった。

「間違いありません。被害者の三島陽子の血液でした」

米沢の報告を受けて薫が呟く。

「ってことは、犯人はあの店で三島陽子を殺し、死体発見現場まで運んだ」

「スピーカーは犯人と揉めた拍子に三島陽子さんの頭部に当たったということかもしれませんねえ」

右京の言葉にうなずいたのち、米沢はもうひとつ重大なことを持ち出した。

「それと、杉下警部がボイスレコーダーにこだわってたので、もしやと思って調べてみたらですね」そう言って三島陽子の携帯を取り出した米沢は機能に備わっているICレコーダーを起動させた。すると鍋島の声が聞こえてきた。陽子はこれで取り調べ中の音声を録音していたのだ。

携帯のICレコーダーの音声データをCDに落としてもらったふたりは、小部屋に戻ってそれを再生してみた。

(では、検察官より三島陽子さんに質問します)

――なんか怖いですね。

（緊張なさらずに。では、まず被疑者の椿美穂は店に来る客に対し、店が儲かっていない旨の発言を……）

――はははは。えー、ママ、検事さんにもそんなこと言ってるんですか？

（そのことで夫であり被害者の椿友章と争いが絶えなかったと、取り調べで供述しているんですが）

――そう。すっごい喧嘩するんですよ。客がいないともう止められないぐらい。あ、タバコ、ダメですよね？

（は？）

――やっぱり緊張しちゃって。タバコ吸っちゃ、ダメですよね？

（それで緊張がほぐれるなら構いません）

――ありがとうございます。すいません。

「タバコに火をつけました」右京が言った。

「この辺は武藤先生のとこで見ましたね」と薫。

（それで、椿美穂が夫と争いが絶えなかった原因は？）

――あのお店、〈スナック椿〉のことですけど、儲かってなかったんです。赤字の月も多くって。

（なのに、あなたにアルバイトをさせていた）

――週末だけですけど。少しは忙しくなるんで。一度辞めるって言ったら、女の子はいてほしいってママに言われて。でも、店を閉めようなんて話も出てました。

(閉店を考えるくらい経済的に困窮していたんですか?)

――まさか。それほどじゃありません。そんな話をした後には必ず、ここまでやってきたお店だから絶対にやり遂げようって、ふたりで誓い合って終わるんです。仲いいですよ。

「仲がいいって……こんな会話なかったですよ!」薫が声を上げると、右京が人さし指を唇に当てて薫を制した。

――喧嘩するほど仲がいいって言うじゃないですか。それってきっとママとマスターのことです。

ここで鍋島は露骨に話題を変えた。

(話を戻しましょう。ふたりはどんなときに喧嘩を?)

――大喧嘩するときは決まって客のいないときです。あんな喧嘩、お客には見せられないですよ。だって警察に通報されちゃう。それだけひどいんです。一度なんてママがマスターに思い切り突き飛ばされて肩を脱臼しちゃったこともあったんですよ。あれにはわたしも怒りましたけど。

(椿友章は椿美穂に対して日常的に暴力を振るっていたんですか?)

──ええ。日常的にじゃないですけど。それでわたし、ママに別れちゃえばって言ったんです。そしたら、まだ愛してるから期待してるんだって。だから怒るんだって言うんですよ。挙げ句に、あなたも早くそういう人を見つけろって。笑っちゃうでしょ？　そんなママがマスターを殺すはずないですよ、検事さん。

ここまで聴いて右京はＣＤを止めた。

「全然違いますよ。法廷で流された証言とは全然印象が違う。これ、明らかに椿美穂に有利な証言ですよ」薫が憤った。

「だからカットしたのでしょうかねえ」

「こんな編集されたことを、もし武藤先生の電話で三島陽子が知ったら、絶対会いに行きますよ、鍋島検事に。だって、こんな証拠まで持ってたんですから。検事だって言い逃れできないはずです」

薫の言葉に右京もうなずいた。

四

「まさか、録音されていたとはね」

翌日、検事室を訪ねてきた特命係のふたりからこのＣＤを聴かされた鍋島が鼻を鳴らした。

「これを聞くかぎり、検事が証拠提出された映像は、被告人に有利な証言がすべてカットされていますねえ」右京が問う。

「当然でしょう？」

「あ？」鍋島の言葉に薫は唖然としてしまった。

「検察官は被告人を訴追する立場です。弁護人ならきっと、その逆のことをしたでしょう。裁判は、その二者の闘いなんですよ」

「しかし、映像を事実として公表する以上、編集には最低限の良識が必要だと思いますがねえ」

「違法行為をしたつもりはありません」

鍋島は右京の忠言を突っぱねた。

「でも、この録音が弁護側に渡ったり、ましてマスコミなんかに流れたりしたら、あなたのダメージは大きいんじゃないんですかね？」薫が怒りを抑えて詰め寄る。

「どうでしょう」

「え？」

「違法に取得した証拠に法的な証拠能力はありませんよ」

法がすべてのこの非常識人には、取りつく島がなかった。

そのCDを持って、今度は武藤弁護士の事務所に向かった。

「鍋島検事、やっぱり都合のいい部分だけを出したのね」

ひと通り音声を聴いたかおりはため息を吐いて言った。

「カットした部分は絶対検事が持ってますよ」薫が語気を強めた。

「その部分だけを提出させられませんか？」

「え？」右京の提案はかおりの意表を突くものだった。

「われわれの捜査にも、あなたの弁護にも必要だと思いますが」

「それは……それができれば公判を引っくり返せるとは思いますけど」

「弁護側の武藤さんならば、検察側に証拠開示請求ができますよね？」

「ええ。でも、証拠映像の内容を把握しているのは担当検事だけなの」

「たしかに、撮影していないと言われれば、それまでですねえ」

「でなければ、当たり障りのない部分だけを提出してくるでしょうね」

かおりと右京のやり取りを聞いていた薫は、あまりの歯がゆさに舌打ちした。

「それよりも、杉下さん。警察が検察から押収することはできません？」

「検察から押収？」かおりの大胆な発想に、今度は薫が驚いた。

「警察はいま、三島陽子さんが殺された事件を調べている。その被害者の生前の映像を検察が持っている。それだけでも押収理由になると思うんだけど」

「そうですよ、右京さん。その手がありましたよ！」薫は手を打って喜んだのだが、右京の言葉にくじかれた。

「それは、ぼくも考えました」

「できないんですか？」かおりも問いかける。

できなくはないが……裁判所から捜索差押令状を取るには押収範囲を具体的に示さなければならない。検察が持っている証拠映像を全部請求するというのはあまりにも膨大になりすぎるからだ。加えて検察が三島陽子の証言映像のどの部分を抜いてしまったのか、外部からは判断できない。

右京の言うことはもっともだった。

「いや、だから、この録音の彼女が被告人に有利な証言をしてる部分を押収範囲に指定して……」

もどかしげに言う薫に、さらに右京が付け加える。

「これは違法な証拠です。裁判所に提出することはできません」

「ああもう！　やっぱり無理なんですかね」

薫は頭を掻きむしった。

「いつもこういうところでお飲みになるんですか？」

そこは老夫婦が営む屋台のおでん屋だった。その夜、かおりに呼び出された右京は、思いがけないシチュエーションを喜んだ。

「ここの味、母を思い出すんです」

「ありがとうございます」おかみさんがにっこり笑ってお辞儀をした。

「ご趣味じゃなかったですか？」かおりは心配そうに右京を見た。

「いえいえ。ご主人、それは吟醸ですか？」

「はい」いかにも苦労人らしい風情の店主である。

「では、日向燗でください」

「ヒナタカン？」かおりが聞き返した。

「三十度前後の非常にぬるいお燗です」

いまどきそんな言葉をつかう「通」に嬉しそうな一瞥をくれた店主が、よほど信頼したのだろうか、

「恐れ入りますが、洗い物をしたいので、あとはお手盛りで」

とふたりの間に一升瓶をどんと置いた。

「それで、ぼくをお呼びになったのは？」徳利を傾けて右京が切り出した。

「あの録音は捜査上の証拠物件でしょ？　それを関係者の弁護人に聞かせるなんて」

「そうでした。ぼくとしたことが迂闊でした」

「まあ、確信犯でしょうけど。聞いてないことにしておくわ」

「お心遣い感謝します」右京は慇懃に頭を下げた。

「少し悔しいけど」

「はい？」

「被告人に有利な証言を自ら握り潰すなんて」

「しかし、法廷に出せない証拠は証拠ではないのでは？」

「そうね。だから検察官も弁護人も自分に都合のいい証拠しか出さない」

「裁判とはそういうものだと鍋島検事もおっしゃっていました」

「鍋島検事に会ったの？」かおりは驚いた、というより呆れたと言ったほうが正しかった。

「お会いして、検事の編集はあまりにも露骨なのではないかと苦言を申し上げました」

「そんなこと言ったら、検察は取り調べの一部可視化なんてしなくなるわよ」

「しかし、なぜ全部ではなくて一部なのでしょう？」

「え？」それは司法の専門家にとっては予期せぬ質問だった。

「取り調べの可視化は、自白や証言の信用性が裁判で争点にならないようにするためのものではないでしょうか」

「裁判員制度を念頭に置いてるからでしょうね」

「しかし、自白や証言の一部だけを事実だと見せられて、一般の人が正しい判決を下せると思いますか？」

かおりは黙ってしまった。

「やはり鍋島検事に未提出の映像を出させましょう」

「検察から押収しても、どのみち当たり障りのない部分しか出てこない。昼間、結論の出た話でしょ？」

「ですから、差し障りのない部分を提出してもらいましょう」

「え？」

かおりの驚きを他所に、右京はおでんにかぶりついた。一方かおりは、思いもよらないことを平気でやってのけるこの刑事の横顔を穴の開くほど見つめた。

翌朝、右京から書類を渡された薫はそれを見て問い返した。

「任意提出書？　差し押さえの請求書じゃないんですか？」

「ええ」

「でも、どっちみち俺たちの名前でこれを持ってったら、鍋島検事は警戒しますよ」

「ですから……」

捜査一課へと向かう廊下で、薫は小野田官房長の右京に向けるいつもの口癖を思い浮かべていた。〈いろいろ考えるね、おまえは〉。まさにいま、そのせりふを右京にぶつけたかった。

検察に対する任意提出書を捜査一課の誰かの名前で出してもらう……そんなことは薫には思いもつかなかった。

「お断りしますよ、警部殿」案の定、伊丹はこれ見よがしの意地悪さでけんもほろろだったのだが、そこに思いも寄らぬ救世主が現れた。

「あ、部長！　おはようございます」

入り口付近で参事官の中園照生《てるお》が大きな声で挨拶するのが聞こえた。「おまえたちはここでなにをしてるんだ？」

捜査一課のフロアに入ってきた刑事部長の内村完爾《かんじ》は、特命係のふたりを見るなりお決まりのせりふを発した。

「犯人の目星をつけようと思いまして」右京が応えた。

「地検の検事につきまとってるそうだな」

「その検事に、こちらを」右京は書類を広げて見せた。

「任意提出？　なにをだ？」

その質問には薫が答えた。

「三島陽子が検察官聴取でタバコを吸っている映像すべてです」

「そんなものを見て彼女を殺した犯人がわかるのか？」

「わかるかもしれません」右京が自信たっぷりに答えた。

内村は瞬時なにかを考えるふりをしたが、すぐさま中園に命じた。

「その検事に持ってけ」

「しかし部長、いくら三島陽子殺しの捜査が手詰まりだからといって、それは……」驚いたのは中園だった。

「うるさい！　これ以上、こいつらが検事につきまとっては困る」そう言って内村はくるりと振り向いて出ていった。

「ありがとうございます」

右京は深々と頭を下げた。

内村にもこんな使い道があったのだ……薫は内心で舌を出した。


検察から提出された映像は、捜査一課の部屋で見た。

「本当にタバコ吸ってるとこだけしかなかったな」

すべてを見終わった中園が呆れ顔で言った。

「ずいぶん時間を無駄にさせてくれたな、おい」伊丹もため息交じりに罵った。

そんな中、右京だけはリモコンを片手に行きつ戻りつ何度も映像を見ていた。

「何度見ても一緒ですよ」と伊丹。

「残念ですけど、たしかに被告に有利な証言をしてる映像はありませんでした」薫も負けを認めた。

そんなことはどこ吹く風と、右京が呟いた。

「ライターがはっきり映っている映像もありませんでしたねえ」

「ライターって、これのことか？」中園はストップモーションがかかっている映像の中の陽子の手元を指さして言った。

「ええ」

「そのスナックのライターがどうかしたんですか？」

芹沢の言葉に、右京が凍りついた。そしてゆっくり芹沢を振り向くと、ものすごい形相で睨みつけた。

「いま、これを『スナックのライター』と言いましたね？」

「ええ……」その形相に芹沢はたじたじと後ずさった。

「なぜスナックのライターだとわかりました？」

「だって、彼女の遺留品にありましたから」

「しかし、この映像ではライターは三島陽子さんの手に隠れてはっきりは映っていませんでしたよ」

「だって……同じ色で、同じ形だし……」芹沢は泣きそうな顔で答えた。

「だからスナックのライターだと思った」

「ええ……」

「なるほど」

その瞬間、右京のメタルフレームの眼鏡の奥の両眼がギラリと光った。

五

右京と薫は東京拘置所のロビーでかおりが椿美穂との接見を終えて出てくるのを待っていた。彼女は三島陽子が殺されたことを担当弁護士として伝えにきたのだった。

「いかがでしたか？　椿美穂さんのご様子は？」かおりに歩み寄った右京が訊ねた。

「三島陽子さんが殺されたことで憔悴しています」

「美穂さんはなんと言っていますか？」

それは〈スナック椿〉のライターの件だった。そのことを訊いてきてほしいとあらかじめかおりに頼んでいたのだ。

「マッチがあるのにライターを作ったのは、マッチが客に不評だったから切り替えようとしたそうです」

「ライターに切り替えたのはいつでしょう？」

「いえ。切り替える前にご主人が殺されて……」

「でも、三島陽子の遺留品にありましたよ」薫が訊ねた。

「デザインの確認のため、サンプルが一本だけ店に届いたって」

「一本だけ？　それが、いつお店に届いたのかお訊きになりましたか？」

「十月二十九日の月曜日だそうです」

そう右京に答えると、かおりはショルダーバッグを肩にかけ直し、「それじゃ」と去っていった。

「日にちまでよく覚えてましたね」かおりの後ろ姿を見送りながら薫が言った。

「その日の深夜、ご主人が殺されています」

さらりと言った右京の言葉には重大な意味が込められていた。

それからふたりは美穂の父、堀添博を伴って〈スナック椿〉に行った。

堀添は美穂から店の合い鍵を預かっていた。

「このお店が閉まっていても、あなたなら鍵を開けられますねえ」

右京の言葉に堀添は少々違和感を覚えていた。

「ええ。でも、開けられるのは私だけではありませんよ」

「しかし、あなたはこのライターを知っていました」

右京の指示で薫が三島陽子の遺留品にあったライターの写真を見せた。

「え？　ええ」

堀添はこの刑事たちの真意がどこにあるのかわからずに戸惑っているように見えた。

「われわれが初めてお会いしたとき、あなたは、三島陽子さんは証言映像の中で店のライターでタバコを吸っていたとおっしゃいましたねえ。彼女がこのライターを持っていることを、なぜご存じだったのでしょう？」

「だから法廷で映像が流れて」

「ええ。たしかに彼女はその映像で、これと似たようなライターを使っていました」

薫が付け加える。

「でも、彼女はライターを握るように持ってたんで、そこに書かれてる店の名前まではわからなかったはずなんですよ」

「にもかかわらず、それがお店のライターだと、なぜあなたは断言できたのでしょう？　それは、このライターを三島陽子さんが持っているのを見ていたからです。しかし、あなたはわれわれにおっしゃった。彼女に会ったことはない、と。なぜ会ったことを隠さなければならなかったのか。それは、この店で三島陽子さんと会ったからですね？　それも、彼女の証言映像が法廷で流れた日の夜に。なにがあったのでしょう？　すべて話していただけますか？」

追い詰められた堀添はフラフラと壁際に歩み寄り、こちらに背を向けて立ちすくんでいたが、やがて意を決したように振り向き、強い口調で言った。

「娘は……美穂はやってない。友章くんを殺してはいない！　だから、どんなことをしても無実の娘を罪人にしてはならない。その思いだけで裁判を見守っていました。でも、あの日、あの女が美穂を犯人扱いしているような映像を見て、美穂に世話になっていたくせに、そんな証言をして絶対に許せない。そう思いました。それで、あの女を呼び出して問いつめました」

店に入ってふたりきりになると、堀添は本題をぶつけた。

――あなたの証言を裁判の映像で見ました。

――ああ。あの映像、流れたそうですね。

――あなたの証言で美穂はどうなると思いますか？

詰め寄る堀添の声は怒りで震えていた。一方、答える陽子の口調はあまりにも軽すぎた。それがかえって堀添の怒りを焚きつけた。

――でも、あれを見て裁判所に判断してもらうしかないですよね。でも、わたし、ママのことちょっと悪く言いすぎちゃったかも。もしそうだったら、ごめんなさいね。

フフッと笑って店のライターを手に、タバコに火をつけた陽子を見て、堀添は自分が抑えられなくなった。

——ふざけるな！

ドンと陽子を突き飛ばしただけだった。堀添には殺すつもりはなかった。ところが転んだ陽子はスピーカーに後頭部を打ち付け、そのまま動かなくなってしまったのだった。

「三島陽子さんも、あなたにそんな目に遭わされるとは思っていなかったでしょうねえ」

右京の言葉を受けて、薫がカウンターに置かれたＣＤプレイヤーにＣＤを載せて再生スイッチを押した。

——ここまでやってきたお店だから絶対にやり遂げようって、ふたりで誓い合って終わるんです。仲いいですよ。

「これは……！」

堀添は聞いたこともない陽子のせりふだった。

——まだ愛してるから期待してるんだって。だから怒るんだって言うんですよ。挙げ句に、あなたも早くそういう人を見つけろって。笑っちゃうでしょ？　そんなママがマスターを殺すはずないですよ、検事さん。

そこで薫はスイッチを止めた。

「彼女もまた、美穂さんの無実を訴えていたんです」

「そんな……私は、とんでもないことを……」

右京の言葉に堀添は茫然とし、糸が切れた操り人形のようにソファにどすんと尻餅をついた。

六

翌日、ふたりは鍋島を検事室に訪ねた。隠されたもうひとつの重大な真実を明かすために。

「驚きましたね」

堀添のことを告げると鍋島は口をあんぐりと開けた。

「あなたが三島陽子さんの証言を編集したことで、無実の被告人の父親が犯罪者になってしまいました」

「無実の被告人？　なにを言ってるんですか？　椿友章を殺したのは椿美穂であることに違い……」

椅子から立ち上がって嫌みなほど自信たっぷりに語る鍋島を、右京の鋭い声が遮った。

「いいえ。椿美穂さんは犯人ではありません」

言葉に詰まった鍋島の前に、薫がライターの写真を突きつけた。

「三島陽子さんの遺留品です。お店のオリジナルだそうですよ」右京が説明を加える。

「実はこれ、椿友章さんが殺された月曜に店に届けられたサンプルだったんですよ。しかも、一本だけ。で、その翌日から店はずっと閉まってます」

「では、彼女はいつこれを手にしたのでしょう？」右京が謎かけをするように鍋島に言った。

「椿友章が殺された月曜の夜……」

「ええ。そうとしか考えられませんよねえ」

「でも、彼女はその日は出勤日じゃない。検察の聴取でも、バイトは週末だけだって言ってましたよね」そのことは鍋島が一番よく知っているはずだった。

「勤務日でもない夜に、それも閉店した後、友章さんに呼び出されたのでしょうか。彼女は店に行ったんです。そのとき、すでに友章さんが殺されていたのなら、第一発見者は三島陽子でなければ辻褄は合わないんです！」

なにか悪い夢でも見ているような顔をしていた鍋島は、右京の言葉にぴくっと反応した。

「でも、そうじゃない。ということは、椿友章さんを殺害した犯人は、三島陽子である可能性が極めて高い」

「そんな……動機は？」

「男女のもつれ、金、いろいろ推測できますが、真相はわかりません」

「警察と検察が、それをわからなくしてしまった」薫が突きつける。

「誤認逮捕に誤認起訴。それさえなければ、真犯人が殺されることも、動機が不明になることもなかったんです。まるで警察と検察が事件を勝手に編集し、動機の部分をカットしてしまったかのようですねえ」

右京の言うこのことが、一連の事件を象徴していた。

呆然としていた鍋島は、一転して聞き分けのない子供のような顔つきでわめきちらした。

「もともとは、おまえら警察が悪いんじゃないか。こっちは警察の尻拭いをしてやったんだ。警察の取り調べこそ録画録音すべきなんだよ！」

一方の右京は大人の分別と厳しさをもって鍋島に応えた。

「おっしゃるとおりでしょうねえ。ただし、その際は、捜査側に都合のいい部分だけを公表してはいけない。それを見聞きした人に大いなる誤解を与え、新たなる犯行を起こさせないためにも」

右京と薫が武藤法律事務所に事の次第を報告に行くと、かおりはちょうど受話器を置いたところだった。

「鍋島検事からよ。美穂さんの起訴を取り下げて、事件を警察に戻したいので、わたしとその相談をしたいそうです」

「じゃあ、これは？」薫が問題のＣＤを取り出す。

「もうわたしには必要ない。警察の再捜査に役立てて」

右京がかおりの前に進み出て言った。

「おそらく三島陽子は、検察で余計な供述をしていないかどうかを確かめるために録音していたのでしょうね」

「だから、その録音をわたしにも聞かせなかった」

「でも、美穂さんに罪を着せるような証言はしなかった」と薫。

「そんな証言をすれば、かえって怪しまれる可能性が出る。そう思ったんでしょう」

「録音するほど慎重だった彼女が、かえって怪しまれるような真似をするとは思えません」

その後、東京拘置所に赴くというかおりに、右京と薫も付き添うことにした。半時間ほど経ち、接見の間ロビーで待っていた右京が、厳しい顔でやってくるかおりに訊ねた。

「お話しになったのですね？　彼女の父親が三島陽子を殺害したことを」

「彼女の味方である弁護人から言うべきだと思いました」

それは辛い、しかし美穂にとっても避けては通れない真実だった。

東京拘置所を出ると、あたりはもうすでに夕暮れていた。大きな河に横たわる橋のたもとで三人は立ち止まった。

「取り調べをした警察官と検事を訴えるおつもりですか？」右京が訊いた。

「彼女の名誉回復のために警察官も検事も法廷に呼びます。……わかってるわ。その手の裁判で取調担当官を法廷に呼ぶのがどんなに難しいか」

「でも、やりますよね。武藤さんなら」薫が力強い言葉をかけた。

かおりはしばらくふたりを見て一瞬俯いたが、やがてなにかをふっきるように顔を上げた。

「忙しくなるから、これで失礼するわ」

夕焼けのなかを歩いていくかおりの後ろ姿を見送りながら、右京も薫も近いうちにまた会う日がくるだろうと予感していた。

《「解説」にかえて》

相棒
×
ロダンのココロ
「亀山さんの休暇」
内田かずひろ

じつにたしかに亀山さん
おや？ アレは亀山さんか!?
おお！ ロダンじゃないか!!
かいものでまたされてんのか!?
くん くん
ニオイもたしかに亀山さんや！
しってるワンちゃん？
ああ美和子
このまえいっしょにフリスビーしたんだよな！
ウウンン
ホラな
こく こく
こうどうも じつに亀山さんや!!

じゅんじょうな亀山さん

ひっぱったりひっぱられたりの亀山さん

ちょっとはロダンくんをみならったら
さっき薫ちゃんをかくにんするのに…
めでみてニオイをかいでたわよ!
ケンカしとる? こういうときは…
このあいだだってさぁ…
わってはいればなかなおり…っと!
えー
ロダンくんもワタシのいうとおりだって!
ワフワフ
じゃあロダンくんをみならって…
ワンワン…ってね!
ハウ
にとるとおもうとったけど ますます…
ボクサー
あ〜〜〜! ひっぱっていかれた… ほんかくてきや
じゃあたなロダン
グイグイ
いそがないとえいががはじまっちゃう!

相棒
×
ロダンのココロ
「右京さんの休暇」
内田かずひろ

右京さんはほめ上手
おや？アレは右京さんか!?
コレまたきぐうですねぇロダンくん
くんくん
ニオイもたしかに右京さんや！
しってるワンちゃんですか？
ええたまきさん
みましたかいまのロダンくんのこうどうを
めでみてさらにニオイでボクをかくにんしてました
みならいたいもんですねぇ
ピシッ
右京さんにほめられるとせすじがのびる

右京さんにもにがてなことが…

おまたせ ロダン
あっ、おじょうさん
おじょうさんと右京さんは はじめてあうんや…
こんなとき おなじコトバでしゃべれたら…
ウチのおじょうさんですわ
けいしちょうの杉下といいます
あっ！ ははからきいてます
さすがは右京さん！ かんぺきやな!!
…でこちらはー
シーーーン
…
右京さんにも にがてなことがあるようや
ワタシはー
えーおみせをー
なんやホッとした…
ごじぶんの「男女の機微」もにがてでいらっしゃるんですね
コホン

右京さんはしずかにわらう

クックック…
おもいだしわらいですか？
いえね
ロダンくんのさっきのしんちょうさにひきかえ…
亀山くんはまちがえたんですよ!
このあいだ
ちがうイヌをロダンくんと…
きょうの相棒はワタシですよ…
そうでした
それではまいりましょうか
ハイ
13かいめの『海峡の虹』をみに…

FIN

相棒 season 6（第1話～第9話）

STAFF

チーフプロデューサー：松本基弘（テレビ朝日）
プロデューサー：伊東仁（テレビ朝日）、西平敦郎、土田真通（東映）
脚本：輿水泰弘、櫻井武晴、戸田山雅司、岩下悠子、
　　　吉本昌弘、西村康昭、入江信吾
監督：和泉聖治、長谷部安春、森本浩史
音楽：池頼広

CAST

杉下右京……………水谷豊
亀山薫……………寺脇康文
亀山美和子………鈴木砂羽
宮部たまき………高樹沙耶
伊丹憲一…………川原和久
三浦信輔…………大谷亮介
芹沢慶二…………山中崇史
角田六郎……………山西惇
米沢守……………六角精児
中園照生……………小野了
内村完爾…………片桐竜次
小野田公顕………岸部一徳

制作：テレビ朝日・東映

第１話

初回放送日：2007年10月24日

複眼の法廷

STAFF

脚本：櫻井武晴　　監督：和泉聖治

GUEST CAST

三雲法男……………………石橋凌　倉品翔子……………田中美奈子
田部井裕子………………宝生舞　辰巳隆一郎……………堀部圭亮

第２話

初回放送日：2007年10月31日

陣川警部補の災難

STAFF

脚本：戸田山雅司　　監督：森本浩史

GUEST CAST

陣川公平……………原田龍二　紫藤咲江……………高橋ひとみ

第３話

初回放送日：2007年11月７日

蟷螂たちの幸福

STAFF

脚本：戸田山雅司　　監督：和泉聖治

GUEST CAST

蓬城静流…………荻野目慶子　田橋不二夫………………江藤潤

第４話

初回放送日：2007年11月14日

TAXI

STAFF

脚本：西村康昭　　監督：森本浩史

GUEST CAST

藤沢美紀…………遠山景織子　八嶋淳……………………斎藤歩
丸田和之……………大河内浩

第５話　　初回放送日：2007年11月21日

裸婦は語る

STAFF

脚本：吉本昌弘　　監督：和泉聖治

GUEST CAST

立花隆平…………長谷川初範

第６話　　初回放送日：2007年11月28日

この胸の高鳴りを

STAFF

脚本：入江信吾　　監督：森本浩史

GUEST CAST

笠井夏生……………前田亜季　丹野翔平………………松田悟志
三原研治………………猪野学　添島可奈子……………大谷允保

第７話　　初回放送日：2007年12月５日

空中の楼閣

STAFF

脚本：岩下悠子　　監督：森本浩史

GUEST CAST

庄司タケル……………村上淳　安藤芳樹……………菊池健一郎

第８話　　初回放送日：2007年12月12日

正義の翼

STAFF

脚本：岩下悠子　　監督：長谷部安春

GUEST CAST

脇田勝彦……………大滝秀治　南れい子………………小西美帆

第９話　　　　　　　　　　　　　　　　　　初回放送日：2007年12月19日

編集された殺人

STAFF

脚本：櫻井武晴　　監督：長谷部安春

GUEST CAST

武藤かおり …………松下由樹　鍋島司 ……………………石橋保
堀添博 ……………………小沢象

相棒《あいぼう》 season 6　上　　朝日文庫

2010年1月30日　第1刷発行

脚　　本　輿水泰弘《こしみずやすひろ》　櫻井武晴《さくらいたけはる》　戸田山雅司《とだやままさし》
岩下悠子《いわしたゆうこ》　吉本昌弘《よしもとまさひろ》　西村康昭《にしむらやすあき》　入江信吾《いりえしんご》
ノベライズ　碇《いかり》 卯人《うひと》

発 行 者　矢部万紀子
発 行 所　朝日新聞出版
〒104-8011　東京都中央区築地5-3-2
電話　03-5541-8832（編集）
03-5540-7793（販売）
印刷製本　大日本印刷株式会社

ISBN978-4-02-264533-3